中国专业作家作品典藏文库

中国专业作家作品典藏文库
石钟山卷

# 向北向北

石钟山 著

中国文史出版社

# 目　　录

# 背　景

## 一

下雨了。

起初没有人知道下雨了，遮天掩日的森林里，阴暗潮湿。一支衣衫不整的队伍，在密林中摸索前行。他们跌跌撞撞，摇摇摆摆，恍似走在一个冗长的梦里。

这时候，林外的雨就下起来了，他们先是听到头顶一片喧响，过了许久，雨滴才透过茂密的树叶，点点滴滴地落进林中。

林中那堆生着的火，最后摇曳了几下，熄了，像一声哀怨无助的叹息。此时，林地里很静，只有树叶间滴落的雨声，还有不知名的虫在不远不近的草丛里呻吟着。

三个士兵跪在营长高吉龙面前，他们垂着头，破碎的衣衫已遮不住他们的身体。头上的头发垂落下来，从背后看，像三个女人。

营长高吉龙背靠在一棵树干上，他的身边默然而立的便是这一支队伍。队伍中的士兵和跪着的三个人并没有什么两样，他们一律衣衫褴褛，面容憔悴，目光迟滞。他们茫然无助地望着远方，其实他们的目光并没有遥望多远，在眼前很近的地方便被浓密的枝叶挡住了。但他们仍那么迟滞地望着，仿佛那目光已成了一种永恒。

“营长，饶了我们吧。”跪在地上的一个人说。

"我们再也不跑了。"另一个说。

"营长，我们出不去了，我们迷路了，我们都活不成了。"最后的那个士兵说到这儿，便呜呜咽咽地哭开了。他还一脸孩子气，看样子顶多十七八岁。

高吉龙闭上了眼睛，很快又睁开了。他的眼里有种很亮的东西一跳，很快便不见了，像那堆刚熄了的火。他别过脸去，这时，他就看见了这支衣衫不整的队伍，他又闭了一次眼睛，终于他下定了决心，用很高的声音道：

"李排长，执行吧！"

排长李双林听到命令，身子颤了一下，他嗓子干干地喊了声："营长——"

"执行！"高吉龙说完，转过身背朝着那三个逃兵，缓了语气说，"还有什么交代的，都说出来吧，日后不管谁活着出去，都会去你们老家看看。"说到这儿，有三两滴泪水从高吉龙的脸颊滑过。

三个跪在地上的逃兵此时不再求饶了，他们站了起来，领头的年长一些的老兵冲面前的队伍鞠了躬，哽着声音说："弟兄们，我们哥儿仨就先行一步了！"

另外两个兵也学着老兵的模样冲众人鞠了一躬。

老兵又说："不管哪位兄弟日后回到老家，拜托到奉天城外杨家屯看一看我八十岁的老母……"老兵说不下去了，"扑通"一声跪下了，哽着声音说，"我杨大宝先谢了。"

高吉龙从怀里掏出一个牛皮日记本，一一地把三个逃兵的请求都记下了。最后他把日记本很小心地揣进了怀里，冲站在一旁的李双林说："执行吧。"

李双林挥了一下手，队列里又走出两名士兵，他们押着三个逃兵向林子深处走去。

"娘呀，儿不能再看您一眼了！"那个老兵苍凉地喊了最后一声。

接下来，一连响了三枪，枪声很闷，潮潮湿湿地传过来，接下去，便什么声音也听不到了，只有雨声响遍整个世界。

天更暗了。

一彪人马，踉跄着向前走去。

## 二

一九三九年，欧洲大陆爆发了著名的第二次世界大战。

随后，日本继续在亚洲疯狂点燃战火。昔日宁静的人类，展开了一场旷日持久的为了和平的战争。

美国为了粉碎日、德合围欧亚大陆的阴谋，把目光盯在了东方——中国。为牵制日本，粉碎日、德称霸全球的野心，美国把大批援华物资，通过缅甸，从仰光上岸，再经滇缅公路运往云南。一时间，仰光在第二次世界大战中竟出奇地繁荣，仰光港口，悬挂着星条旗、米字旗的巨轮进进出出，各种军火、物资堆积如山，滇缅公路上车水马龙。

当时，缅甸已沦为英国的殖民地，英国政府为了讨好日本，以保全其远东殖民地大后方，一九四〇年七月，与日本签订封锁滇缅路三个月的协定，以阻断援助中国抗日的物资运往中国。然而，日本并不领英国这个情，同年九月入侵越南，并与泰国签订了友好条约，紧接着，日军开进了缅甸。

英国人无奈，于一九四〇年十月，重开滇缅路，同意中国兵发缅甸。英国人始终心怀鬼胎，既想借助中国军队赶走缅甸的日本人，又怕中国染指其殖民地，一拖再拖，直到一九四二年二月，日寇占领仰光后，才被迫同意中国远征军入缅作战。

于是，一场悲壮而又惨烈的战争拉开了大幕。

十万远征军，挥师缅甸，地上车轮滚滚，马达轰鸣，战马嘶吼，空中有盟国的飞机掩护，浩浩荡荡，直奔国门畹町而去。

滇西的百姓，涌出家门，为远征军送行，献米酒，敬山茶，犒劳远征军官兵。

激昂的远征军战歌排山倒海地在队伍中响起：

枪，在我们肩上，

血，在我们胸膛。

到缅甸去吧，

走上国际的战场。

……

有谁能够料到，气势如虹的远征军，两个月后，竟在缅甸战场一败涂地，被逼进了缅北丛林这条绝路。

坐镇重庆的蒋介石电令指示已逃往密林中的远征军副总指挥杜聿明：日军已侦知我军回国路线，高黎贡山各山口均布下重兵，我军北退凶多吉少。因此，命令第五军及新二十二师改道进入印度。

缅北丛林方圆几百里，野人山横亘其中。土著歌谣中称：进入野人山，神仙也难还。

相传，三国时期，孔明曾在此打过仗，瘴气差一点使蜀国军队全军覆没，后经神人指点，得一片草叶含于口中，才走出密林。当然，那一切都是传说了。

## 三

林中不知不觉间就暗了下来，先是朦胧一片，很快便黑了下来。雨小了一些，叶隙间的雨仍如注地流着。林中的队伍摇摇晃晃地走着，他们没有目标，踩着先头部队留在草叶间的痕迹向前走着。他们没有人能说清走进丛林里的确切时间，总之，已经是许久了，仿佛是上个世纪的事。

干粮早已吃完，这些日子，他们靠的是草根树皮、山中的野果果腹。他们似乎已耗尽了身上所有的热量和力气，但他们只有一个目的，那就是走，向前，再向前。

这是一支掉队的队伍，刚开始的时候有几百人，那时，他们是一支完好的加强营。他们奉命撤到丛林边缘的时候，接到了阻击追兵的任务，那一刻，他们在林间埋伏下来，不久便和日本鬼子交上了火。他们原想完成阻击任务便追赶大部队，没有料到，这伙鬼子死缠烂打，硬是把他们拖了十几天。一天深夜，他们冲出了鬼子的包围。第二天，天亮的时候，高吉龙清点人数时，才发现只冲出来几十人。那里一场恶仗，几百人最后减员到几十人。

不需前面的部队做特殊的记号，他们顺着杂乱的草丛很容易便发现大部队的迹象，草丛里扔下了枪支、弹药箱，还有行军锅。再往前走，他们便惊讶了。刚开始，有伤兵的尸体被遗弃在草丛中，每遇到这种场面，高吉龙总要让队伍停下来，掩埋战友的遗体。处理完遗体，他们总要在坟冢前默立一会儿，这时，他们没有语言，没有眼泪，在心里一遍又一遍地为战友祝福。

后来情况就发生了变化，倒毙在丛林中的尸体随处可见，有的三人一伙，五人一伙，有的是成排、成连的。从情形看，他们没想到自己会死，枪以班为单位架在一旁，他们一定是在此过夜，转天，却再也没有起来。丛林耗尽了他们最后的力气和欲望，于是他们便长眠于此了。

这群后来者，看到这样的场面起初是震惊，后来就麻木了。他们身边也开始有人倒下了，倒下便再也起不来了。他们已经没有能力掩埋这些战友了。

吉姆摔了一跤，很快他又摇摇晃晃地站起来，冲他身旁的翻译王玥咕噜句："我的上帝呀。"此时的吉姆早已失去了绅士风度，这位自负的英国人，咒天咒地，已经抱怨一路了，他刚开始咒骂他的长官，骂长官不管他的死活，后来他就开始骂天骂地了。他的衣服被树枝划破了一个大口子，不时地飘动，很绅士的胡须横七竖八地生长着，早已失去了绅士风度。脚上那双皮靴早就裂开了一个大口子，像小孩张开的嘴，此时，草叶和雨水从那裂口处钻了进去，使吉姆不住地咒天骂地。渐渐，他已没有气力咒骂了，只一遍遍地叫着“上帝呀”。

终于，他们发现前方的高岗上，有一溜窝棚。那是野人部落，一路上，他们发现了不少这种野人的家，野人的家建得很随意，有时在树杈间，有时在一片高岗上，几个树桩撑起几片草帘子，又用树枝随便地支一下，便是家了。他们的到来，打破了野人宁静的生活，野人弃家而逃，躲到深处暗中观察这伙山外来客的举动。每到休息的时候，能找到这种场所，便是最好的去处了。

那几间草窝棚无疑是黑暗中的一盏明灯，这群摇摇晃晃的军人向那排窝棚摸去。

高吉龙搀扶着李双林第一个来到窝棚旁。下午开始，排长李双林便浑身发冷，牙齿不停地打战，发烧不止。那一刻起，李双林便小声冲高吉龙说：“营长，我怕是不行了。”“别胡说！”高吉龙呵斥道。从那时起，高吉龙便和李双林走到了一起，大部分时间里都是高吉龙搀扶着李双林。

快到窝棚前，高吉龙加快了些脚步，想为李双林找一间稍好一点儿的窝棚，让他好好休息一下，也许明天便会好起来。两人来到窝棚前，意外地发现窝棚里已住满了人，不用细看，他们一眼便认出是自己人。这一发现，使这伙人有些激动。他们终于追上了大部队！也就是说，他们已经有生还的希望了！

他们没有多想，很快便躺在了人们中间，身体刚刚放松，很快便进入了梦乡。

高吉龙躺在李双林身边，他们的身旁就是那些先他们而到的士兵，高吉龙在即将睡去那一刻，想问一问身边躺着的弟兄们是哪一部分的，看着静静睡去的弟兄们他又不忍心去打扰，又想，反正已经追上了大部队，早问迟问都是一样的。想到这儿，他头一歪，便睡死过去。

不知过了多长时间，高吉龙睁开了眼睛，窝棚外的雨已经停了，天光已经大亮。他坐了起来，眯着眼向身旁望了一眼，这一眼使他吃惊非小，起初那一瞬，他疑惑自己在梦里，很快，便被眼前的这一幕震惊了。身旁躺着的不是活人而是死人，看那样子已死去有些日子了，他们浑身肿胀，有的肚子已经烂了，滚出黄水和肠胃。接着，一股恶臭扑面而来。

几乎同时，睁开眼睛的人们都看到了眼前这一幕，他们呀的一声，一窝蜂似的挤出了窝棚。他们跑出去了一程，跌坐在草地上，张大嘴巴急促地喘气。有几个人，弯下腰干呕着。

吉姆跪在地上，浑身颤抖着，他闭着眼睛在胸前一遍遍画着十字，嘴里喃喃道："上帝呀。"

王玥呕了半晌，只有胃液在嗓子眼里翻腾了几次，接着她的眼泪流了出来。因为刚才的一番挣扎，心脏慌乱地跳着。此时，她的面色苍白如纸。

半晌过去之后，一双双麻木而又空洞的目光望着眼前莽莽苍苍的山林，山林无尽头，遮天掩日。后来那一双双目光便集中在高吉龙的脸上，他是他们的长官，在这莽无尽头的丛林里，他便是他们的救星。

此时，高吉龙的内心矛盾而又复杂。自从带着队伍走进丛林那一刻，他便恨不能一步就走出丛林。刚开始，他是有信心的，军人只懂得服从命令，可一走进丛林，漫漫无边的丛林使他动摇了，胆怯了。他不是怕自己会死在这片丛林里，而是想到这支部队，他是他们的长官，便是他们的衣食父母。刚进入缅甸时，他们一个加强营几百人的队伍，融在大部队中，是那样的浩浩荡荡，他们以为能够所向无敌，一鼓作气，收复缅甸，把日本鬼子打得落花流水，可谁料到，他们在缅甸还没站稳脚跟便败了，而且败得这么惨，他们甚至都没来得及重新调整部队，便走进了缅北这片丛林。走进丛林是为了生存。一路上的景象使他们感到生存的希望在一点点地破灭。他不知道什么时候，自己这支部队再也走不下去了，躺在地上便再也起不来了。一路上，他看了太多太多这样的景象。就在昨天，他还坚信会走出丛林，与大部队会合。为了稳定军心，他狠下心，枪决了那三个逃兵。眼前的一切，让他动摇了。饥饿已经使他没有气力再往前走一步了。眼前那一双双绝望的眼睛，让他不寒而栗。是生是死，是进是退？他问自己。一股从没有过的悲凉漫过他的胸际。此时，他真想掏出腰间的枪，一枪把自己打死，然后一切都结束了。身体留在丛林，灵魂飘回故乡。

一想起故乡，他的心颤了一下，接着有两行清泪无声地流下脸颊。

## 四

仗没有开打便注定了将以失败而告终。

英国人狡猾多变，猜疑中国军队入缅后有占领缅甸的野心，先是迟迟不肯让中国军队入缅，以致贻误战机。美国人以救世主身份援助中国，但也有着自己的野心。英国人在无奈的情况下同意中国远征军入缅。此时缅甸局势已定矣。英国人无心抵抗，匆忙后撤，逃往印度避难，中国远征军在人生地不熟的情况下，仓促应战。英国人隔岸观火，他们并不希望中国军队胜利。美国人只希望中国战区能吸引住更多的日本军队，以减轻西方战场的压力，也就是说，美国人要中国军队与日本军队在战场上作消耗战，在缅甸把日本人拖住。

中国的指挥员又夹在美、英之间，处处都得争取双方的同意，否则，两方面都不予以支持。为了争取同盟国的支持和援助，明明知道有些决策是错误的，却仍旧要士兵去流血牺牲。

部队进入缅境后，缅甸各地的华侨蜂拥而至，他们看到中国远征军入缅，就像看到了自己阔别已久的亲人，他们一边呼喊着欢迎的口号，一边倾其所有把购买到的物品送给中国军队。哪里有华侨居住，欢迎中国远征军的标语就贴到哪里，他们自愿为部队当向导、翻译，他们诉说着委屈。他们为生活所迫，侨居缅甸，过着寄人篱下的生活，他们从心里希望中国远征军能够打胜仗，在缅甸扬威，让中国侨民扬眉吐气一回。

不明真相的缅甸人则是另一种态度，他们恨英国人，早在日本侵占缅甸前，他们的反英运动已开展得如火如荼。日本人正是利用了缅甸人反英的心理，才及时地侵占了缅甸。日本人打着帮助缅甸人赶走英国人的旗号，得到了不明真相的缅甸人的支持。

中国远征军在这种时候帮助英国人打日本人，便受到了缅甸人的反对。他们仇视中国军队像仇视英国人一样，大批的奸细混居在华侨之中，炸桥梁，搞刺杀，撒传单，谎报军情，为日本人通风报信。

这样一支远离祖国的部队，在这种状态下便注定了失败的命运。

中国远征军二〇〇师，先日本人一步，占领了缅东同古。这是一支孤军深入的部队，率先打响了入缅的第一枪。

这支孤军奋战的部队，很快被日军包围了。最后只剩下了血战。血战是他们唯一可以选择的路了。二〇〇师师长戴安澜视死如归，留下了一封绝笔信。

荷馨爱妻如见：

余此次奉命入缅，不禁感慨万千。在国内时，见到日寇侵占我土地，蹂躏我父老兄弟，不共戴天！来到缅甸，又见三十五万华侨，备受外人欺凌。我炎黄子孙竟至如此，是国威不扬之故！作为军人余倍感职责之重，倘不能消灭倭寇，扬我中华之威，何颜再见江东父老！

目前，余率部固守同古，援军不至，又被包围，唯决心与城池共存亡，以报党国栽培、祖国父老养育之恩。

余若殉职，乃无上光荣，望爱妻勿过分悲痛，严教子女，忠诚爱国，以雪国耻为己任，以光大我中华为目的，余虽死亦含笑九泉矣。

匆此即颂

平安！

海鸥（戴安澜）手书

后来二〇〇师，接到杜聿明的命令，同古突围成功，却在撤往国内途中与日军遭遇，戴安澜将军不幸中弹身亡。

远在延安的毛泽东撰写挽诗，遥祭英魂：

外侮需人御，
将军赋采薇。
师称机械化，
勇夺虎罴威。
浴血东瓜守，
驱倭棠吉归。
沙场竟殒命，
壮志也无违。

戴安澜将军安息了，可挣扎在缅北丛林的将士们，仍在与命运搏斗着。

## 五

一行绝望的人马伫立在密林中。

高烧不止的李双林手拄着卡宾枪，向密林深处望着，他这个姿势已站立许久了，他似乎在下着一个决心。许久，他慢慢转过身。他的目光和高吉龙的目光碰在了一起，高吉龙想说点儿什么，嘴唇动了动，却没有发出声音。

李双林手拄着枪向前迈了一步，用只有他们两人才能听到的声音说：“大哥，不能再往前走了，前面可是条死路哇。”

高吉龙仰起头，他望到了头顶密不透风的树冠，那些树冠交叠着掩天遮日，像此时高吉龙的心情，郁闷得没有一丝缝隙。他无声地叹了口憋闷已久的长气。

李双林苍白着脸望着他，喑哑地说：“大哥，真的不能再往前走了，再往前走，弟兄们都将死在这老林子里。”

高吉龙何尝不担心弟兄们的命运呢？一场阻击战下来，几百名生龙活虎的弟兄们，死的死伤的伤，只剩下了几十人，然而眼前这几十人又是怎样的一群人呢，衣衫破烂，枪支不整，那场阻击战下来，他们仓皇地逃进了丛林，像一群没头苍蝇，死里逃生，枪支弹药扔得随处可见。他制止过，可并没有起到什么效果，接下来他们找到了大部队撤退的路线，在这条路线上，他们看到了更加触目惊心的景象，遍地都是枪支弹药，就连部队赴缅前刚装备的新型大炮，也被拆得七零八落扔在草丛里。那时，他们心疼了好久。这哪里是撤退，分明是如丧家之犬的奔逃。高吉龙的心冷了，一股前所未有的悲凉笼罩在他的心头，他觉得出国前满腔的豪气已化作一缕尘埃随风飘散了。更加让众人感到恐惧的是那些尸体。刚开始，还是零零星星的，从尸体上判断，那是一些体质虚弱者，或者是带伤的士兵，再也无力走下去了，躺在丛林中。这些战友的身上大都草草地盖着一些树枝或草叶，显然是战友们为这些殉难者匆匆建起的坟冢。接下来，尸体便逐渐多了起来。那些尸体散落在丛林中，有坐着的，有躺着的，有卧着的，横七竖八……显然，他们实在是走不动了，便想停下来歇一歇，可这一歇便再也没能起来。这些死难的弟兄们的尸体暴露在丛林中，已开始腐烂，林中的蚊虫叮咬在这些尸体上。高吉龙看到眼前这一切，难受得要死要活。他不忍心让这些弟兄们的尸体暴露林间，总是下令掩埋这些尸体。活着的弟兄们看到这一切心里并不轻松，队伍再往前走，说不定自己也是这般下场。再接下来的场景更使他们大大地惊骇了：尸体已不再是三三两两，而是成班成排地呈现在他们的面前，活着的人们已没有能力掩埋这么多的尸体了。他们只能远远地绕过去。他们回避着这些尸体，低着头，用最快的速度从这些尸体旁绕过去。谁也不说话，一律沉默着。然而，他们谁也无法逃避眼前的一切。

这种情绪高吉龙早就看出来了，作为这支人马的最高长官，生与死他比别人想得更多。他想得最多的是，要想尽一切办法把这伙弟兄们带出丛林与大部队会师。起初他是有这种信心的，但随着时间的推移，这种信心开始动摇了。他说不清前面的部队离他们还有多远，丛林有多大；就是追上大部队了，谁能保证就能走出这丛林呢？昨天晚上，他的确狂喜了一会儿，他以为自己真的追上了大部队，可今天早晨当他睁开眼睛发现周围躺着的都是尸体时，他的心凉了。从这些尸体上判断，他们躺在这里半月有余，也就是说，大部队距他们有十几天的路程。而这十几天中，谁知道又发生了些什么呢？

当初部队刚走进丛林里，有人就提出，不向西走，向西是通往印度的道路。向北则是通往祖国的道路。是向西还是向北高吉龙的确犹豫了一阵，他是名军人，早已学会了服从命令，向西那是大部队前进的方向，他不想带着弟兄们当逃兵。于是他选择了向西。

这伙绝望的人们似乎看透了高吉龙的心思，他们齐齐地跪在了高吉龙面前。

他们齐声喊道："营长，向北走吧，我们要回国。"

高吉龙抬眼望去，只见这些朝夕相处的弟兄们，一个个神情沮丧，蓬头垢面。看着这一张张面目全非的面孔，他的心碎了。就在这时，他看见了英籍顾问吉姆。这位英国少校一步步向他走来，翻译王玥跟随在他的身后。

今天早晨的变化吉姆似乎已经全明白了，他最担心的是部队不往西走。部队在出发前，他曾接到长官的命令：无论如何要让这支中国部队走到印度。英国部队已经撤到印度了，他们担心日本人会一直追击下去，如果失去中国部队的保护，英国人太危险了。英国人放心不下中国军队，在临撤退前，派出了一批顾问。他们要掌握中国部队，他们在惨败面前，不能再失去最后的保护伞了。

其实一路上，吉姆已了解了中国士兵的情绪：他们不愿意去印度，就是死也愿意死在自己祖国的领土上。吉姆害怕去中国，万一去了中国，他这么一个人单势孤的英国人算什么呢？

当中国士兵一齐跪在高吉龙面前时，他马上走了过来。他说：

“不，部队不能向北！向西，一定向西！”

当翻译王玥把这话翻译出来以后，跪着的牛大奎就站了起来，他仇视地望着吉姆。吉姆在他的目光下后退着。

牛大奎用手指着这位顾问的鼻子道：“你算个啥东西，这是中国部队，用不着你指手画脚。”

吉姆听不懂牛大奎说的是什么，但从牛大奎的表情上他已看出说的是什么了。

众人也说：“你们英国人算啥东西，仗还没打起来就逃得远远的，却在这里来指手画脚，去你妈的！”

在那一刻高吉龙就下了决心：向北，回国！他知道，凭着现在的士气无论如何走不出丛林了。如果向北，走回祖国去，说不定凭着一种精神力量会发生奇迹。他向前迈了一步，挥了一下手，尽力用一种低沉的声音说：“咱们向北，向北！”他的话一出口，有几个士兵便抱头痛哭起来。

队伍即将出发时，吉姆拔出了枪，他高声喊叫着什么。

这时，一发子弹贴着吉姆的头皮射了过去，他一屁股坐在了地上。

“去你妈的！”不知谁骂了一声。

吉姆想：完了！

这支有些狼狈的队伍，向北进发了。这在他们绝望的心中又燃起了一丝希望的火星。

## 六

营长高吉龙望着这支饥饿、疲惫、缺乏士气的队伍，心里涌过一种莫名的滋味。

这次中国远征军组建时，原本并没有高吉龙这支队伍的份儿，是高吉龙积极请战后他们才得以参加的。也就是说，远征军大部分都是蒋介石的嫡系部队组成的。高吉龙所在的东北军不仅不是蒋介石的嫡系部队，西安事变之后，东北军一时成了蒋介石的眼中钉肉中刺。入缅之前，高吉龙是东北军的中校团长。西安事变之后，东北军的日子江河日下，先是张学良和杨虎城被蒋介石秘密软禁，然后就是东北军被改编得七零八落。

这次入缅作战，高吉龙完全是出于对日本侵略者的仇恨。

九一八事变前，东北军驻扎在东北的奉天。高吉龙自然也是东北人。奉天城外一家普通的农户庄院里，住着他的老娘和媳妇春娥。

九一八事变之前，日子还算太平，每十天半月的他总要回家一趟，去看望老娘和媳妇，当时他新婚不久，春娥刚满十八岁。春娥是远近闻名的美人，是老娘做主为他寻下的媳妇。其实他并不想这么早就结婚，完全是为了娘的身体才同意结婚的。娘从他很小时就守寡，拉扯着他长大。娘是个很要强的女人，家境贫穷，守着父亲留下的几亩田地过着日子，先是供他读完了私塾，后来又让他去了奉天城里读学堂，十八岁那一年，他又考上了东北军的“讲武堂”。两年以后，他以优异的成绩毕业了，先是在东北军当上了一名见习排长，后来就是连副；在一次阅兵中，张作霖大帅看中了他，把他调到身边当上了警卫连长，再后来他就很顺利地当上了团长。他当团长那一年才二十七岁。后来母亲就给他寻下了春娥。

春娥在没过门前，已经在他家开始生活了。长年的操劳使母亲害上了哮喘病，夏天还好一些，一到冬天便咳嗽不止。春娥便来到家里照料母亲。

在结婚以前，他曾见过几次春娥。她是位长得丰满而又匀称的姑娘。第一次见到春娥时，母亲就介绍说：“这是春娥。”

他说：“嗯。”

他偷偷打量春娥，她也在打量他。她长着一双大大的眼睛，尤其让他忘不了的是她那长长的睫毛，一眨一眨的，他的眼前便闪现出一幅美妙的晴空。她那根又粗又长的辫子更令他心动，辫子长到腰际，辫梢处系着一条大红的蝴蝶结，不时地在她的屁股上翩跹起舞。他看她的时候，她总是红了脸，低垂下眼帘，羞羞的，娇娇的。

母亲不时地在他面前夸春娥。他不说什么，心想只要母亲满意比什么都强。

他离开家时，春娥总要送到村口，他骑在马上，春娥随在后面。

他说："娘身体不好，你要照顾好她。"

她说："嗯。"

他说："过一阵子我还会回来。"

她说："嗯。"

他说："那我就走了。"

她说："嗯。"

他们这样对话时，她一直低着头，羞羞的，娇娇的，望着自己的脚尖。马懒散地走着，她便走得不急。鞋是自己做的，鞋面上绣了两只小兔，她是属兔的，两只小兔交替地在她眼前闪现。

他说："回吧。"便很留恋地望她一眼，抖一下缰绳，马就加快了脚步。

她立住了，望着他远去。

他在马上回望一眼，终于望见了她扬起的脸，这时，她已不再回避他的目光。他望见那只大红的蝴蝶结在风中漫舞。

后来，他就和春娥结婚了，一切都是母亲的意愿。

结婚那天晚上，她咬了他一口，在他肩膀上永远留下了她的齿印。

在这之前他说："你嫁给我不悔吧？"

她没说话，摇了摇头。黑暗中他没看见却感觉到了。

半晌，她说："俺愿意看你骑马的样子。"

他心里热了一下，接着一下子便抱紧了她，他发现她的身体热得烫人，像一盆沸着的水。她的热度唤醒了他男人的冲动，他很用力地把她压到了身下……

就在这时，她咬了他一口，他的肩上顿时涌出了鲜血。他吸了口气。

她说："给你留下个记号，你是我的人了。"

他理解了她，再次深深地把她拥入怀中。

一切都是那样的美好和平静。

从此，每次再回家探望母亲时，他心里牵挂的不仅仅是母亲一个人了，春娥的音容不时地在他眼前闪现。

如果没有日本人的入侵，一切将都是美满的。这时，就发生了九一八事变，日本人明目张胆地向中国人开枪了。世界便乱了。

高吉龙没有想到的是，日本人杀害了他全家。他得到消息时，母亲和春娥的尸体已经凉了，母亲死在了炕上，刺刀戳透了母亲的胸膛，春娥死在了地下，赤条条的一丝不挂，是被日本人强奸之后杀死的。春娥腹部被划开了一条口子，已经成形的胎儿在母腹中蠕动。他万万没想到的是，春娥怀孕了，而且已经几个月了。那一刻，他差点儿晕死过去。

那些日子，被害的东北父老比比皆是，队伍营门外，哭诉的父老乡亲黑压压的一片，父老乡亲们多么希望东北军能替自己报仇雪恨啊！抗日的情绪在东北军中酝酿着，这股情绪像一座火山，随时都可能爆发。

其实在这之前，他已经私自决定要讨伐日本人了，他做通了全团官兵的工作，偷袭日本人的营地。然而就在那天晚上，情况发生了变化，东北军接到蒋介石的命令，连夜撤往关内，向日本人复仇的计划落空了。

就在登上入关列车的一刹那，他向这块土地跪了下去，所有的官兵都跪了下去，黑压压的一片，车站内外所有官兵都跪了下去。那一刻，他在心里说：小日本，你们等着，君子报仇十年不晚。

他冲着这片沉睡着的东北大地磕了三个头，这三个头是留给母亲和父老乡亲的。站起身来那一刻，他抓起了一把土，塞到自己的衣兜内。

列车启动了，家乡离东北军越来越远了。他们夜夜等，日日盼，盼望着有一天能够打回东北老家去。抗战的情绪遍布整个东北军。

西安事变，蒋介石被抓，高吉龙和所有的东北军以为盼来了抗战的日子，那些日子，东北军中流传一句口号："杀了蒋介石，打回东北去!”

没料到的是，蒋介石被放，东北军统帅张学良被软禁，部队被蒋介石的嫡系部队收编，一切都是他们没有料到的。眼见着抗日的梦想破灭，却意外地等来了赴缅作战的机会。

争取到赴缅作战的机会是那么艰难，先是全团上下写了血书请命赴缅，没想到却被驳回。赴缅前，远征军副司令长官杜聿明视察部队，高吉龙率全团官兵跪下请愿，才被勉强同意参战。可顶头上司怕东北军抢功，只同意高吉龙这个团一个营赴缅参战。高吉龙抗日决心已定，一定要亲自率部入缅，结果高吉龙便被任命为营长。

蒋介石嫡系部队许多官兵都说高吉龙这是疯了。

功名利禄在高吉龙的内心早已淡漠了，他一心想的是：报仇雪恨!

## 七

队伍向北走去，吉姆的天空便黑了。

最初他来到中国部队当顾问，中国人还算尊重他。按中、英双方达成的协议，中国远征军入缅以后的供给由英方负责，那时这支队伍的供应都是由吉姆出面调配的。

英国人在缅甸遗弃了大量的军需仓库，囤积下的货物几年也用不完，日本人占领了缅甸，英军甚至来不及把这些东西运走，又拱手让给了日本人。中国远征军入缅后，英国人在供给上显得并不大方，仿佛是怕这些中国军人在缅甸吃得太好了，而赖在这里不走了。

日本人一来，英国人望风而逃。原因不是英国人装备差，而是他们觉得为缅甸这块土地流血不值得，他们要看一看日本人与中国人两虎相争。远征军初入缅甸，中国军队向前开，英国人却向后撤，把所有军需物资都遗弃在了缅甸，即便这样，英国人在供给上仍显得不那么大方，英国人的方针是，在缅甸这块土地上要时时制约中国军队。

吉姆也在制约着中国这支部队，在队伍败退缅北丛林前，附近就有一个英国人留下的军需仓库，里面各种肉类罐头堆积如山。吉姆曾去了一趟，在自己的衣兜里装满了各种吃食。

他清楚队伍要穿过这片丛林才能到达印度，但他并不清楚这块丛林到底有多大多险，他想要在丛林里控制住这一小股中国军队，然而，一走进丛林他便发现自己的想法是大错特错了。

丛林边那场阻击战，就耗去了所有给养，走进丛林，他们可以说已经一无所有了。这些天来，他们靠的是野果和树皮充饥。野果并不多，这些食物已经被前面的队伍扫荡过一遍了，留下来的还能有多少呢？

接下来，他接二连三地看到了死人，那是些很年轻的中国士兵。吉姆的心便开始战栗了，他这才意识到这片可恶丛林的凶险。他开始后悔在走进丛林之前，没有离开这支部队，自己坐车或坐飞机取道去印度。

他没有离开，一大半原因是为了王玥。他自从第一眼看见她，便觉得自己已经爱上了她。

吉姆来到缅甸已经有几个年头了，他的职务是少校联络员。他在英国东部的一个小镇上有着一个温馨而又美满的小家，夫人在当地小镇上的邮局里当一名报务员，他们还有一个女儿。

吉姆在没有战争的日子里，每年都要回英国和家人团聚几次，他觉得缅甸也没有什么不好。缅甸在深深地吸引着他，吸引他的不是宝石和缅甸的财富，而是缅甸的女人。在吉姆的眼里，缅甸女人是世界上最漂亮的女人。那勾勒出腿部曲线的筒裙，类似小背心的上衣，胸部以下、肚脐以上的部位总是暴露着，发髻高挽着，露出缅甸女人白白的脖颈，以及胸前丰富的饰物。

在仰光的大街上，吉姆最爱看到的是这些，他瞧不起缅甸男人。男人也穿裙子，一个个显得懒散而又拖沓。唯有缅甸的女人像宝石一样鲜艳。

吉姆领略过缅甸女人的风味，那是在仰光一家妓院里，这家妓院是英国人经常光顾的地方。妓院里是地地道道的缅甸女人，床上的缅甸女人别具风味，她们有时像一泓水，有时又像一团火。吉姆觉得，缅甸女人的韵味比英国女人强百倍，在缅甸他有些乐不思蜀了。都说缅甸人仇恨骑在他们脖子上的英国人，可缅甸的妓女一点也不，她们喜欢他们衣兜里的钱。

吉姆在见到王玥的那一瞬，禁不住惊讶地睁大了眼睛。王玥穿着一身合体的军装，皮肤稍有些黑，自然卷曲的头发在脑后披散着，尤其王玥那双宝石般的眼睛，清纯而又明亮。那一刻，吉姆就在心里惊呼：天哪！

从最初见到王玥那一刻起，他就毫无道理地爱上了王玥。

队伍撤向缅北丛林前，他曾求过王玥，他求她跟他一道离开该死的战场、该死的丛林。王玥毫不犹豫地回答："不！"这多少有些令吉姆吃惊。

后来王玥更正道："少校先生，你别忘了我是名中国军人。"

吉姆听了王玥的话，遗憾地耸了耸肩。

这支队伍终于决定向北走了，这是吉姆最担心的。他知道在这片丛林里自己无论如何也控制不住这支濒临绝望的中国部队了。他们共同的愿望是：活着走出这片丛林，走回自己的国家去，而不是去领取英国人提供的狗屁给养。况且在这密林深处，英国人自己都不能救自己了，还谈得上什么给养。

这支衣衫不整、疲惫不堪的队伍，一听到向北走的命令，仿佛一下子中了什么魔法，他们的动作变得敏捷起来，他们跌跌撞撞地向北走去，仿佛翻过前方一座山梁便会见到自己的亲人。

吉姆坐在原地大口地喘息着，刚才一发子弹贴着他的头皮飞了过去，那时他就觉得，这群中国人真的是疯了。他再也没法支配这股部队了；惹急了这群绝望的中国人，他们真的会杀了他，甚至会活活把他剥了……

刚开始，吉姆觉得走出丛林并没有什么问题，随着时间的推移他对这一想法便产生了动摇。密林越走越深，永远也走不到头似的。那些死去的中国士兵整班整排地躺倒在丛林里，走出丛林的日子看来是遥遥无期。吉姆起初以为那些驻扎在印度的英国人不会不管他们，就是不管这些中国人，也应该管一管生活在中国人之中的英国人哪。随着时间的推移，吉姆仅存的一点儿幻想越来越虚无缥缈了。最后他甚至绝望了，在心里他一遍遍诅咒那些同胞。

中国军队真的扔下他一个人头也不回地向北而去，他有些茫然，又有些悲凉地坐在那里。最后王玥来到他的身旁，他以为王玥这个他心中的女神会随他一同向西走去，不料王玥却说："少校先生，你不随队伍走吗，那我可要走了。"王玥说完，便头也不回地走了。

吉姆在心里呼喊了一次：上帝呀！他已经别无选择了！最后他只好费力地从地上爬起来，这时，他才发现，刚才那一枪已经让他尿了裤子。他已经管不了许多了，踉跄地向前走去，冲王玥远去的背影喊："等等我呀，我的上帝呀！"

## 八

王玥并不喜欢吉姆这个人，说句心里话，她有些讨厌并且恨英国人。她讨厌英国人的自以为是，恨英国人的胆小怕事，更讨厌英国人的装模作样。

王玥出生于缅甸，她的血液一半是中国人的一半是缅甸人的。父亲是名华侨，在仰光开了一家照相馆，后来娶了母亲。日子算是过得不错，后来生下了她。她在中缅男女组成的家庭里，从小就接受了两种不同的文化教育，她不仅学会缅语，同时也会说汉语。王玥在日本人侵缅甸前并没有回过中国，有朝一日回到祖国那是他们一家人的梦想。父亲一生都在做着这样一个梦。父亲的老家位于昆明滇池之畔，当年出走缅甸是为了生计，父亲并没有想在缅甸永远居住下去，当年娶母亲的时候，也已和母亲明确了这一点，母亲对父亲日后回国的打算并没有异议，中国是一个大国这一点母亲早就知道。他们等待着时机。几年前中国大地军阀混战，这几年日本侵略军又占领了中国北方的大片领土，他们一家一直没有等来国泰民安的日子。他们坚信总有一天，中国会安定下来的。

没有料到的是，日本人在英国人之后占领了缅甸南方大部分城市，对仰光也虎视眈眈，缅甸的日子也变得不平静起来。

在这期间，王玥一直在上学。很多年前，缅甸便成了英国的殖民地，学校的教育体系也是英国那一套，在学校他们要接受两种语言的教育，一种是缅甸语言，另一种就是英语。王玥和所有生活在缅甸这块土地上的人民一样，仇恨英国人，但他们并不排斥英国的教育。因为他们精通了英语，了解了许多在缅甸以外发生的事情和知识。

王玥在一所英国人开办的护士学校读书，授课的大都是英国妇女。在王玥毕业前的一天，日本人的飞机轰炸了仰光。以前日本飞机也经常光顾仰光上空，但轰炸的目标大都是一些英国人的营区或工事。这次，日本人不仅轰炸这些，同时也在街道和居民区投放了大量的炸弹和汽油弹，一时间，仰光城里变成了一片火海。王玥所在的护士学校也遭到了轰炸，他们跑出校舍，跑上了街道，王玥一口气跑回到家中，那间小小的照相馆在火光中已经灰飞烟灭了，到处都是断墙碎瓦。

家，显然已经不存在了，等待她的是一片废墟。在院子中，她看到的是一片血泊，父亲母亲搂抱在一起，母亲已经死了，僵硬地躺在父亲的怀里。父亲的一双腿被炸断了，但他仍大睁着双眼，仿佛在坚持着看王玥最后一眼。父亲一只毫无血色的手颤抖着抓住了王玥冰凉的双手，父亲最后冲她说："缅甸……待不下去……了，回家……你回家……"

父亲说完这句话，便闭上了双眼，父亲那只手一直向北方指着。王玥知道父亲说的家意味着什么，父亲在缅甸生活了二十多年，并没有把缅甸当成家，父亲做梦都在想着滇池之畔的家乡。父亲用最后一丝气力顽强地把手指向北方，仿佛他的灵魂已顺着手指回到了中国的故乡。

父亲母亲在这场劫难中离开了这个世界，缅甸再也没有亲人了。早在日本飞机轰炸仰光前，已经有大批华侨举家跨过畹町桥回到了祖国，每天都有成批的华侨涌出仰光城，走向了逃难的征程。

王玥也踏上了归国的征程，中国在她的印象中很模糊，她在父亲的描述中，得知自己的国家有很大的一片土地，那里有乡村、城镇、工厂、学校……终于，她跨过了畹町桥，越过了怒江，终于回到了梦魂牵绕的祖国。后来她辗转来到了昆明，昆明已经有很多华侨在那里聚集了，云南王龙云在昆明成立了一个难民接收站，是专门为从缅甸回来的华侨设立的。一路艰辛使许多华侨病倒了，王玥义务肩负起照料病人的责任。最后这批归国华侨都得到了安置，王玥来到一家医院当上了护士。

也就在这时，中国远征军组建工作开始了，远征军不缺少打仗的将士，缺少的则是翻译和医护人员。王玥的条件正在应征之列，她和医院的许多姐妹都报了名，最后她入选了。王玥从内心是很希望参加中国远征军的，父母死在了日本人的炮火下，她要替父母报仇。另外，他们这样的华侨在缅甸受够了外国人的欺侮，先是英国人的盘剥，现在又来了日本人。她多么希望作为中国远征军的一员，打回缅甸去，为父母报仇雪恨，为中国人争气。

出国前，她被分到高吉龙这个营。分到这个营的还有几名医护人员。

出国那一刻，远征军浩浩荡荡，十万大军车水马龙，雄赳赳跨出了国门。然而，迎来的不是胜利的欢欣，而是一连串失利的痛苦。先是同古保卫战失利，接着又丢了仁安羌，最后棠吉也不保，慌乱之中，远征军逃进了缅北丛林，这简直是条死亡之路。

王玥的心在流血，她知道中国将士的心都在流血。

部队接到撤往印度的命令，王玥的心便死了。她不是军事家，不知道撤到印度会好在哪里，她知道自己是个中国人，从感情上讲，她不希望去印度，她希望能够撤回国内，以图东山再起。她不知道，他们这支部队也都不知道，回国的路早已被日本人堵死了，日本人等待着中国军队钻进他们的伏击圈。他们更不知道，这支东北军被他们的顶头上司像甩包袱一样地甩了。

那场阻击战一连打了几天几夜，几百人的加强营只剩下几十人，他们被数倍于自己的日本人包围了。阻击战中，王玥充当了一名护士角色，她帮助抢救伤员，那是一群多么勇敢的战士呀，为了掩护大部队突围，他们奋不顾身，拖住敌人死打硬拼。最后他们硬是杀出一条血路，钻进了丛林。

然而，他们一走进丛林便发现上了自己顶头上司的当。东北营接受阻击任务时，那个姓林的团长答应会派部队来接应他们，当他们钻进丛林的时候，接应的队伍连个影子也没有。

王玥不清楚中国军队之间错综复杂的关系，但她知道，众人不团结是无法取胜的。刚开始她有些不理解这支部队士兵的粗鲁，后来她就理解了，行走在这片无边无际的丛林里，死亡和恐惧时时笼罩着他们，怎么会有好的情绪？再这样下去，她也要骂娘了！

高吉龙适时地命令队伍转向北方，不仅众人看到了光明，王玥也看到了一丝希望。回家的愿望是那么强烈。然而家又在何方呢？

## 九

没有人能够说清他们走进丛林的确切时间，仿佛那是一个世纪前的事情了。

丛林似乎是一张密不透风的网，笼罩在他们的头顶，他们看不见一缕阳光，林间阴暗而又潮湿，满眼都是一片绿色，人在丛林里待久了，枪支、钢盔、衣服、皮肤、指甲盖，甚至胡子、眉毛都似乎长了青苔，大森林把一切都染绿了，如果人不走动，分不清哪是树干，哪是人。

许久没有吃到一口像样的东西了，草根、树皮多得是，可它们毕竟不是救命的东西。这些东西吃多了，不易消化，肠胃会难受得要命；草根树皮并不能给人多少力气，相反消化它们却要用很大的劲儿。

终于，他们想到了身上的穿戴，皮鞋、皮腰带甚至皮枪套，总之那是牛身上的东西，既然牛肉那么好吃，牛皮的味道也错不了。终于，他们把身上所有的牛皮都吃了。

头上的钢盔成了他们的煮锅，部队向北进发的时候，人们便分散着行动了，到了晚上他们才集中在一起露宿。高吉龙下这样的命令时，主要是考虑到寻找食物，在这莽莽丛林里，运气好了，会寻找到野果，甚至是山鸡，众人集中在一起，很难发现这些东西，即便发现了，也解决不了这么多张嘴。

士兵们开始煮牛皮的时候，高吉龙并不知道，就是知道了，他也会睁只眼闭只眼。他一向对下属要求很严格，尤其是这次入缅远征，心里早就憋了一口气，他要让东北军的弟兄们争一口气，为东北军争气，也为自己争气。然而，他们一走进丛林，所有的雄心壮志都被饥饿吞噬了。他们要活下去，活着回到祖国，这是他们最大的愿望，也是唯一的希望!

火有气无力地在钢盔下燃着，被割成条条块块的牛皮在钢盔里翻滚着。先是有丝丝缕缕香气飘出来，很快在众人的嗅觉中便铺天盖地了，牛大奎和几个兵守在一旁，瞅着锅里的牛皮，不时地吞咽下一口口水。久违了的人间烟火，使他们本已麻木的肠胃更加饥肠辘辘。

“班长，我看行了，吃吧。”十七岁的小德子早已恨不能一口把钢盔也一同吞下去。

牛大奎又深深地吸了一口气，真香呀，这是他一生一世闻到过的最香的气味了，他希望这香味永远留住，留在他们的心里，留在生命中。然而现实毕竟是现实，他们已经没有意志来慢慢品味这种人间烟火了，他们要吞下去，吞下所有能吞下去的东西。

牛大奎闭了一会儿眼睛，只是短短的一瞬，很快便睁开了，他颤抖着伸出了手里的树棍，围在钢盔旁的士兵，每个人手里都举着这样一根用来串牛皮的树枝，牛皮很快送到了他们的嘴里，他们欢快地嚼着，咀嚼着世界上最美最香甜的食物。

吉姆是嗅到这缕香气寻找过来的，他已经饿红了眼睛，可以说，进入丛林以后，他是最后一个断食物的。接到穿越丛林的命令后，他就意识到会挨饿，在英国人遗弃的仓库里，他把能带的东西都带了出来。巧克力、罐头、香肠……他身上所有的口袋里都装满了食物。吉姆断粮以后，也曾试着学中国士兵的样子嚼草根、树皮，可他却无法下咽，结果又把这些都吐了出来，只有野果他还能接受，不过有时一天也寻不到几枚果子。吉姆便在心里绝望地想：上帝呀，我要被饿死了！

吉姆出现在众人身旁，士兵们正专心致志地咀嚼着牛皮，根本没有发现他。吉姆却发现了钢盔里翻滚的牛皮，他在心里呼叫一声，便踉跄着扑过来，他要伸手去抓钢盔里的食物。

这一突然的举动，使众人一齐发现了吉姆。在这种时候，如果吉姆是名中国士兵，也许他们会分一块牛皮给他，然而，吉姆毕竟不是中国士兵。他们讨厌这名英国人，讨厌他比中国人高人一等的样子，更讨厌他在自己的长官面前指手画脚，有人甚至想杀了他。仗打到现在这个样子，完全是英国人一手造成的，一提起英国人他们心里就有气。

吉姆当然也很聪明地发现了中国士兵对待他的态度，如果换一种环境，他会下令把这些不恭的中国士兵杀掉，因为英国人有权力指挥中国部队。可这是在丛林里，他已经不是什么顾问了，已经和中国士兵一样，成了一个逃难者。他明白，得罪了这些中国士兵，他们会把他杀死的。

牛大奎他们没有说话，而是用身体紧紧把钢盔锅围住了，唯恐一不留神吉姆会把他们的吃食抢走。吉姆在这种情形下很快明白了，向中国士兵讨要一口吃食已是不可能的了，他想到了交换。他先是从兜里掏出一支金笔，他看到中国士兵没人理他，便又掏出一块金表，中国士兵仍无动于衷，他拍了拍身上所有的口袋，无奈地耸了耸肩，最后，他就退到一棵树旁坐下了。

士兵们加快了进食的速度，他们不仅吃光了所有牛皮，甚至连钢盔锅里的汤也喝光了。士兵们抹抹嘴，意犹未尽地向前走去。

吉姆彻底绝望了，他赌气地扔掉了金笔，最后又扔掉了金表，这些破烂东西，对他来说已经没有任何意义了。心脏空洞地在胸膛里响着。他想到了英国东部那个小镇，自己的家，以及亲人，他慢慢站了起来，这时，他已是泪眼模糊了。他冲东方遥远的什么地方鞠了一躬，这会儿，他又变得平静下来。走到草丛中，他找回了他刚扔掉的笔和表，又拾起了不知哪个中国士兵扔掉的串过牛皮的树棍，放在嘴里用劲地吮着。

这时，他看见了王玥。王玥和高吉龙走在一起，他叫了声，向他们走去。

缅北丛林，覆盖在缅甸北部，绵延到中国云南、西藏，以及印度的阿萨姆邦的这片热带丛林，纵横千里，浩浩渺渺，被人类称为地球的黑三角。

野蛮得到了充分的保留和发展，弱肉强食、生存竞争在这片热带丛林中得到了充分的表现。高大的乔木独占了高空，灌木和草丛失去了发展的空间，便纵横交错横向发展着，一些寄生植物则把自己的根扎到大树的躯干上，吸吮着别的植物的血脉和养分。动物、植物生生不息，在这片野莽丛林中繁衍。

中国远征军迷失在这片丛林里，似不经意间被大风刮起的几粒尘埃。他们顽强地与自然抗争着，便有了生生死死。

## 十

李双林开始咒天骂地了。他发高烧已经有几天了，嘴唇上长出了几个水泡，还不停地便血，他一会儿清醒，一会儿迷糊。他由几个士兵轮流架着往前走，自己恍恍惚惚如走在梦里。

他在清醒与迷糊中就骂：

“×你妈，小日本!”

“你们不得好死哇，我日你姐，日你妹!”

“老蒋光头，你也不得好死!”

“谁欺负东北军，谁就不得好死。”

……

搀扶着他的士兵就劝道：“排长，别骂了，省点气力吧。”

“我要骂，就骂，我不怕死，我谁也不怕了。”李双林在迷迷糊糊中说。

高吉龙一直随在李双林的左右，他一边督促身边的士兵加快脚步，一边照看着李双林。他见李双林这样，心里油煎般地难受。他和李双林不仅同是东北军，也不仅是上下级的关系，他们情同手足。

东北军还在奉天时，高吉龙那时是营长，东北军和其他军阀队伍并没有什么两样，内讧、大鱼吃小鱼的现象屡有发生。当时，他们所在的那个团，是一支从深山沟里收编过来的胡子，原来的胡子老大，收编前被东北军击毙了，老二是个聪明人，人称诸老二。他知道这样和东北军硬顶是没有好果子吃的，好汉不吃眼前亏，于是他便带着一干胡子下山了，后来被收编进了东北军，他被任命为团长。东北军原意是想把这伙胡子化整为零，分散着安排到其他队伍里，诸老二早就看到了这一点，他鼓动小胡子死活不依，为了稳定军心，东北军便暂时没那么做，只派了高吉龙带一营人马合并到这个团，等待时机取而代之。诸老二是何许人也，他出生入死，摸爬滚打，什么场面没经过？他早知道东北军没安好心，更记恨着东北军杀死他们大哥的仇。在一次队伍换防时，诸老二把队伍拉到了奉天城外，一声令下反水了。诸老二早做好了准备，事前就缴了高吉龙这个营的械，先把高吉龙等人拿下，并当场打死了几名想反抗的官兵。就这样，转眼间他们又成了胡子，连夜拉进了山里。

诸老二原想劝高吉龙归顺于他，这样一来高吉龙的一营人马也会死心塌地归顺他诸老二了。其实诸老二是很看重高吉龙的，高吉龙是正儿八经“讲武堂”毕业生，另外重要的一点，高吉龙在张大帅身边干过，久经沙场，要是有他这样的人辅佐，一定会成气候的。

然而，诸老二的算盘打错了。高吉龙无论如何也不会瞧得起诸老二这种胡子头，他从被诸老二拿下开始，就骂不停口。他把诸老二派人送来的酒肉踢翻在地。诸老二并不死心，又派人下山抓来几个民女，轮番送给高吉龙，也被高吉龙拒绝了。最后，诸老二死心了，他想杀掉高吉龙，以此震慑住被他缴了械的一营人马。刑场已经准备好了，就在一棵大树下，树上装上了吊环和绳索。胡子杀人历来很残忍，何况要杀高吉龙这样的人。诸老二已经想好了，他要让高吉龙一点一点地死去，以做到杀一儆百，他要在众人面前树立起一个说一不二的形象。

就在那天夜里，李双林那个班悄悄地行动了，李双林那时只是名班长，平时他和高吉龙的关系处得很好，在这种紧要关头，他不能眼睁睁看着自己的营长被人害死。

他们十几个人赤手空拳，先是收拾了看守他们的几个胡子。接下来，他们就摸到了关押高吉龙的山洞，他们轻而易举地干掉了警卫，但同时也被诸老二发现了。

李双林从山洞里背出了高吉龙。高吉龙虽没有受重伤，但因手脚已被绑得麻木了，一时无法行走。一出山洞，便发生了枪战，十几个弟兄用夺来的枪和胡子们打了起来，李双林冲班副说：“你小子带上人把胡子引开。”

班副听了这话清醒过来，一边打一边撤，李双林则背着高吉龙向相反的后山跑去。为了躲过诸老二的追击，他们钻到了雪壳子里，一直等到追兵过去，李双林才背起高吉龙往山下跑，后面人喊马嘶，枪声不断。那一次，李双林吐了几次血，天亮的时候，他们才跑到山下。没几天，他们从山上跑回来的几个弟兄们嘴里得知，一营的官兵几乎都被诸老二杀了。

后来，高吉龙亲率人马，杀进山里平定了这伙胡子，击毙了诸老二，算是为弟兄们报了仇。

从那以后，高吉龙和李双林便再也没有分开过。这次随远征军入缅，并没有李双林的份儿，但他誓死要随高吉龙同生死共患难。高吉龙只好把李双林带在了身边。

高吉龙看到一个又一个兄弟在身边倒下，他心里难受得要死要活。想当初，几百名有说有笑的弟兄，二话不说，义无反顾地随他来到了缅甸，他们只有一个共同的愿望，那就是打日本鬼子，为家乡的父老兄弟姐妹报仇雪恨。谁能料到，出师未捷身先死，一个又一个兄弟在他的身边倒下了。

几十人的队伍走进了丛林，刚开始队伍还算齐整，以班排为单位，艰难地向前跋涉，紧接着便溃不成军了，队伍每天都在减员，每天晚上集合在一起，高吉龙都要清点一遍人数。弟兄们一天天少下去，高吉龙的心就像刀扎般地难受。

这天晚上，他们终于在一个山头会合了，这是怎样一支队伍哇，他们蓬头垢面，衣不遮体，趺趺撞撞，三三两两地相互搀扶着，一听到休息的命令，他们便再也起不来了，横七竖八地躺在地上，仿佛死过去一样。

世界漆黑一片，蚊虫在他们身边嗡鸣着。不知过了多长时间，先是有一缕微风轻缓地在他们身边刮过，接着不知是谁哑着嗓子喊了一声："看，有星星。"

高吉龙听到这一声喊，抬头望去，他果然看见了星星，树隙之间，那隐隐闪现的果然是星星。那一瞬，他怀疑自己是在梦中。多少天了，他们钻进这暗无天日的丛林里，在死亡里挣扎，他们开始怀疑再无出头之日了。

地上躺着的人，挣扎着站起来，人们真的都看见了星星。一时间，他们无声地把手挽了起来，抬头仰望着。

突然又一个人喊了一声："北斗星。"

随着这一声喊，他们真的又看见了北斗星。北斗星在天际里闪现着，他们一起向天际遥望着，泪水模糊了他们的双眼。

他们第一次清醒地辨别出了北方。北方，多么激动人心啊！

遥远的北斗星静静地在远天闪烁着。几十个人，向北方跪了下去。

# 北　方

## 一

童班副自从走进丛林，便和一群女兵走在一起。这些女兵并不属于这个营，只是大部队撤走时，这些女兵们落在了后面，便随他们这个营一同行动了。她们大都是军、师直属队的，有宣传队员，也有报务员，还有华侨队的缅语翻译……

那一次，队伍正在涉过一条又急又宽的河流，水势很大也很猛，童班副那时还有些力气，照顾着排里那些伤员过河，一趟趟往返于两岸之间。送完这些伤员时，他就发现了这群女兵，她们挤在一棵树下，正望着滔滔的河水发愁。童班副水淋淋地望了她们一眼，他发现了她们的惊惧和恐慌。童班副的心就动了一下，他向她们走过去，闷着声音说：

“快过河吧，要不掉队咋整。”

他说完这句话，便想转身离开，这时他就听到颤颤的一声喊：

“大叔，帮帮我们吧。”

童班副听到这一声呼喊怔了一下，接着他就想乐，其实他还不到三十岁，只因胡子重，人便显得有些老相。其实，他是很想帮她们的，这么深的河，的确难为了她们。童班副一米八几的大个子，水深差不多齐了他的胸，要是她们不会水，无论如何是过不去的。从少年开始，童班副便对女人有着一种深深的同情。这种同情又使他很自卑，不敢主动和女人打交道。以前每逢宿营时，或没有战事、没有危险时，士兵们总爱津津乐道地谈女人，谈她们的美俊胖瘦、黑白高低。有些兵是过来人，说得就更深入些，每每这时，童班副就黑红了脸，他一声不吭，他迷恋别人谈女人，又恨那些用下作语言说女人的人。有一个女人在他的心里是尊神，那个女人便是他嫂子。

女兵的这一声呼喊，使童班副不能不帮助她们了。接下来，他像背伤员一样，一趟趟把她们背过了河。女兵们一次次感谢着他，他红着脸，不知说什么才好。

过了河，童班副穿好衣服，背上枪，正准备去追赶队伍，那个叫他大叔的女兵又开口了，她说："大叔，你陪我们走吧！"

这次，他真切地看了一眼这个女兵，她长得是那么文弱，又是那么小巧，还戴着一副眼镜。

其他的女兵也七嘴八舌地说："老兵，帮帮忙了，我们怕掉队，有你和我们在一起，我们就什么也不怕了。"

这些女兵们有她们自己的难处。自从走进丛林那一天起，她们便明显地感觉到与男兵们的差距，她们只能尾随着男兵，她们的体力跟不上，另外在男兵中间有许多不便。一走进丛林，他们个个都变成野人了，男女之间更没了避讳，她们感到害怕，只能和男兵队伍保持着一定的距离，因为这种距离，遇到困难，男兵们便无法帮她们。况且，她们本身就不是这个营的，她们谁也不认识，甚至许多男兵对她们有一种敌视，因为她们大都是军、师直属队的，这都是嫡系中的嫡系，不论是师里还是军里，都没把东北军这个营当成自己的人，东北军自然也不会把他们当成自己的人了。这种情绪，早在入缅前就有了，入缅以后这种对立情绪更突出、更扩大了。

她们也是临时凑在一起的小集体，在这之前，有的相互之间还不认识，是命运让她们走在了一起。她们在男兵中已经观察了好几天，打算选择一个男人来当她们的保护神，她们研究过这个男人的条件，像选择男友一样给这位男兵定了如下的标准：

一、这个男人要老实、善良。

二、这个男人要有力气、勇敢。

三、这个男人年龄最好大一些。

最后，她们选择了童班副。男人在女人的眼里是最真实的，她们选择了他，这是她们一次小小的阴谋。

童班副早就发现了这群女兵，她们一直尾随着他们。他们宿营，她们也宿营；他们往前走，她们也走。

只因为她们是军、师直属队的，是“他们”的人，童班副和他的士兵们才没有显出过分热情和友好。

那时部队有个惯例，凡是女兵，大都是当官的什么人，要么是老婆，要么就是姨太太，最差的也是当官的姘头。因此，他们很反感队伍上的这些女兵。

刚开始，他们在晚上宿营的时候，还有一些多余的精力。躺下没睡着时，他们就议论这些女兵。

有人说：“把她们睡了算了，反正都是当官的太太。”

有的说：“就是，她们没一个好东西。”

也有人邪气地说：“这是一群送到嘴里的肉，不吃白不吃。”

立即有人附和道：“就是，我们还不知啥时候能走出去呢，死也要当个饱死鬼。”

童班副自然没有参加这些人的议论，他深深地为这些女兵感到悲哀了。说这些话的人，也就是说说，没有人真敢付诸行动。行军时，童班副远远地关注着这些女兵，但他不能有所行动，只在心里悲凉着。

当她们提出让他和她们一起行动时，他几乎不假思索便答应了她们。同时，他又感觉到肩上这副担子的沉重，他不能辜负她们，那一刻，他就暗下决心，一定要帮助她们走出丛林，只要自己还有一口气，就不让她们受半点儿委屈。她们是他心中的神了。

后来，他能叫出她们的名字了。

那个戴眼镜的娇小女兵叫沈雅，武汉人，是师医院的护士。

长得胖一些、眼睛很大的女兵叫李黎，是师部的译电员。

……

他一天天和她们接近着，心中有些说不清道不明的感觉。他还是第一次接触这么多漂亮年轻的女性。那些日子，童班副的心里洋溢着一种幸福感。

## 二

士兵们刚开始搀扶着李双林往前走，后来李双林似乎一点儿气力也没有了。在高吉龙的指挥下，他们做了一个简易的担架，两根树棍中间绑上藤条。士兵们抬着李双林走，这就给他们带来了极大的负担，别说抬着个人，就是一个人跋涉在丛林里也会气喘吁吁，浑身是汗，况且他们已经有许多天没有吃一口像样的东西了。运气好了，他们一天中还能吃到几个野果子，运气不好，只能吃树皮和草根了。接下来他们就拼命地喝水，潮湿的丛林里水多得是，到处是溪流，到处是水潭，他们用泉水填补着身体的亏空。可水又管什么用呢，他们便拼命地撒尿、出汗。有的人因为水喝多了，双脚开始浮肿，浑身变得又粗又壮，皮肤下水汪汪的。一个个似乎都变成了熟透的柿子。

一直走在李双林担架旁的有十几个士兵，他们轮流抬着他们的排长。高吉龙更是不离担架左右。士兵们不时地把找到的野果子送给高吉龙，他们信服他们的长官，拥戴他们的长官，士兵们相信，只要他们的长官安在，他们定能走出丛林。高吉龙成了他们的精神领袖，在这种绝境中，士兵们寻到一星半点吃的，想到的不是自己，而是他们的长官。高吉龙深深地在内心里感激着这些士兵。他要在这群士兵面前保存一个完好的形象。他知道，自己是这支队伍的旗帜，自己的一举一动、一言一行将直接影响部队的士气。

士兵们为他寻找到的野果，他很少吃，大部分都亲手喂给了昏迷中的李双林。因为高烧，李双林的面孔一会儿变得赤红，又一会儿变得苍白如纸，在李双林脸色的变化中，高吉龙的心情一直很沉重。李双林在清醒的时候，曾握着高吉龙的手说：“把我放下吧，我不……能连累你们……放下我吧……”

高吉龙无论如何放不下李双林，李双林是他的战友，更是他的兄弟，从东北一直到关内，从西安事变之后东北军艰难的处境，一直到这次远征缅甸，李双林都忠诚地追随着他，他怎么能忍心扔下自己的兄弟呢？

士兵们抬着李双林也没有什么怨言，只要自己能向前走一步，就要抬着自己的排长前进一步。自从东北军受蒋介石部队的排挤，他们就更加团结了，这种团结是无声的，又是相通的。到了缅甸以后，远离祖国，远离亲人，他们这种无声无形的团结又更近了一层，是心与心紧密地连在了一起。每当看到一个又一个战友在身边倒下，他们会像失去亲人一样感到难过。他们抬着自己的战友前进，再苦再累也无怨无悔。

他们这个营自打进入缅甸便没有配备医生，团直属队才有医生。上级命令他们这个营掩护大部队撤退时，便一起把医生也撤走了，留给他们的只有一些消炎粉和纱布。谁也没有想到，进了丛林竟会得这些稀奇古怪的病。

王玥也来看过几次李双林的病，她学过护理，对医道是略通一二的，她知道李双林的病叫“回归热”。这是一种很怪的病，是缅甸北部丛林一带特有的病。她在学校上学时，曾听说过这种病，但治疗这种病并没有任何特效药，她听人说，得这种病只有自己救自己，就是喝自己的“回龙汤”。得“回归热”这种病每个患者都要便血便脓，血脓里含有大量的毒菌，喝自己便出的脓血是以毒攻毒。

刚开始王玥并没有说出这一偏方，原因是她也只是听说，并没有亲眼所见。但看到李双林的病情越来越重了，她便把听到的这一偏方对高吉龙说了。高吉龙听了半晌没有说话，他盯着担架上的李双林，李双林仍在昏睡着，脸色因高烧不退而变得通红，高吉龙知道，别说李双林得了这么重的病，就是好人在丛林里又能坚持多久？无医无药，他们只能眼睁睁地看着李双林这么病下去，也许过不了多久，昏迷中的李双林便再也不会醒来了。

沉默半晌之后，高吉龙只好说："看来只能试一试了，死马当成活马医吧。"高吉龙这么说完，心里极不是个滋味。

第一次试过之后，李双林的烧果然退了些，其间他醒过来一次，他又一次抓住了高吉龙的手，真诚地说："大哥，放下我吧，我不行了，不想连累你们。"

高吉龙无声地摇着头，他看到了一丝希望，他多么希望李双林能站起来，和他们肩并肩地走出丛林，走回祖国去，走回他们的东北老家去。莫名地，高吉龙在此时此刻，异常地思念起家乡，老家已经没有亲人了，然而老家仍像影子似的在他脑海里盘桓着，挥之不去。此时的家乡，已是草长莺飞了。那是多么富饶美丽的土地呀，可惜，此时却被日本人蹂躏着，践踏着。他一想到这儿，心就有些疼。

奇迹终于发生了，李双林在连续喝了三遍"回龙汤"之后，他的烧彻底退掉了，他睁开眼又真真切切地看见了丛林、战友，他死过一回似的说："我们还没有走出丛林呢。"

高吉龙忙安慰他似的说："快了，快了，病好了比什么都强，到时候咱们一起走出这该死的林子。"

李双林虚弱地笑了笑，他说："大哥，给我一口水喝吧。"

高吉龙马上命令一个战士端来了水，李双林喝了几口便坐了起来，当他询问自己病好的经过时，高吉龙把王玥的偏方告诉了他。他还没有听完，便抱住了自己的头，呜呜咽咽地哭了，边哭边说："我不是人了，哪有人吃自己尿的呀！"

没有人劝慰李双林，在此时此地，他们还能说些什么呢？

晚上到了，分散行走的人们又一次聚在了一起，他们看到李双林的病奇迹般地好了，心情都轻松了许多，他们觉得这是一个好兆头，也许离走出丛林的日子不会太远了。

对李双林病情的好转，牛大奎却感到深深的失望。幸存下来的人们，几乎都轮流抬过李双林，唯有他没有抬过。当李双林昏迷不醒时，他暗暗地高兴过一阵儿，要是李双林就那么死了，虽说不解恨，也算报了仇。可李双林却好人似的又坐了起来，牛大奎便在心里说："驴日的，老子早晚要崩了你！"他在黑暗中打开那支卡宾枪的保险，悄悄地把子弹推上了枪膛。在行军中，有许多人丢掉了手中的枪，牛大奎却无论如何始终不愿丢掉自己的武器，他要用手中的武器为自己的亲人报仇。

## 三

吉姆在努力地保持着绅士风度。虽然他的军衣被树枝撕扯成了条条片片，但是他的枪支武装带仍整齐地系在身上。行走在丛林里，他也在努力保持着体形的完美。此时，他手里拄着一个树棍，白色的手套仍戴在手上，可惜那手套已很难辨别出原来的颜色了。他走几步，便要靠在树上喘息一阵，在心里他已经咒骂过无数次他的上司了，骂他们不该让他和这些中国人在一起，骂他们不该把自己扔下。

他发现中国官兵对他并不那么友好和尊重，自从走进丛林，这种敌视越来越明显了。在内心深处，他瞧不起中国人，更瞧不起这群中国士兵，他在心里骂他们是猪猡。他觉得，在这个世界上，只有他们白色人种才是高贵的。更可气的是，前几天他用自己的金笔和金表换一块中国士兵煮得半生不熟的牛皮，他们都不肯。这对吉姆来说，自尊心受到了严重的打击。

队伍向西行走时，他看到的是生的希望，然而，队伍向北，对他来说是个打击。他不否认队伍向北走会比向西艰难。从内心来说，他很不情愿走到中国去，假若到了中国，他会彻底失去在中国士兵心目中的地位。弄不好，中国士兵会把他撕着吃了。他知道，英国人戏弄了这支在缅甸的中国部队，有朝一日，中国人也许会对英国人实施报复的。他恐惧那一天的到来。他的心感到一种孤独和苍凉。

唯一使吉姆感到安慰的便是王玥，每天队伍出发时，他总要跟王玥走在一起。在这些中国人中，只有王玥能听懂他的话，更重要的是王玥已经深深地吸引了他。在他的心目中，王玥是他见过的东方女性中最漂亮的一位，她恰似一脉潺潺流过的溪水，抚慰着他那颗孤独无望的心。

王玥能如此深深地吸引吉姆，是因为她接受过正统的西方教育。吉姆认为，在这群中国人中，只有王玥能和自己平等对话。她有理由站在自己一边。所以，当高吉龙命令队伍向北方行进时，他知道要说服高吉龙是毫无希望的，便试图说服王玥，让她陪伴他继续向西走，一直走到印度，去寻找他们的英国队伍。没想到，王玥竟是这么倔强，一口回绝了他。他对王玥的态度感到有些不可思议。在以前的聊天中，他了解了王玥的身世，凭王玥的身世他觉得她不会和这些中国人一样，但他没料到的是，在部队面临艰难的选择时，王玥会和那些中国士兵站在一道。

他说："你和他们不一样。"

王玥冷着脸说："我也是个中国人。"

他说："可你不是……"

她说："我是!"

他真的有些无法理解王玥的内心世界了。

王玥已经不是以前的王玥了，她的衣服和男兵一样开始变得破烂不堪，身体变得更加瘦弱，自从走进丛林，经期开始变得不正常起来，先是过了许久不来，后来终于来了，来了之后又不利索，断断续续的，像拉肚子。小腹有时疼痛得使她无法正常行走，饥饿已使她精疲力竭了，又加上妇女生理上的弱点，使她每前进一步都要付出双倍的努力。她细心地用藤蔓把自己破烂的衣服捆扎起来，每天清晨出发前，她都要把自己打扮一下，先是用水潭里的水洗净脸，还会对着水中自己的影子把头发梳理一番。她每天都希望自己有一个好的心情。她最大的愿望就是能早日走出丛林，走回中国去，然而，莽莽的丛林似乎永远也没有尽头，她一天天期望下去，又一天天走下去。

每天行军时，吉姆总要和她结伴而行，刚开始她有些恨吉姆，恨吉姆这样的英国人，但在这种生死未卜的环境下，她又有些同情吉姆了。

她知道，在此时此地，吉姆是个孤独的人，只有她能和他交流，在这样的绝境中，没有人互相安慰，那真会令人发疯的。

在她遇到困难时，吉姆会像个绅士似的帮助她。可恶的大山，一座连着一座，他们艰难地在山林中爬行着。

不知从什么时候开始，吉姆开始不厌其烦地和她唠叨英国东部小镇上他的家，他的亲人，还有小镇的风光……在吉姆一遍遍的叙述中，王玥的眼前呈现出一片异国的风景——宁静安谧的小镇，那里有阳光、草地、河流、鲜花……洁白的鸽子在蓝天飞翔，幸福的人们沉浸在温暖的阳光中。

王玥有时会问吉姆："你为什么要来缅甸呢？"

吉姆耸耸肩，算是回答了。

王玥就在心里轻轻地叹了一回，眼前幻想出的美丽画面一阵风似的跑了。有时她会天真地想：这个世界要是没有战争该多好哇，到处都是温暖的阳光和美妙的歌声，那将会是一种怎样的情形呢？她又想到了亲人，战火中父母惨死前的情景在她眼前挥之不去。

回到现实中的王玥，会在丛林中用目光寻找高吉龙的身影，自从进入丛林她便开始有了这种感觉，只有看见高吉龙她的心里才踏实，她不知自己这是怎么了。

入缅才刚刚几个月的时间，她仿佛换了一个人。父母死后，她只单纯地想到为自己报仇，把日本人从中国赶出去，从缅甸赶出去，让好多人都能过上好日子。可自从走进丛林，她的想法便不那么单纯了，她有了更多的体验和想法，包括眼前自己的处境、这支队伍的出路，眼下他们的目标是走出丛林，走出丛林以后呢？也许还会是战争，永无休止的战争，即便战争结束了，她还会像父亲那样开一家小小的照相馆吗？这些日子，王玥被这些毫无头绪的想法折磨着。

队伍一天天地在减员，每天都有三两个士兵再也走不动了，躺在丛林里。他们就那么躺倒了，队伍再也没有能力掩埋他们，战友们只是默默地用一些树枝把他们盖上，或者在最近的一棵树上刻下他们的名字。

然后，又匆匆地上路了。没有人敢说，自己不会突然倒下再也起不来，永远留在这片丛林里。

每天晚上队伍聚在一处，清点人数时，士兵们都不说话，只是呆呆地互相对望着，看着身边一天天少下去的队伍。

高吉龙这时便会长久地蹲在一棵树旁，凝望着没有尽头的丛林，他在为那些战友难过，同时又在为这支队伍的前途担心。每逢这时，不知为什么，王玥的心就会被高吉龙牵去。她很想走到高吉龙的身边，陪他一会儿。

## 四

童班副和五个女兵走在一起，心里面充满了从未有过的柔情，这股柔情从他的心底里喷涌而出，暂时淹没了他行军中的苦难。

每天早晨出发前，童班副都要来到昨天晚上他亲手为她们搭建的用树枝围成的小窝前，他站在那里先轻轻地咳一声，仿佛怕惊醒她们的梦。其实不用他叫，五个女兵已经醒了，但她们谁也不愿先爬起来，饥饿已使她们耗尽了全身的能量。她们即便躺在那里，仍急促喘气，心脏在胸腔里空洞地响着。她们听到了童班副的轻咳，知道这是队伍出发的信号，她们搀扶着从树枝搭成的小窝里爬出来。她们最先看见的是童班副的脚，那双脚上的鞋早就磨烂了，露出长短不一的脚趾，那些脚趾又被扎烂了，感染了，此时正在一点点地往外渗着血水。接着看见童班副的衣裤，他早已是衣不蔽体了，衣裤条条片片地在身上披挂着。唯有童班副那双眼睛燃烧着幸福，放射出亢奋的光芒。

女兵们并不比童班副好到哪里去，破碎的衣裤使她们看上去千疮百孔，那里面露出了她们的皮肉，还沾着草屑。童班副的目光触及她们的身体时，浑身上下便打摆子似的颤抖不止。女兵们一个个从树枝的窝棚里钻出来，最后走出的沈雅头发却被树枝挂住了，她叫了声，便栽倒了。女兵们想帮帮她，却手中无力动作迟缓。最先反应过来的当然还是童班副，他走过去，蹲下身，伸手无限温柔地握住了那缕被树枝挂住的头发。这时，他从沈雅的衣领看到了她裸露的肩，以及微微隆起的半个乳房。童班副的脑海里响过一片啸叫，他不知自己用什么办法摘去沈雅头上的树枝，也不知自己是怎么站立起来的。他恍如做了一个永恒而又旷远的梦，那梦里有说不出的一种感觉。

终于，他艰难地咽了口唾液，深深地吸了几口小窝棚里散发出的气息，那是她们混合的气息，这气息使他陶醉。他再抬眼望去时，她们已在树丛里向他招手了，他大步地向她们走去。童班副走在丛林里，走在女兵的前面，一双目光机警地搜寻着，他盼望着在纵横交错的枝丫间，能发现几枚野果。那是他最大的心愿，也是最大的幸福了。每次发现野果，他从来不先吃，而是分给她们，直到她们每人都轮流吃到了野果，他才吃。因为他走在她们的前面，每次都是他先发现野果，不管野果距离他们有多远，他一定急不可耐，跌跌撞撞地爬过去。摘下野果那一瞬，他往往激动得像个孩子。他让女兵们吃野果，自己吃随手摘下的树叶，他嚼着树叶、草茎，仿佛比女兵们吃到野果的滋味还香甜。

有童班副的帮助，女兵们省去了许多体力，也能勉强吃到一些东西，她们只剩下走路的任务。向北，向北，再向北。

这一天的运气很不好，童班副没有找到几枚野果，他自己饿得眼前一阵阵地发花，绿色的山林在他眼前变得混沌起来。快到中午的时候，他们终于走不动了。

这时女兵们央求童班副道：“童老兵，咱们歇会儿再走吧。”

她们自从认识了童班副之后，便没有人再喊他大叔了，而是一律喊他童老兵。与她们比起来，他也的确称得上是个老兵了。她们大部分都是入缅前入的伍，而童班副已当满五年兵了，大仗小仗打过无数次。

童班副这时用劲儿地揉了揉发虚的眼睛，他看到他们离前面的部队并不远，前面部队有的人也正坐在草地上休息。童班副便带头坐了下来，女兵们见童班副休息了，便急不可待地一屁股坐在了地上，她们垂着头，大口地喘着气。她们此时，也只剩下了喘息的力气了。

朱红先是被一泡尿憋得很急，她匆忙地和身边的沈雅打了声招呼，便急急地钻进了一蓬树丛，当她解完手时，才发现胃里空洞得无着无落，她想一定要找点儿吃的。一路上，都是大伙在一起走，发现点儿能吃的，轮到她这里，还不够一口，这次，她一定要自己行动。于是，她向丛林摸去。

十八岁的朱红是名护士，山里的野果在书本上她了解一些，知道有些野果是不能乱吃的，有的不仅有毒，严重的会致人丧命。这时，她发现了一只猴子，那只猴子很灵巧地在林丛中跳跃，她灵机一动，跟猴子走，猴子窝一般都有一些可采到的野果，这些野果既然猴子能吃，人也就能吃。她紧张又激动地跟随在这只猴子后面，果然，那是一只回窝的猴子，她三脚两步地赶过去，猴子看见了她，龇了龇牙，一点点向后退去。她已经管不了许多了，一步步向前逼去，待她看见猴子窝里果然有几个野果子时，几乎奋不顾身地扑过去，这时，她忘记了身边的一切，蹲在那里，狼吞虎咽地吃了起来。

朱红万万没有料到猴子会扑过来。猴子轻而易举地便把朱红扑倒了，这只是第一个回合，猴子退到一定距离，便停住了，准备发起第二次攻击，用攻击来保卫自己的家园和果实。情急之中的朱红，从兜里拿出了那把手术刀，她没有武器，只有这把手术刀，为了进入丛林方便，她偷偷地把这把手术刀带在了身上。这是一把外科手术刀，握在朱红手里很合适，也很顺手，她用这把手术刀冲着要进攻的猴子比画着。猴子显然没有把她手上那把小小的手术刀放在眼里，又一次英勇地扑了上来。朱红惊叫一声，出于本能，她用握手术刀的手迎击猴子，无知的猴子用胸膛撞在了锋利的手术刀上。那只猴子并没有马上死去，它躺在地上，不可理喻地望着朱红，嘴里发出一阵阵可怕的怪叫。朱红还从来没看见过这样的猴子，她真的害怕了，甚至忘记了拿猴窝里的野果子。她想马上回撤，回到女兵们的中间去。

可是，一切都已经晚了。这时，不知从什么地方涌来了一大群猴子。一只猴子领袖统领着这群长相不同的猴子包围了朱红，它们要对她进行疯狂的报复了。

在猴王的统领下，猴子们并没有急于攻击，而是先走到朱红近前龇牙咧嘴了一番，然后绕着朱红转圈儿。朱红此时手里已没有任何武器了，那把手术刀仍然插在那只猴子胸前，已经被不断涌出的血淹没了。

朱红只能被迫同猴子们转圈儿，她转了一圈儿又一圈儿，她不知这是猴子们的诡计，她直转得头晕目眩，最后跌倒在那里。一群猴子见时机已到，随着一声尖锐的长叫，一起冲过来，它们发疯般地撕着，扯着，抓着……朱红没来得及叫几声，便不动了。

猴子们兴犹未尽，在朱红身上很猥亵地撒了几泡尿，便逃之夭夭了。

童班副和女兵们听到朱红的叫声，再赶过来时，一切都已经晚了。呈现在他们眼前的是面目全非的朱红，赤身裸体，浑身是血……他们只看了一眼，便什么都明白了。

那一刻，童班副震惊了，女兵们震惊了。过了许久，清醒过来的童班副把朱红抱了起来，他一时不知如何是好，就那么愣愣地站着，任凭朱红的鲜血染了他一身。终于，他踉跄着把朱红放在一棵树下，他疯了似的用刺刀砍来许多树枝，一层层把朱红“掩埋”了。接下来，他就跪了下去，满脸悲凄，痛不欲生。

很久之后，童班副才站起来，走到一棵大树旁，用颤抖的双手握着刺刀在那树上刻下了两个歪歪扭扭的字：朱红。

女兵们抱头痛哭。

## 五

李双林深深地对士兵们愧疚着。此时，他已经不再发烧了，经过这些日子“回归热”的折磨，身体虚弱得要死要活。气短头晕自不必说，更重要的是，他一想起那些“回龙汤”就恶心得肠胃痉挛。那次，他清楚过来后，看到了那只曾盛着“回龙汤”的缸子，便晕死过去。又一次清醒之后，便吐了，吐得翻江倒海、地动山摇。

他吐过后，病却彻底好了。那一刻，他恨不能一枪把自己打死。他一想起“回龙汤”便在心里发誓咒骂地说：“他妈的，我李双林不是个人了，哪有人吃自己屎的！”

相反，他却对士兵们深深地感激着，他清醒了之后，就知道这一路发生的一切。如果没有这些士兵，或许他李双林早就死了。是高吉龙没有抛弃他，是这支队伍没有抛弃他。他从心里深深地感谢他们。

虽然身体虚弱，但他再也不忍心躺在担架上了，高吉龙放心不下他，仍派两名士兵搀着他往前走，这样走了一程，两个兵气喘吁吁，弄得李双林心里不忍。莽林漫漫无尽头，谁都想省一点儿力气，也许就是这一点儿力气，会支撑着他们走出丛林。李双林坚信丛林总有尽头，他们早晚会走出这该死的丛林。所有向北走的人都坚信着这一点。李双林想：再也不能连累任何人了，一定要自己走。想到这，他便对身边的两个兵说：“你们走你们的，我的病好了，自己能行！”

两个兵就说：“那怎么行，照顾好你，可是高营长吩咐的。”李双林就有些生气，他甩开他们的手，咬着牙向前走了几步，头也不回地说：“我这不很好嘛！”

两个兵看到这样，如释重负地松了口气，相互望一眼道：“李排长，那你就多保重，走不动时叫我们一声。”

李双林冲这两个士兵点点头，他叫不出他们的名字。他们不是同一个连的。李双林和高吉龙是在入缅前几天来到这个营的，自己排里的那些士兵，他甚至都没来得及认全，仗便打败了，许多不知姓名的士兵，便永远地从他身边消失了。

刚开始，李双林独自还能往前走一段，可越往前走，双腿越发飘，那双虚弱的腿仿佛已经不是自己的了，不听他支配了。他知道，自己真的再也走不动了。然而，他不忍心劳累那两个力气已经用尽的士兵了，他无奈又绝望地坐在了草丛里，一种前所未有的绝望感袭遍了他的全身。他看到远处，或不远处，一个又一个士兵摇晃着，挣扎着向前走去，他想喊一声，那一声求救的呼叫终于没有从他嘴里喊出。他想站起来，顺着战友们走过的脚印继续走下去，可他努力了很多次，却怎么也站不起来了。他想到了爬。于是，他就真的爬了起来，草被他的身体压倒了，他抓着前面的树枝、树根，腿蹬着草地，一点点地前行着。这时，眼泪汹涌地流了出来，那是求生的眼泪，也是绝望的眼泪。此时，他的心里只有一个意念，那就是：爬也要爬出丛林，爬回到祖国去！回到祖国，家乡还会遥远吗？他一想到东北的家乡，眼泪就流得更加汹涌了，破败的山河，破败的家园，晦涩得像电影一样一幕幕在他眼前闪过。他便朝着这样一幕幕的情景向前爬去，爬去……

他趴在那里大口地喘息着，眼前的山林愈加变得高大而又茂密了，没有阳光，没有风，仿佛眼前的一切就是通往地狱之路，是另一个世界的模样了。

李双林后来看到了童班副和四个女兵在眼前不远的地方走过。他知道那个班副姓童，入缅前他们还聊了一会儿，他知道童班副的老家离自己的老家很近，走路大约也就是一个时辰的样子。那次他握着童班副的手摇晃着说："咱们还是老乡呢！"

童班副也说："可不是，老乡见老乡，两眼泪汪汪。"

在当时，他却一点儿也没有那种感觉，因为在东北军中，随便找一个人问一问老家的方位，都离自己的老家不远，若再细问下去，说不定还会沾一点亲戚。

童班副在前面开路，那四个女兵随在后面，李双林不认识那四个女兵，甚至连见也没有见过，显然不是他们这个营的。他眼睁睁地看着童班副带着这四位女兵一点点地消失在丛林里，最后再也看不见他们了。这时，周围很静，静得仿佛这个世界已不存在了。一股更大的恐惧感笼罩了李双林，更准确一点儿，李双林感受到了孤独，是前所未有的孤独使他感到恐惧了。在那一瞬，他下定了决心，要是再有战友从身边走过，他就呼叫，他已经管不了许多了。可惜再也没有人从他视线里走过了，他叫了一声，接着又叫了一声，然而没有回答，只有自己的回音在山林里响着，很快又被密密的丛林吞噬了，消失得无声无息。

李双林拼命地向前爬去，他一边爬一边喊着：“有人吗？有人吗？”

没有人回答，他的喊声空洞而又苍白，最后，他被自己的喊声吓住了。他要站起来，挣扎了半晌，才终于扶着身旁的树干站了起来。这时他发现，整个丛林暗了下来，他知道天快黑了，他想，自己无论如何也要在天黑前追上他们。这么想着他向前走去，他的腿一软，眼前真的黑了下来，他什么也看不见了，觉得自己是在飞，轻轻的，飘飘的，越飞越远，越飞越高……

李双林不知道，身旁一棵树上的树枝轻轻响了一下，接着跳下来一个“人”。说是人，因为这“人”是用双腿在行走，这“人”的头发披散着，一直披散到腰际，腰上被一件兽皮遮了，“人”的胸前挺着一双硕大的乳房，从这可以判断出，这“人”是个女人。她个子不高，浑身的肌肉却发达异常，双眼深陷，双唇肥厚。她从树上跳到地上，机敏地向四下里看了看，没有发现异常，便轻灵地向李双林走过来，不，是奔跑过来，她的动作有些迫不及待，不知是兴奋还是紧张，她的呼吸急促而又有力。她走到李双林身旁，弯下腰来，她的长发也随之披散下来，落在李双林的脸上，她又伸出手试了试李双林的鼻息，然后轻而易举地把李双林扛在了肩上。她又四下里张望了一眼，然后迅疾地向丛林深处跑去。

这时，世界已是漆黑一片了。

## 六

李双林不知道，他们所有的人都不知道，这支绝望的队伍已经走进了野人山。

野女人叫原，她秘密跟踪这支队伍已经两天了，今天，她终于等来了下手的机会，她成功了。她扛着李双林一口气跑回到了自己的住处，她住在半山腰的山洞里，山洞的石板上铺着厚厚的细草，她把昏迷中的李双林放在草垫上，自己跪在一旁，一边喘息着，一边点燃了石洞中的火把，火把“噼啪”地燃着，于是整个世界便亮了起来。

原的目光也似燃着的一团火，热烈地望着昏迷中的李双林。她小心地伸出手在他的脸上摸了一下，又摸了一下，那只手便拼命地颤抖起来，激动使她的眼里含了层泪水，在火把的映照下，闪烁着一种晶莹的光芒。

原的阴谋终于得逞了，她兴奋得不能自抑，于是便在石洞里手舞足蹈，火把映照她的身影，在洞中的石壁上一会儿长一会儿短。

早在一个月前，原的阴谋就差一点得逞。那时，野人山也走过一支队伍，那支队伍人数众多，是从东向西走，队伍稀稀拉拉地过了足有七八天。原还是第一次看到山外这么多的人类，她不知道这是一群怎样的人，于是她在暗地里观察着，这是一支迁徙的人群，他们饥饿、困顿、劳累，看他们的样子似乎走不出野人山，走不出这片密林了。

起初，原被这群人震惊了，她还从来没有看到过这么多的人，她恐惧地呆望着这群陌生的人，待一切都清楚了，发现他们不过是野人山匆匆的过客，她放心下来。这时，她的心灵发生了奇异的变化，她发现这群不同于野人的人们，每个人都生长得伟岸英俊，一点也不像野人山的男人。在原的心中，野男人简直无法和这些人相比。原远离野人部落，独自在山洞里生活。这是他们野人山的习俗，女子生下来满十年后，便要离开部落独自生活一段时间，直到性意识觉醒，寻找到第一个野男人，并与之结合，直到生下第一个孩子，野女人才有权回到自己的部落。野人部落过的是群居生活，以母亲为家长而产生一个又一个小家，丈夫是不固定的，也就是说野人只认自己的母亲，不认父亲。

原单独在山洞里生活已经四个年头了，在这四个年头中，原逐渐成为真正的女人了，原第一次来红之后，她便开始盼望男人了，男人在她的心中一夜之间发生了翻天覆地的变化，男人在她的眼里变得雄健和美好起来。原在选择着第一个男人，离开部落狩猎的男人不时地路过原居住的山洞，那些男人自然也知道原还是个单身女人，他们不时地在原的洞口唱歌跳舞，以此来吸引原的注意，希望原能选上自己。在原的眼里，这些男人不是老就是丑，原在选择男人的条件上心比天高。

山外这群陌生的人吸引了原，陌生、新奇使原的少女之心萌动了一番别样的情感。于是一个阴谋悄然在原的心房中产生了，那就是她要在这群奇迹般的人群中选择第一个男人。

一个月前的队伍，人很多，他们大都成群结伙地在原的眼前走过。原一直没有寻找到机会。后来，原终于找到了一个机会，那是一个双脚溃烂的士兵，他显然是掉队了，拄着枪，踉踉跄跄地在远离队伍的后面前行，也许是因为饥饿或者是劳累，他终于跌倒了，昏死了过去。原就在这时出击了，她毫不费劲地把那个伤兵背到了洞中，她喂他水，喂他吃的，使他终于苏醒过来。原看到伤兵睁开双眼高兴极了，又是唱又是跳的，那个伤兵很害怕的样子，缩在暗影里哆嗦着身子。原用温暖的双手抚摸着这个伤兵，在原的抚慰下，伤兵睡着了。后来原熄了火把，守坐在伤兵身旁，她的心里洋溢着一份崭新的情绪，她恨不能张开双臂紧紧地把伤兵拥在自己的怀里，用自己的爱唤醒沉睡中的士兵，但她没有那么做，她知道，伤兵太虚弱了，此时睡着了。她坚信，在她的照料下一切都会好起来的，她要让这名年轻、英俊的伤兵一天天好起来，然后做她的第一个男人。

那一次，原无限温柔地守了伤兵整整一个晚上，她用自己鲜活的舌头，舔遍了伤兵的身体，后来，原发现了伤兵溃烂的双脚。原的心痛了，她抱着伤兵的双脚整整坐了一夜。

第二天，一大早，原便出发了。她要出门为伤兵采药，她知道山里有一种草药专门治疗烂脚。经过千辛万苦，原终于采到了那种药，原兴高采烈地回到了山洞，可山洞却空了。原在山洞里怪怪地叫了几声，山洞里只有她的回声。原疯了似的跑出了山洞，她要寻找到那个伤兵。原一边寻找着，一边叫喊着，整个山林里响遍了原凄厉、焦急的喊声。

原找了一夜，天亮的时候，她在一棵树后找到了那个伤兵。那个伤兵已经死了，他的尸体上爬满了肥硕的蚂蚁。原愣住了。那一次，她在伤兵的身旁坐了好久，她赶走了蚂蚁的纠缠，后来她又把伤兵用藤蔓吊到了树枝上，这是他们野人部落的规矩，部落里死了人，他们总是要把死人吊在树上，只有这样，死人的灵魂才能升天。

做完这一切，原伤心透顶地哭了起来。原的哭声，一直响了许久。

那些日子，是原伤心的日子。她以为再也寻不到英俊、高大、年轻的男人了。然而机会又一次来到了她的身边。

从上次到现在，一个月之中，又有一群奇异陌生的人路过野人山，这些人不是从东向西，而是从西向北，原开始怀疑，是不是那些走过去的人又回来了。

然而，这次这些人没有一个月前人那么多，这次只有几十人，稀稀拉拉地在山林间走过，看样子，他们走得更加艰难，这些人几乎都走不动了，但他们仍摇摇晃晃地向前走，跌倒了再爬起来、向前……

原跟踪着这几十人的队伍，她时而爬到树上，时而躲在草丛中，密切地关注着这些人的动向。这群人，义无反顾地向北走去，那一副坚定的神情，差一点感动了原。然而，这些人正在一点点地走进原的心里，不知为什么，原觉得自己的命运已紧紧和这些人连在一起了。预感告诉她，这次她一定能够成功。

接着，她就发现了掉队的李双林，她看见李双林不是在走，而是在爬行了。这种情形，使原深深地迷惑了，她不知道这群人为什么那么执着地向北行走，难道北方是这群人的天堂和圣地吗？

原终于等到李双林不动了，于是她从树上跳了下去。

# 野人山

## 一

著名的国民党高级将领、这支远征军的副总司令杜聿明，率领大部队一个月前曾败走野人山。由于英军在这之前，曾仓皇逃往印度，中国远征军早就断了给养，野人山的原始森林，使这支万人部队吃尽了苦头。

那时正是雨季，天空中好似被谁戳了许多个大窟窿，雨水便从这些大窟窿里一刻也不停地往下淌，分秒不停，雨从大到小，再由小变大，昼夜不停，永无休止的样子。密林能挡住阳光，却挡不住雨水，浮游在水中的蚂蟥，叮咬着士兵们赤裸的双腿，原始森林里的蚂蟥咬人并不疼，很多人都没有注意它们，于是它们便成群结队，蜂拥着叮在人们的身上，这里的蚂蟥还是第一次喝人血，它们疯狂了，吸饱了一群，又来了一群，它们轮流吸吮着。又累又饥的士兵，有的被蚂蟥吸了太多的血，走着走着，头一晕“扑通”倒在水里，将士们走过的地方，血水染红了这片土地。

在这样的环境中，任何人的命令都失去了权威，可恶的瘴气使部队哗然。

相传三国时期，诸葛亮曾率领部队在此打过仗，著名的“七擒七纵”的故事就发生在此地。当时的蜀国将士面临的就是可怕的瘴气，后经神人指点，山中有一种草，把草叶含在嘴里便可驱除瘴气。可远征军并没有蜀军那么幸运，没有神人指点他们，于是他们四处逃散，躲避着可怕的瘴气，尸横遍野，死者不计其数。

没有吃食，没有医药，一件件残忍的事件接踵而来，伤员早就没人肯抬了，他们知道，活人也难走出野人山了，何况伤员，还不如补给他们一枪算了。被打死的伤员有的都没来得及掩埋，就扔在山野间。有的士兵无论如何也下不了手，便扔下伤员上路了。那些伤员哀号着："弟兄们，弟兄们，请不要扔下我，不要扔下我……"一声声哀痛的呼喊响在丛林里，最后弱下去，再也听不到了。

人性与兽性，在野人山得到了充分的体现。据一份资料记载：一个长官部的少将，在挨了数日饥饿后，发现有几个士兵在用钢盔煮粥，这位少将便凑过去，可怜巴巴伸出了自己的碗，哀求士兵们分给他半碗，哪怕一点点也好。这位昔日说一不二的将军，先是被士兵们冷落着，后来见这位少将不走，士兵们便一起大骂起来，有的士兵甚至扬言要杀了他。可怜的少将，最后还是一步三回头哀叹着走了。第二天一早，人们发现这位少将已经饿死了。饿死前他曾啃过自己的手臂，两只手臂一片血肉模糊……

野人山使中国远征军死亡过半。野人山因此被后人称为白骨山。

高吉龙这个营撤进丛林时，走的并不是这条路。他们决定向北，走回祖国时，在大部队走过野人山一个月以后，他们又来到了这里。幸运的是，他们躲开了雨季，自然也就躲过了可怕的瘴气。但野人山的惨状却历历在目，倒毙的将士们，血肉早已被蚂蟥、蚊虫吃净，剩下了一堆堆白骨。那些白骨在向后来者昭示着昨天的惨痛。

刚开始，他们并不知道这些白骨是自己的人，他们先是发现了立在一旁已经长了绿毛的枪支，还有那些尚没有腐烂的衣服。他们从这些遗物上轻而易举地认出了这是自己的同胞，他们在麻木中被深深地震惊了。

高吉龙发现李双林失踪时，已经是晚上了。队伍在一片稍平坦的林地里集合了，这时他才发现李双林失踪了。恼怒的高吉龙差点枪毙了那两名照顾李双林的士兵，他知道，李双林大病初愈，无法跟上大部队。

连夜，高吉龙准备回头去找李双林，他不能把李双林一个人扔下，他们不是兄弟却亲似兄弟。高吉龙默默地走进了黑暗中，跟随他的还有牛大奎，王玥在黑暗中看着高吉龙走进林间，默默地也跟了上去，还有那两个差点被高吉龙枪毙的士兵也跟了过去。

高吉龙喊："双林，双林……"

士兵们喊："排长，排长……"

天亮的时候，高吉龙、牛大奎、王玥三个人呆呆地对望着。林间静悄悄的，没有李双林的回答，他们已经走过了和李双林分手时的地点。高吉龙觉得脑子里和这片无边无际的森林一样，到处都是灰蒙蒙的一片，迟滞而又凝重。

王玥半晌才说："我们回去吧。"

高吉龙这时大脑清醒了一些，他不能扔下队伍，这些人需要他，他是他们的精神支柱。

这时的牛大奎目光深沉地望着丛林，他很费劲地想着什么，终于，他抬起头来说："营长，你们走吧，我在这里再等一等李排长。"

牛大奎的这句话，让高吉龙好一阵感动，他握住了牛大奎的手摇了摇说："大奎，那就拜托了。"

牛大奎一点儿也不激动，他冷漠地点点头，事后高吉龙觉得牛大奎什么地方有些不对劲儿，究竟哪不对劲儿，他一时又说不上来。牛大奎毕竟是李双林最后的一丝希望了，高吉龙又说："大奎，争取早点儿赶上队伍。"

牛大奎没有说话，只冲高吉龙挥了挥手，便向前走去，一条树根把牛大奎绊了一跤，但他很快又站了起来。

高吉龙望着牛大奎的背影有些放心了，这些在艰苦环境中幸存下来的人，都是一些身强力壮的士兵，在这些身强力壮的人们当中，牛大奎又是最强壮的。他相信，牛大奎一定能够找到李双林，就是李双林走不动了，牛大奎也一定能把李双林背回去。

他放下心来，便和王玥向前走去。向前走了一道山梁，发现了昨天晚上随他们一同出来的另外两名士兵，他们找人心切，这二人没能跟上来高吉龙也没有发现。此时，这两名士兵已经死了，他们躺在那里，四只眼睛睁得大大的，他们的表情充满了惊惧和疑问。

王玥一眼就看出，他们是被毒蛇咬死的，一个先被毒蛇咬伤了，另一个去救，结果他们双双被咬死了。他们浑身发青，嘴唇发白。

高吉龙默然地立在两名士兵的遗体旁，他有些后悔昨晚冲他们发了火。最后，他缓缓地摘下帽子，垂下头，默默地在他们身旁站了一会儿，王玥也那么站了一会儿。此时，他们只能做这些了。少顷，他们又向前走去。

牛大奎一边走，一边寻找着，不时地呼喊一声，他真心实意地要找到李双林，但不是为了救他。他要报仇，杀死李双林。

## 二

李双林得了“回归热”要死要活的时候，牛大奎是喜忧参半，喜的是李双林终于得到了报应；忧的是，李双林死了并不是他亲手杀死的，没有了畅快淋漓的复仇感。对牛大奎来说，疾病的折磨使李双林死去，不如他亲手杀死李双林那么解气。一路上，他一直在寻找着复仇的机会。可李双林竟奇迹般地好了，牛大奎复仇的愿望又一次熊熊燃起，他要杀了李双林，为父兄报仇。

李双林的失踪，使牛大奎心里一下子揪紧了。他不能失去这个仇人，他要亲眼看见这个仇人死去，只有那样，父兄的在天之灵才能安息。当高吉龙提出要去寻找李双林时，他想也没想便跟随高吉龙返回去找，但他始终和高吉龙保持着一段距离。他提着枪，腰里别着一把刺刀，他甚至想好了杀死李双林的方法。先用枪托把他砸个半死，然后再用刺刀捅，先捅他的胸膛，再捅他的喉咙，要让他一点点死去，也就是说，让他死得越痛苦越好。但是，牛大奎却连李双林的影子也没有找到。牛大奎的脑海里曾闪过李双林是不是死了的想法，但他又一想，即便死了也要找到尸体，他要在李双林的尸体上完成自己的复仇计划，他觉得唯有这样，才对得起死去的父亲和哥哥。

牛大奎的父亲牛老大和哥哥牛大犇都是李双林亲手杀死的。

牛大奎和牛大犇比李双林先当的兵，兄弟俩被东北军招到营中有些强迫的味道。牛家并不富裕，靠给大户人家打短工过日子，家里只有二亩薄田，生活虽苦，却也说得过去。牛老大得子较早，牛大奎和牛大犇二十多岁了，他才四十多岁，牛家三个男人都有一身好力气。

九一八事变之后，少帅张学良搞了一次扩军，东北军便大张旗鼓地开展了扩军工作。东北军和所有军阀部队一样，兵的来源大都杂七杂八，有土匪被收编的，也有一些人实在混不下去了才出门当兵的。战事杂乱，军阀们又没有长远的目标，因此，老实本分的人家很少有自愿当兵的。

那一日，牛大奎和牛大犇正在地里劳作，一眼便被搞扩军的东北军看到了，东北军先是挺客气，说是要请兄弟俩到队伍上去训话。兄弟两人知道，东北军需要的不是什么训话，训话后面还有别的内容，两人便不同意，东北军看到两位合适的人选，自然不肯放过，于是便推推搡搡地把两人带到了军营。先是由长官训话，讲了一通当兵吃军饷的好处，两人依旧不愿意。一旦进到军营，想出去便没那么容易了，两人双双被扣下了。于是有人就找到牛老大通报说，要想让两个儿子回来也行，但要每人交十两银子，名曰军人费。牛老大自然拿不出二十两银子，他要去军营里看望两个儿子，结果自然没有见到。

不久，又有人找到牛老大，给他送来两块银圆，说是两个儿子第一个月的军饷。牛老大就傻了。这么说，不管自己愿意不愿意，两个儿子说被抓就被抓了！牛老大拿着两块银圆，和老婆一起哭得昏天黑地。两个儿子没了，家还称为什么家？

牛老大真心实意地放心不下自己的两个儿子，他牢记着一条古训，那就是："打仗亲兄弟，上阵父子兵。"牛老大于是找到东北军要求参军。日本人来了，兵荒马乱的，他要亲眼看到自己的儿子才放心。牛老大轻而易举地当了兵，他当的却不是拿枪的兵，而是名火头军。

牛老大不管干什么都无所谓，只要天天能看到自己的两个儿子，他就心满意足了，在他要求下，和两个儿子终于分到了一个营。

老婆不用他惦记，家里的那二亩田地足够她一人生活了，况且他们父子三人每月还有军饷，这一切，足够她生活了。

让他们料想不到的事情发生了，东北军一夜之间被蒋介石调到了关内。他们先是坐火车，坐那种暗无天日的闷罐子火车，然后他们又徒步行走，不知走了多少日、多少夜，总之，他们越往前走离家就越远了。

牛老大和两个儿子长这么大也没有走过这么远的路，越往前走，心里越发空，思乡的心情也就越迫切。

于是牛老大想到了跑，在一天黑夜里，牛老大找到了自己的两个儿子，爷儿仨在一棵柳树下筹谋着逃跑的计划，为了减小目标，三个人要分头行动，牛老大甘愿当一颗问路石，他不由分说地决定自己先跑。

牛老大在那个漆黑的夜晚果然就跑了。其实早在他们筹谋着逃跑之前，已经有很多人开小差了。队伍为了稳定军心，成立了一个追捕队，专门负责追捕、处罚那些开小差的士兵。追捕队就是李双林那个连。牛老大的命运可想而知了。第二天一早便被抓了回来。牛老大被捆绑在昨天晚上密谋逃跑的柳树下，并没有遭到处决，而是被马鞭打了个皮开肉绽，执行的人自然是李双林。

牛老大长一声短一声地哀叫着，凄厉的叫声传到牛大奎和牛大犇的耳朵里，仿佛李双林的鞭子不是抽在父亲的身上，而是抽在他们自己身上。此时，牛老大望着两个儿子的目光是坚定的，那目光似乎在说："抽吧，抽不死我牛老大还要跑。"

结果牛老大真的又跑了，这一次，自然又没有逃出追捕队的手心。牛老大被当着众人的面枪毙了，执行枪决的人，又是李双林。

牛老大死了，两个儿子有些怕了。但两个人都恨透了李双林，是他亲手杀死了父亲。他们永远也忘不了李双林这个杀死父亲的凶手。

自从那一次，开小差的人明显地少了下来，但他们开小差的想法从来没有泯灭过。兄弟俩一边寻找着逃跑的时机，一边寻找着报仇的机会。

一直到了缅甸，他们也没找到这样的机会，队伍溃逃进原始森林后，机会来了。牛大犇伙同另外两个人跑了一次，他们以为借着密林的掩护会轻而易举地跑掉，他们没想到逃出丛林后能不能顺利回国，他们只想逃，用离开队伍来满足自己逃跑的愿望。

牛大犇和另外两个士兵在丛林里迷路了，结果又被抓了回来。执行枪决的又是李双林。父亲死在了李双林的枪下，哥哥也死在了李双林的枪下。牛大奎恨死了李双林，恨不能把他活活地吃了！

牛大奎暂时放弃了逃走的想法，在这人生地不熟的丛林里，又能逃到哪里去呢？报仇雪恨，成了牛大奎唯一的想法和目标。

牛大奎决定独自留下来寻找李双林，然后一刀一刀地把他捅死，以报父兄之仇。

## 三

王玥自己也不知为什么，行走在这莽莽丛林里，一旦看不见高吉龙，心里便空落得无依无傍。依傍男人是女人的天性，而王玥对高吉龙这种心理已超出了女人对男人的依傍。王玥自从见到高吉龙的第一眼开始，便觉得他们似乎已经认识许久了，莫名的亲近感，拉近了她与他之间的距离。

他们第一次见面是在出国之前的昆明。师部的联络官把王玥带到了营部，联络官向高吉龙介绍完王玥的身份时，王玥盯着高吉龙看了好久，高吉龙向她伸出了手，她还怔怔地愣在那里，直到高吉龙笑着说：“王小姐，怎么，不愿意和我握手吗？”她才醒悟过来，匆忙伸出了自己的手。他们的手终于握在了一起，她像触了电似的浑身一哆嗦。那是一只怎样的手啊，宽大而又有力。她的手因为激动而潮湿了，他冲她笑了笑。她望着他的笑，觉得那笑是那么的熟悉，那么的亲切，她通体舒泰而又安宁。在这之前，她从来没有过这种感觉。缅甸沦陷，父母双双被日本飞机炸死，她只身逃回祖国，失去家园和亲人的哀愁时时伴随着她。她眼前的世界失去了光明。

高吉龙的出现，犹如暗夜里点燃了一盏亮灯，在这夺目的光芒里，一扫往日的阴晦。以前她从来没和中国军人打过交道，回到昆明后，她曾听医院的人说过军人。在那些人的话语里，军人的形象并不美好，当兵的抢富、奸淫，当官的贪婪成性，吃、喝、嫖、赌、毒什么都干，那是一群乌合之众。当时她积极地报名参加中国远征军，并没有对这支队伍抱多么大的幻想。她想的是，为自己的亲人报仇，杀回缅甸去。

然而，她在高吉龙身上看到的却不是人们议论中的军人形象，高吉龙在她的眼里是位标准的北方男人，方脸、浓眉、大眼，胸膛宽广。一身合体的制服，皮鞋、皮带还有雪白的手套，这一切，更加衬托出男人的力量。

随着时间的推移，她接触到的那些士兵，也不像有些人议论的那么坏，有不少士兵见了她还会脸红，羞答答的像个姑娘，她反而有点儿像个男人了。她觉得那些士兵也挺可爱的。

接下来，战争便开始了，她从来没有打过仗，要不是日本人的飞机轰炸仰光，她甚至连炮声也没有听到过。这可是真正的炮声，她作为一名营里的翻译，经常走在战斗的最前线，耳闻目睹的是炮火、枪声，还有鲜血。有许多女兵面对这些不是吓得痛哭流涕，就是缩在一角不知如何是好。她则相反，只要她能看见高吉龙那伟岸的身影，便什么都不怕了。

是高吉龙的沉着冷静影响了她的情绪，高吉龙在指挥作战时，总是那么从容不迫，就是炮弹在不远处炸响，他也显得胸有成竹，不时地向周围的人下达着作战命令。仿佛他指挥的不是一场战争，而是一场游戏。这一切，无疑在深深地影响着她。

王玥随部队行军打仗，并没有她更多的事。更多的时候，她只充当英国顾问吉姆和高吉龙的翻译，吉姆传达的是英方长官的指示。英方长官远远地躲在后方，遥控指挥着战争。英方长官的命令往往与现实局面不符，这就引来了吉姆和高吉龙之间无休止的争吵。每次他们争吵时，她感情的天平总是偏向高吉龙一方，因为她觉得高吉龙是对的。吉姆总是气得浑身发抖，扬言要到中国最高指挥部去告高吉龙的状，要求中国长官撤了高吉龙的职。

王玥一来到这个营，便从士兵话语里了解到这支东北军的处境，在这之前，她不知道西安事变，更不知蒋介石部队之间错综复杂的关系，但她还是感受到了，这支东北军，像没娘的孩子，处处受到冷遇和不公正的待遇，她经常听到士兵们在骂他们的团长、师长，骂其他的部队，说他们是一群狗娘养的，不把东北军当人看。

吉姆威胁着要告高吉龙的状，她着实为高吉龙担着心，她怕这错综复杂的关系真的会使高吉龙处于不利的地位。每次，吉姆和高吉龙吵完架，她总是要劝吉姆。为了缓和吉姆和高吉龙的关系，她把所有能想到的好话都说了，在她的劝说下，吉姆的态度一点点地和缓了过来。吉姆一高兴便让王玥陪他喝酒。那是一种红色的英国酒，王玥喝在嘴里感到又苦又辣，为了让吉姆高兴，每次她都陪着他喝那么几小口。

吉姆喝酒的样子是很豪爽的，杯子里差不多倒满了酒，像喝水似的一口口地喝下去。吉姆一喝酒却是兴高采烈的，衣扣解开，露出胸毛，然后大谈大英帝国的伟大，说中国人个个都是猪猡。王玥非常讨厌吉姆说话时的口气，更讨厌吉姆说中国人的坏话。吉姆每每说到这似乎看出王玥不高兴了，便用英国人恭维女人的方式夸奖王玥如何如何的漂亮。有一次，吉姆趁着酒劲儿，还强行要亲吻王玥，被王玥愤怒地推开了。

有一次，却被吉姆得逞了。那是一天早晨，王玥在一条小河边洗脸、梳头，吉姆不知从什么地方钻了出来，从背后抱住了她，毫无章法地乱亲起来，直到王玥大叫几声之后，吉姆才放手。

王玥跑了，迎面却碰上了走过来的高吉龙，高吉龙显然是被王玥的叫声吸引过来的。他一看眼前的场面，便什么都明白了。王玥一看到高吉龙便停住了脚，她感到很委屈，眼中噙着泪水。

高吉龙看了她一眼便向吉姆走去。吉姆从高吉龙的目光中看出了他的来意，便举起双拳拉出了一副拳击的架势，并用生硬的中国话说："高，你的不行，回去吧。"高吉龙一点点地向吉姆逼近。高吉龙突然抬起了一条腿，凌空向吉姆扫去，只一脚吉姆便倒下了，高吉龙吼了一声："滚，你这条狗。"吉姆果然爬起来，什么也没说，灰溜溜地走了。

王玥把一切都看在眼里，她担心吉姆会在暗地里对高吉龙报复，她也把自己的担心说了，高吉龙却说："把老子逼急了，先毙了他！"

出乎高吉龙的意料，吉姆并没有报复，相反却比以前老实多了，表面上他对高吉龙也客气了一些。王玥这才松了一口气。

这一切，都是发生在部队撤往丛林以前。

王玥越来越觉得，不仅自己不能没有高吉龙，就是这支队伍也不能没有高吉龙。她坚信，只要高吉龙在，再苦再险，他们也能走出密林，走回到自己的祖国。

## 四

看到女人和男人一样在这丛林里受苦受难，童班副的心就疼。

他对女人的这份情感，完全来源于嫂子。在童班副的眼里，嫂子是天底下最好的女人。

童班副自打生下来便不晓得母亲长得是什么模样，他一岁那年死了爹，爹是给大户人家干活儿累死的，母亲是病死的。哥哥比他要大十几岁，是哥哥用一双粗糙的手把他一天天地拉扯大。哥哥无疑是个好人，老实、本分、木讷。童班副有时一天也听不到哥哥说一句话，别人更难得听到哥哥的话了，邻人便给哥哥起了个别号——"活哑巴"。

哥哥在二十五岁那一年娶了嫂子，说哥哥娶了嫂子不太确切，应该说，哥哥和岭后的另外一男人共同娶了嫂子，那个男人有四十多岁了，是个聋子。

哥哥穷，那个聋男人也穷，两个穷男人便共同娶了一个女人。在童班副的老家这种事很多，没人笑话，很正常。

嫂子第一次进家门的时候，穿着红袄，脸也是红的，像西天里燃着的晚霞。他愣愣地看嫂子，是嫂子先跟他说的话，还用那双温暖的手拍了拍他的头，那时，他真想哭，以前从来没有人这样地待过他。最后嫂子就蹲在他的面前笑着说："丑丑，叫俺嫂子。"他憋了半晌，用哭音叫了声："嫂子——"嫂子把他的头抱了过来，贴在自己的胸前，嫂子的胸膛又温暖，又宽厚。他哭了，眼泪鼻涕都弄到了嫂子的红袄上。

哥哥仍是一声不吭，闷着头坐在门槛上，一口口地吸烟，烟雾罩住了他的脸，硬硬的，僵僵的。

接下来嫂子便开始做饭了，家里穷，没有更多的粮食，他们只能喝粥。喝的虽是粥，童班副却喝出了与以往不同的香甜。哥哥喝得呼呼有声，他也喝得响声震天，喝出了一身一头的汗，嫂子也喝，却斯文多了。嫂子停下来抿着嘴瞅着他哥儿俩笑。

哥哥也笑，表情仍硬硬的，僵僵的，眼里却在冒火，童班副觉得挺可怕的。

吃过饭，天就黑下来了。嫂子和哥哥就进了大屋，以前的大屋他和哥哥一起睡，自从有了嫂子他就只能睡在又黑又潮的小屋里了。他睡不着，瞅着漆黑的屋顶想着嫂子。

嫂子先是叫了一声，接着又叫了一声，接着嫂子的叫声就一塌糊涂了。他不明白嫂子为什么要叫，嫂子的叫声很湿很含糊，说不清到底属于哪一种。他认为是哥哥在欺负嫂子，他想去帮嫂子，但他不敢动，就那么挺着。不知过了多久，嫂子终于不叫了，只剩下大声的喘，后来喘也平息下来了，他才迷迷糊糊睡去。

第二天一早，他先去看嫂子的脸，希望在嫂子的脸上看到异样，可嫂子的脸一如既往，嫂子的眼睛里似乎比昨天多了些水气，脸更红了，嫂子一直抿着嘴冲他笑，他放心了。

从那以后，夜晚的嫂子仍发出那种很湿润的叫，一切都习惯了，正常了，偶尔听不到嫂子的叫，他反倒睡得不踏实了。

嫂子做的粥仍然那么好吃。白天，哥哥下田做活路去了，他和嫂子在家，嫂子忙里忙外的总没有空闲的时候。嫂子把家里所有该洗的都洗了，然后坐在窗下飞针走线，为他和哥哥缝补那些破烂的衣衫。

童班副十岁了，虽无法下田做活儿，但他要上山拾柴，把一捆又一捆树枝送到家里。远远地望见了嫂子，他心里有股说不出的安宁和舒泰，有了嫂子的家，才是完美的家。那一段日子，他特别爱回家。

时间过得很快，月亮转眼就缺了。嫂子是月亮圆的时候，走进家门的。嫂子走那天，是他送去的。那天早晨，哥哥坐在门槛上又开始闷头吸烟，脸上的表情依旧僵僵硬硬的。

嫂子说："他哥，我该走了。"

哥哥不说话。

嫂子又说："补好的衣服都放在柜子里了。"

哥哥还是不说话。

嫂子还说："你们哥儿俩都别太累了，干不动活儿就歇歇，千万别伤着身子。"

……

他站在一旁听了嫂子的话，心里难受极了，嫂子那一句句妥帖的话，仿佛不是说给哥听的，而是说给他听的。

终于，嫂子又穿着来时的红袄上路了，他跟在嫂子的后面。送嫂子去岭后是哥哥让他这么做的，嫂子也愿意。嫂子不时地回头望一眼坐在门槛上的哥哥，渐渐地，他发现嫂子的眼圈红了。

半晌，他问："嫂，你啥时还来咱家？"

嫂子牵住了他的一只手，嫂子的手又柔又软，一点也不像哥哥的手。

听了她的话，嫂子望了眼天空，残阳在西天里垂着，嫂子轻声说："下次月圆的时候，俺就来咱家。"

嫂子用的是“咱家”，这样他感到很温暖。岭后并不远，翻过一道岭，再过一条小河就到了，那个四十多岁的聋男人早就在村口巴望了。那男人看见嫂子，便一脸欢天喜地地迎过来，从他手里接过嫂子的包袱，牵了嫂子的手往家里走去。嫂子回了一次头，又回了一次头，嫂子这时已经看到他泪流满面了。嫂子突然喊了一声：“丑丑，你等嫂子一下。”接着甩开那男人的手向一间小屋跑去。不一会儿，嫂子又回来了，把一个温热的饼子塞到他的怀里，她说：“丑丑，回家吧，等月圆了再来接嫂子。”

嫂子就走了，他一直看不到嫂子了，才一步三回头地往回走。这时他的眼泪想止也止不住，一串串地落在嫂子给他的饼子上。

随后的日子过得就很慢。哥哥仍不声不响地下地做活路，他仍去山上拾柴。闲得无事了，他就去私塾偷看先生教那些有钱人家的孩子识字，在那里，他也学会了一些字。

每到晚上，他便呆呆地望着天空，看着月亮一点儿又一点儿地圆起来，哥哥似乎也在盼着月圆时，但哥哥的表情从不外露，哥哥盯着月亮的目光是死死的、狠狠的，恨不能一口把月亮吃掉。

哥儿俩终于齐心协力地又等来了一个月圆时，那天晚上，哥哥就瓮声瓮气地冲他说：“丑丑，明早，接你嫂子去。”

他欢快地答：“哎……”

鸡刚叫过三遍，他便起来了，天刚麻亮便上路了。来到岭后，天仍没亮得彻底，他来到那个聋男人家门口，便一迭声地喊：“嫂，月亮圆了！”

嫂子听见了，擦着手出来，把他拉进门去。那个聋男人看他一眼，就埋下头吃饭了。嫂子给他盛了碗稀饭说：“吃吧，吃完咱就走。”

饭很快就吃完了，嫂子又穿上了那件红袄，聋男人坐在炕沿上吸烟，轻一口重一口，样子凶巴巴的。

嫂子就说：“被子俺拆了，棉是新絮的。”

因那男人聋，嫂子的话像喊出来似的。

那男人听了，点点头，一脸的灰色。

嫂子又说："米我碾好了，放在缸里。"

聋男人又点点头。

嫂子还说："那俺就走了。"

聋男人这回没点头，冷了一张脸，巴巴地望嫂子。嫂子别过脸，牵了他的手，叹口气道："丑丑，咱们走吧。"

他随着嫂子就离开了聋男人家门。走了几步，嫂子回了一次头，他也回了一次头，他看见聋男人仍眼巴巴地在望嫂子，他又看见嫂子的眼圈红了。

半晌，又是半晌，嫂子终于平静地说："丑丑，想嫂子吗？"

他答："想，俺天天盼月亮圆。"

嫂子又抿了嘴笑一笑，嫂子这么笑他心里很高兴，嫂子的笑很美。

嫂子又说："你哥想俺了吗？"

"想，他夜夜看月亮。"

他这么说完，又看到嫂子的眼圈红了。

翻过岭，就看到哥了，哥先是坐在门槛上，看到他们就站了起来。他们迎着哥走去。他心想：月圆了，和嫂子又是一家人了。

## 五

有嫂子的日子是美好的，有嫂子的日子是月圆的日子。

嫂子先是怀孕了，嫂子的肚子在月残月圆的日子里，日渐隆胀，哥高兴，聋男人也高兴，他更高兴，嫂子给三个男人带来了前所未有的快乐，他们都巴望着，孩子早日生下来。那年他才十二岁，还算不上一个真正的男人，嫂子是快乐的，他就没有理由不快乐。

哥和那个聋男人商量好了，孩子生在谁家就跟谁姓。

嫂子的产期在一个月圆的日子，嫂子终于要生产了，哥请来了闻名十里八村的接生婆。一盏油灯忽明忽灭地燃着，接生婆守着嫂子。他和哥蹲在屋外的院子里，天上月明星稀，远远近近的一声接一声的蛙鸣不时地传过来。

嫂子在蛙鸣声中产痛了，开始不停地哼叫。嫂子的叫声传到他的耳朵里，使他的心里有种说不出来的滋味。哥的样子似乎也很难受，一支接一支地卷着关东烟，又一支接一支地吸，哥的手在不停地抖。

嫂子的叫声高一声低一声，在这静谧的夜晚，嫂子的叫声异常地响亮。

他说："哥，嫂要生哩？"

哥："……"

他说："嫂一准能生个男娃。"

哥："……"

他还想说什么，却被嫂子的叫声打断了，嫂子的叫声听起来有些怪异。

他就问哥："生娃咋这样叫来叫去的哩？"

哥终于说："娘生你时也这么叫，女人都一样。"哥比他大十几岁，哥有理由在他出生时听娘这么叫。

他不知娘长得啥样，他曾问过哥，哥闷了半晌说："娘长得和你嫂差不多。"

自从哥说完这句话之后，他再望嫂子时，目光中又多了些成分。

嫂子仍在叫着，叫得有些有气无力了。他实在忍不住，便走到门前，拍着门问接生婆："嫂咋这么叫呢？"

半晌，接生婆从屋里探出半颗水淋淋的头，答道："女人生孩子哪有不痛的。"说完咣的一声又把门关上了。

他对接生婆的态度有些不满，讪讪地又蹲在哥的身旁，哥已经吸了数不清的烟了，烟头胡乱地堆在哥的脚旁。嫂子的叫声让他有些惴惴不安。

嫂子叫还是叫，声音却明显地弱了下去，也迟迟不见娃的叫声。他的心开始惶惶的了。哥的样子比他还难受，他想劝慰一番哥，便说：

“嫂这是累了，歇着呢。”

门就开了，接生婆的头愈发水淋淋了，仿佛从嫂子的肚子里生的不是娃而是她。

接生婆喘了半晌，说：“是横产哩，怕一时半会儿生不出哩。”

哥站了起来，身子怕冷似的哆嗦着声音问：“能咋，不会咋吧？”

“难说。”接生婆的样子有些垂头丧气。

嫂子这时又叫了一声，接生婆又慌慌地缩回了头。

哥又蹲在地上，用手抱住了头。

从这以后，嫂子倒是不叫了。

鸡开始叫了，天开始发青，麻亮了。

这时他就看见房后的土丘后也蹲着一个人，他用手拽了拽哥的衣袖，两人仔细辨认，终于看清是那个聋男人。

哥和那个男人在麻亮的天空下对望着。

鸡叫第二遍了，嫂子仍没有一丝动静。

鸡叫三遍了，嫂子还是没有动静。

最后，天终于彻底亮了。

门终于开了，接生婆挓挲着一双沾血的手，上气不接下气地说：“死……死……都死了哩。”接生婆说完，便独自跑远了。

他听了，眼前一黑，差点跌倒。

哥空前绝后地喊了一声：“日——老天呀！”

哥疯了似的一头闯进屋里，同时他看见土丘后的那个聋男人也一阵风似的跑来。

嫂子死了？！他有些不信，那么好的一个嫂子咋就说死就死哩？他不知怎么走进屋内的。

他先看见了血，满炕都是血。接着他就看见了嫂子，嫂子似乎睡着了，头发在枕边披散着，条条绺绺的。他知道，那是汗湿的。嫂子的肚子仍丰隆着，光洁美丽的双眼在晨光中泛着神秘的光泽。嫂子的两腿之间，伸出一只小手，似乎是向这个世界招呼着什么。

哥和聋男人傻了似的立在嫂子的头前，像两尊泥塑。

嫂子真的死了，哥似变了一个人，他也似变了一个人。

哥痴痴呆呆的，反反复复地在说一句话：“好好的一个人，咋说死就死哩。”

哥无法做活路了，在屋内屋外疯转着。

他的心空了，空得像一只无底洞。没有了嫂子日子便不成其为日子了，月残月圆再也和他没有关系了。没有女人的家也就不成其为家了，到处都是一片冰冷、凄凉。

哥在疯呆了几天之后，在又一个月圆的晚上，吊死在门前那棵老树上。

从此，他过起了流浪生活。哥没了，嫂子没了，家也就没了，他是一个无家的孤儿了。

以后的日子，他时时刻刻忘不了嫂子，嫂子浑身上下都是温暖的，都是那般的美好。嫂子为他煮粥，嫂子为他贴饼子，嫂子抚摸他的头，嫂子为他补破烂的衣服……这一切，一切都离他远去了。对嫂子的温暖回忆伴他度过了流浪的岁月。

几个年头之后，他参加了东北军。

兵营里很少见到女人，走在大街上，偶尔碰见一两个女人，他一望见女人心都要碎了。所有的女人都幻化成嫂子的形象，在他眼前美好起来，温暖起来。

他对女人这种莫名其妙的情感，使他有了对所有女人大怜大悲大爱的理由。他早就成为一个真正的男人了。因此，他更加懂得怎样去爱护一个女人，保护一个女人。

童班副走在这荒无人迹的丛林里，眼前的几个女兵，彻底地唤醒了他的怜爱之心。他曾在心里暗暗发誓，有一口吃的，要先让给她们，自己能走出去，就一定要让她们也一同走出去。

朱红的惨死，又一次震惊了童班副。朱红的死，使他想起了嫂子的死。他不肯宽恕自己，他认为是自己没有照顾好她们，才使朱红死去。

那一天，他跪在朱红的尸体前，刮了自己好几个耳光，要不是她们抱住他哭成一团，他还要更彻底地痛打自己一顿。

从那一刻起，他就告诫自己，再也不离开女兵们半步，他要把她们安安全全地带出丛林。果然从那以后，他再也没有离开女兵们半步。

## 六

嫂子的美好以及嫂子给的温暖一直伴随着童班副，嫂子的形象影响了他对一切女人的态度，眼前受苦受难的女兵使他想起了在血泊中死去的嫂子。他尽最大的能力照顾着这些女兵。

每天上路的时候，他总是走在最前面，一只手握着刺刀，一只手提枪，遇到树的枝枝杈杈他总是用刺刀砍开一条通道，让女兵们能够顺利地过去。

瘦小的沈雅经常掉队，大山大林似乎已经吸去了她所有的力气，每走一程她都要娇娇羞羞地喘息上一阵。这使得童班副和女兵们不得不一次次等待着她。

童班副鼓足了勇气来到沈雅面前，半晌才说出句："要不，我背你一会儿吧。"

沈雅听了童班副的话，脸红了。少女的娇羞使她本能地想推辞，然而这漫漫丛林，又使她女人的天性在一点点丧失。因为他们一次次停下来等她，以致和前面的部队一点点拉开了距离，而女兵们又自身难保，没有人能够帮助她，最后她还是顺从地趴在了童班副宽大的背上。

娇小的沈雅，体重也不过几十斤，要是在平时童班副也就像背一支枪那么简单，可此时却完全两样了，沈雅在他的背上，仿佛是一座山。童班副又必须走在女兵的前面，无形中又增加了他前行的困难。他先是听到了自己如擂鼓般的心跳，虚弱使他的汗水顺着脖颈很快流了下来。

沈雅看到了，有些不忍，她掏出了口袋里的手帕。那是怎样的一块手帕呀，沾满了汗水、血水、泪水……自从伴随着主人走进这片丛林，它便没有洁净过。此时，沈雅在用这块手帕为童班副擦汗。童班副真切地感受到了这份来自女人的关怀，除了嫂子之外，他还从来没有接受过第二个女人的关怀和呵护。感受着沈雅的关怀，他被深深地震撼了，他的眼泪汹涌而出，和汗水一道在脸颊上流淌着，很快又被沈雅的手帕擦去了。他终于又闻到了来自女人的气息，那是嫂子的气息，他曾伏在嫂的怀里大口地呼吸过这种气息。此时，这种母性的气味又一次卷土而来，童班副陶醉了。他暂时忘记了劳累，忘记了饥饿，他飘飘然地走着，走在一种仙境样的梦里。

不知过了多久，沈雅轻轻伏在他的耳边说："老兵，你真好。"

沈雅随随便便一句话，又一次在童班副心里掀起了热浪。

"我们真不知怎么感谢你。"沈雅又说。

童班副不知怎么回答。

"等走出这大山，我们几个人请你吃饺子。"沈雅又说。

"哎——"他这么答，差点哭出来。

"老兵，你有姐吗？"沈雅问。

童班副摇摇头。

"你有妹吗？"又问。

童班副还是摇摇头。

"那我就当你的妹吧，行吗？"

"当嫂吧。"童班副说完这句话，自己都感到万分吃惊，他不知自己怎么就随口说出这句话。

沈雅似乎没听清他说的是什么，也愣了半晌。

但童班副很快又说："你们都是我的妹妹。"

这次沈雅听清了，她颤颤地叫了声："哥——"

童班副还是第一次听到有女人这么近这么亲地叫他，他觉得自己似乎在飞。

休息的时候，童班副要马不停蹄地为女兵们去寻找吃的，因为有了上次的教训，女兵们也不敢单独行动了，她们等待着童班副的归来。童班副归来，大部分时候都不会空着手，总会在帽兜里装些野果子回来，他把野果子放在女兵们面前高兴地说："姑娘们，开饭喽。"

女兵们雀跃着大口地吃着野果子，不知道有多少天了，她们从来也没有吃过一顿像样的饭，饥饿一直伴随着她们，别说眼前的几颗野果子，就是面前摆着一座能吃的山，她们也会把它吃下去。这时，沈雅想起了一旁的童班副，忙拿过一个果子送到他面前，说："大哥，你也吃吧。"

"我吃过了。"童班副这么说完，还故意抹了抹嘴。

当沈雅离开时，他背过身去嚼着嫩树枝上的树皮，啃吃得狼吞虎咽。

晚上宿营时，都是童班副亲手为她们搭建帐篷，说是帐篷，其实只是几片硕大的芭蕉叶，原始森林的芭蕉叶大极了，只几片叶子、几根树枝，便把"帐篷"搭好了。

这一天，童班副为女兵们搭完了帐篷，又在不远处生起了一堆火。在这之前，他活抓了不少蚊子，原始森林里的蚊子有蜻蜓那么大，他把这些蚊子在火上烤焦了，便吃了下去。蚊子很香，他曾动员女兵们吃，可女兵们无论如何也吃不下，他刚开始也吃不下，后来就吃下了，他能把体力保持到现在一切都源于吃蚊子。童班副喝过自己的尿，一进入丛林，盐巴就断了，体内少了盐，喝多少水都感到口渴，后来他就喝了自己的尿，这一招果然灵。他一口气吃过十几只蚊子之后，身子便有了热量。火烤着他很温暖，森林的露水和潮气都快使人长出绿毛了，身上的衣服总是湿的。此时，他想起了女兵的衣服，要是能让她们穿上干爽的衣服该多好哇。他向女兵的帐篷走去，他先是咳了一声，沈雅听出了他的声音，探出头来说："哥，有事吗？"

他干干地说："把你们的衣服脱下来。"

女兵们听了，怔了片刻。

他又说："我把你们的衣服烤烤。"

女兵们明白了，理解了，不一会儿，长长短短破破烂烂的衣服便扔到了他的面前。他拾起这些衣服重又来到火堆旁，他一件件为她们烤着衣服。

潮湿的衣服蒸腾出热气，使他又一次嗅到了嫂子的气味，恍若在火堆旁就坐着嫂子，嫂子在一针一线地为他和哥缝补着那些破烂的衣衫。他的眼泪一点一滴地流了下来。

不知过了多久，衣服终于烤干了，他又一件件地为她们收好，又轻轻地放在她们的帐篷外，这时，他仿佛听到沈雅在轻声叫："哥——"他太累太困了，走回到将熄的火堆旁，一头倒下便睡过去了。

女兵马华终于来月经了。她自从进入丛林后，月经便一直没有来，许多别的女兵也没有来。是该死的丛林弄得她们一切都不正常了。月经不来，紊乱的内分泌搞得她们焦躁不安。

马华终于来了月经，灾难也随之而来。

十九岁的马华，来自山东，她和许多山东男人一样也生得人高马大，在这些女兵中，她的胆子和力气最大。部队在棠吉打仗时，她往下运伤员，伤员多时，她经常身背一个，怀抱一个，子弹、炮弹在她周围飞过，她连眼皮也不眨一下。

宿营了，因来月经，肚子有些疼，在这丛林里，没有纸，什么也没有，她无法对付，好在挎包里还有一条多余的短裤，她便把短裤穿在了身上。她头一沾地便睡着了。不久，她觉得浑身痒痒，她抓挠了几次，但仍没清醒。

她万没有想到的是，血腥招来了无数的蚂蟥，原始森林中的蚂蟥，个儿大体肥，要是吸足了血能有几两重。成群结队的蚂蟥吸在了马华的身体上，可怜的马华仍然无知无觉。

原始森林的蚂蟥嗅觉异常灵敏，它们一旦得着机会，能把一头壮硕的野牛活活吸死。

第二天一早，女兵们穿上衣服准备钻出帐篷的时候，她们才发现了马华，蚂蟥已遍布了马华的全身，一个个圆鼓鼓、肉墩墩的，它们快要被马华的血撑死了。可怜的马华，身体似乎变成了一张纸那么轻那么薄。醒悟过来的女兵惊呼一声，冲出了帐篷。

应声赶来的童班副也惊呆了。

童班副惊呼一声：“是我没有照顾好你们呀!”说完扑过去，他挥舞着双手扑打着那些该死的蚂蟥。血沾满了他的双手，溅在他的脸上。可一切都已经晚了。

一棵不知名的树下，躺着这位名叫马华的山东女兵。童班副在那棵树上用刺刀刻下了马华的名字。他不知自己为什么要这么做，那时，在冥冥之中，他觉得自己有朝一日会再来的，把她们接出丛林，送到她们的亲人身边。童班副做这些时，神情专注而又虔诚。

眼睁睁看着女兵们一个又一个在他的身边死去，童班副心痛欲裂。

## 七

北行的队伍竟奇迹般地发现了一片苞谷地。那片苞谷生长在一块树木稀疏的林地间，刚看到这片苞谷地时，士兵们以为走出了丛林，他们欢呼着，雀跃着，向那片苞谷地跑去。他们被树根绊倒了，但很快又爬了起来，他们已经顾不了许多，一头冲进苞谷地。

苞谷长势一点儿也不好，还没有来得及成熟，苞谷粒瘪瘪的，饥饿得眼睛发蓝的士兵们已经管不了那么多了，他们撸下苞谷生硬地啃吃起来。这片苞谷地并不大，很快便被他们扫荡一空，苞谷地狼藉一片。

每个人都吃到了生苞谷，那甜甜的浆汁，令他们一生一世永远无法忘怀。他们啃光了尚未成熟的苞谷，并没有尽兴，把苞谷秆也砍倒嚼了，正在发育的苞谷秆水分充足，汁液饱满，最后他们把这片苞谷秆一棵不剩地也吃了。

他们大吃大嚼时，个个脸上喜气洋洋，他们看到了苞谷，觉得离庄户人家并不遥远了，有了庄户人家还愁走不出丛林吗？况且庄户人家不会在丛林里安家落户，也就是说，离走出丛林的日子并不遥远了，也许咬一咬牙，今天或者明天就会走出丛林的。

这种错误的估计，使本已绝望的士兵们个个变得喜气洋洋，他们有理由这么兴高采烈一次。

可就在他们吃苞谷时，谁也没有发现有两个野人躲在树上观望他们好些时候了。这是两个男野人。他们披头散发，赤身裸体，只有腰间系了一块遮不住屁股的树叶。两个野人看见这群陌生的人大肆地在他们的苞谷地里狂吃，其中一个野人摘下了身上的弓箭向士兵们瞄准，被另一个野人制止了，两人嘀咕了几句什么，准备射箭的那个野人从树上溜到地面，在树丛的掩护下向远处跑去。另外一个野人仍躲在树枝上，透过浓密的枝叶观察着这群陌生人。

把苞谷地洗劫一空的士兵，终于走了，他们的神态多了些坚定和希望。

野男人看见队伍后面的那几个女人，这几个女人比野男人看惯的女人漂亮多了，在他的眼里，她们白净、苗条，美中不足的是她们的屁股比他们的女人小了许多。这些，并没有影响这个野男人的激动，他浑身燥热，下身膨胀，他一伸手扯下腰间的树叶，敏捷地跟随着这群此时已变得疯疯癫癫的人。每走一段，野男人就折断一些树枝，他是在给同伙留下标记，在合适的时间里，他们要袭击这群陌生的男女，因为这群人糟蹋了他们的苞谷地。

野男人的行动要比这群人快得多，有时他走在地上，有时又爬到树上，从这棵树蹿到另一棵树上。野男人做这些时，像在做一场猫捉老鼠的游戏。有几次，他离队伍后面的几个女兵已经很近了，甚至都能看清她们的眉眼了，他被这几个漂亮的女人折磨得欲火焚身了。要不是发现她们中间有一位高大魁梧的男人，他早就要偷袭这些漂亮的女人了。

野人偷袭士兵们的宿营地发生在晚上。

宿营下来的士兵们，并没有丝毫的警惕性，他们进入丛林两个多月了，还没有发现过人迹，只有动物，动物并不可怕，那是他们的猎物，他们巴望着这样的猎物出现，再凶猛的老虎、狮子也无法战胜他们手里的枪，可这样的猎物在他们开枪时，早就逃之夭夭了。他们感到可怕的是蚂蟥、蚊子，这一路，他们学会了对付这一切的手段，露营时尽可能寻找干爽一些的地方睡觉，能搭起帐篷是再好不过了。一天的艰苦跋涉已耗尽了他们的体力，天黑下来，听到宿营的命令，三五成群的士兵，把枪枕在头下，闭上眼睛马上就进入了梦乡。他们做梦也没有料到野人会偷袭他们，因为在这之前，他们没发现野人，只发现了一片贫瘠的苞谷地。

回去报信的那个野人，引来了一群野人，他们拿着弓箭、棍棒，顺着另外一个野人留下的记号很快便摸了上来。他们突然之间，嗷叫着冲了上来。弓箭齐发，他们挥舞着棍棒，冲着这群疲惫的士兵兜头冲杀过来。

是童班副打响了第一枪。宿营时，他和几个女兵离大队人马有几十米的距离，这么多天了向来如此，他为几个女兵简单地搭起了帐篷，便和衣躺在离女兵帐篷几步之遥的一个土坎上。自从马华死后，他一直担心着女兵们，不管是行走，还是露宿，他都尽可能地和女兵们保持最近的距离。

跟踪而至的野人早就观望好了女兵的窝棚，他在焦急中终于等来了同伴，当众野人嗷叫着向士兵的营地一边放箭一边扑去时，这个野人首先扑向了女兵的窝棚，他来不及选择，抓起一个离自己最近的女兵便往外跑。起初那一瞬，女兵们被突然的变故弄愣了神，她们不知发生了什么。当她们明白过来之后，便一起大喊了起来，童班副这时才醒过来。他的第一个反应就是女兵出事了，他提着枪便冲了过去。

这时，有三五个野人同时向他们冲来，童班副的枪响了，童班副用的是卡宾枪，出国前才配发给他，三五个野人便在枪声中应声倒下。待他听清女兵们说王丽被人抢走时，他的第一个反应就是追，可他刚向前跑了两步，士兵营地的枪声也响了起来，一切全都乱了。童班副立住脚，他不能扔下那两个幸存的女兵，她们手无寸铁。他复又转回来，把沈雅和李黎拉到一棵大树后。

这时的童班副已经彻底清醒过来了，在微弱的光线中他看清了一群野人挥舞着棍棒在和士兵们厮打，有的士兵没有来得及拿起枪，便在箭镞和棍棒中倒下了。拿起枪的匆忙还击，野人在枪声中倒下，童班副也开始射击了，只一会儿，野人便招架不住，又一片嗷叫，转眼间他们就钻进了丛林。

童班副在沈雅和李黎的指点下，向那个抢走王丽的野人逃走的方向追了过去。童班副的心在流血，这些女兵在他的眼皮底下，一个又一个死去了。他心里只有一个意念：夺回王丽！

直到天亮时分，他才在一堆乱草旁找到王丽的尸体。王丽赤身裸体躺在草丛中，她的衣服被撕扯得支离破碎，扔在一旁，被饥饿折磨得骨瘦如柴的王丽的身体，清冷地散发着一层亮光。显然，她是拼尽全力和野人搏斗过了，她的手里还抓着一绺野人的毛发。

童班副傻了，过了好久他才走上前去。突然，他疯了似的向丛林射出一排子弹，枪声却一点也不响，很快便被厚重的丛林吞噬了。

他蹲在王丽的尸体旁，哑哑地痛哭起来，他又想到了嫂子死时的模样。嫂子死时也是这么叉着腿，腿上也沾满了血，那血色在晨光中猩红一片。

童班副不知道自己是怎么掩埋王丽的，也不知自己是怎么找回到昨晚的宿营地。宿营地狼藉一片，野人和死去的士兵交织横陈在他的眼前，幸存的人们，在掩埋着士兵的尸体。沈雅和李黎仍躲在那棵树后默默地流泪。

她们看见半痴半呆的童班副一个人回来了，不用问，她们什么都明白了。

高吉龙清点了一下人数，昨晚那一场混战，死了十几个弟兄，还有几个受伤的。剩下的不足二十人了。高吉龙望着眼前剩下的十几个弟兄，心里苍茫一片。

经过这次意外的遭遇，士兵们清醒了，丛林还远没有尽头，他们不仅要和自然战斗，还要提防那些神出鬼没的野人。他们默默地拾起死去战友的枪支、弹药，像真正的士兵那样，重新把武器背在了肩上。

他们又一次出发了。

# 狭路相逢

## 一

野人突如其来的偷袭，王玥最先反应过来：“是野人!”她把这一判断告诉了高吉龙，高吉龙才下令开的枪。高吉龙并不想伤害这些野人，他只是想开枪把他们吓走，然而野人毕竟是野人，他们不知道子弹意味着什么，他们冲过来，疯了似的拼命厮打，被逼无奈，为了保护自己，士兵们才真正地射击起来。

每次宿营，王玥不知不觉地总是在离高吉龙很近的地方安顿自己，只有这样，她才觉得安全可靠。每天宿营，搭起的帐篷都很简单，说是帐篷，其实无非是几片叫不出名的宽大树叶依傍一棵树干围了起来，以此来躲避蚊虫的袭击，再拢一些枯叶当铺，便算安顿了一个睡觉的窝了。

宿营的时候，每个人都会有这样的一个窝，这么多天丛林生活，他们学会了许多，吉姆安顿自己的窝时，总是等待着王玥安顿好之后，他才开始搭建，这样一来，他就能使自己离王玥近些。于是，在大部分夜晚里，他们三人之间的窝，要么是一字排开，要么呈品字形，在这丛林里，成为一种微妙的景观。

吉姆也明显看出王玥对自己的冷淡，行军走路的时候，他总是喋喋不休气喘吁吁地和王玥说话，他独自说了很多，王玥很少回答。王玥从心里往外讨厌这个英国佬，她不说话的另一个原因是保持自己的气力，剩下的时间，她只是一门心思地爬山。高吉龙就走在她的前面，高吉龙似乎有意为她在前面开路，横着的那些枝枝杈杈，总是被高吉龙砍断，为后面的人开辟出了一条路。王玥行走起来便方便多了。高吉龙有时把在前面发现的野果子采摘下来，放在王玥的必经之路上。王玥明白高吉龙这是在照顾她。她每次拿到野果子就四处寻找高吉龙的身影，有时正好碰到高吉龙回头看她，她便会冲他笑一笑，她的心便慌乱得不行。她对自己这种莫名其妙的情感感到脸红心热。

那一晚，她躺在自己的小窝里很快便睡着了，一天的劳累，再加上有高吉龙在她的身边，她睡得踏实而又安宁。很快她就进入了梦乡，梦见在一片洒满阳光的草地上，只有她和高吉龙。高吉龙伟岸高大，一身戎装，在一点点地向她走近，她穿着一身纱裙，是雪白的那一种，她迎着他走去。阳光在他们周围蹦跳着，秋天原野的气息，使他们快要陶醉了。后来，他张开了双臂抱住了她，她浑身战栗不能自抑，她在心底里呼喊了一声："天哪——"在那一刻，她觉得自己快要晕过去了。

结果她就醒了，她一时没有从梦中醒过来，仍沉浸在梦的激动中。她果然被一个人紧紧地拥抱着，她都快喘不上气来了。是那男人的胡子扎在她的脸上，才使她清醒过来。高吉龙没有胡子，她开始挣扎了，她用力推开那人，那人一边气喘着一边说：

"宝贝，我爱你。"

这句英语，使她发现搂抱自己的竟是吉姆，她感到羞辱、气愤，眼泪不可遏止地流了下来。她用尽浑身的力气，一脚踢在了吉姆的裆上，吉姆低低地呻吟了一声。王玥趁机逃离了吉姆的纠缠。

正在这时，野人嗷叫着冲了过来。

这一声嗷叫，使高吉龙也立即冲出了帐篷，野人射出的箭镞嗖嗖地在他们头顶飞过。刚才的惊吓，再加上眼前的变故，王玥觉得此时仍在梦里，她冲过去，抱住了高吉龙的手臂，高吉龙的手臂是那么粗壮而又有力，很快便让她镇静下来。以前，她在仰光的时候，就曾听过一些去印度贩盐的商人说过丛林里野人的故事，那时的野人离她是那么遥远，盐贩子们惊惊诧诧的叙述，她觉得是那么不真实，仿佛是另外一个世界发生的故事。

走入丛林这么多天了，她曾几次想起关于野人的故事，可他们从没碰到过野人，她开始怀疑那些盐贩子叙说的关于野人种种故事的真实性了。镇静下来的王玥，马上想到了野人，于是她喊了一声：“野人！”

这时，童班副的枪已经响了。

高吉龙拔出腰间的枪也准备射击，但听了王玥的话之后，他停住了。这时，野人已经冲乱了他们的营地，有一些士兵在野人的弓箭和棍棒下倒下了。高吉龙喊了一声：“向空中射击。”士兵们在没有接到命令前，都没有射击，这是纪律，他们听到高吉龙命令的一刹那，才开始射击，子弹贴着野人的头顶飞了过去。

野人仍横冲直撞，一点也没有退缩的意思，万般无奈，子弹终于射在了野人的身上，最后他们动摇了，慌乱了，转眼就消失在丛林深处。

连夜清理战场时，王玥又一次发现了吉姆，吉姆的身体躲在树后，头扎在草丛里。王玥的脚差点踩在吉姆的头上。吉姆发现王玥时，仍惊魂未定地说：“上帝呀，是不是日本人追来了？”王玥冷笑一声，很快离开了他。

第二天，他们掩埋了战友的尸体，同时也把野人的尸体聚拢到一处，他们知道，野人还会回来为同伴收尸的。

这是他们进入丛林以来，第一次发现野人，他们看着野人的尸体，心里都有种说不出来的滋味。这些野人的身上，大都刺着很抽象的图案，长发披肩，身体短小，但四肢却极发达。他们久久地望着这些尸体，竟有了一种同病相怜的味道，他们眼前的处境，又比野人强多少呢？

有几个士兵，望着这些野人的尸体，忍不住竟哀哀地哭了起来。这哭声，使幸存的士兵都红了眼圈。

他们后来还是出发了，他们又一次默默地上路了，他们辨别着北方，那里是他们的家园，他们向着自己家园的方向走去。心里却都是沉沉的，仿佛有一块巨石压在了他们的心头。

下午时分，他们突然发现了情况。

走在前面的士兵，发现离他们不远的一片丛林里，树枝在动，偶尔还能听到一两句对话声。有了昨晚的遭遇，他们警惕了起来，他们并没有贸然行事，而是在高吉龙的指挥下，悄悄隐蔽了起来。

不一会儿，一行人踉踉跄跄地从那片丛林里走出。看着这一行人，开始时他们以为自己又遇到了野人。直到看清那面旗帜，他们才真切地认出，这是他们的冤家对头，五一八大队。

一时间，所有人都紧张起来，他们碰到的不是野人，而是日本人。他们在丛林外，打了将近一个星期的阻击战，对手就是这个五一八大队。那面膏药旗上，还留有他们射出的弹洞，此时那面旗却像一块擦脚布，皱皱巴巴，脏兮兮的，仍擎在日本兵的手里。日本兵的境况也不比他们强多少，但日本兵仍然顽强地行进着，走在这丛林里，仍然列着队，擎着那面队旗。

所有的人，都倒吸了一口冷气。他们没有料到的是，进入丛林这么多天，仍没有甩掉五一八大队，狭路相逢，他们又在丛林里相见了。高吉龙把子弹压上了膛，所有的士兵都把枪口对准了那一队鬼子。一场丛林战斗一触即发。

## 二

五一八大队，也称前园真圣大队。是日军对中国远征军作战的先头部队。大队长前园真圣是个缅甸通，因此，这支队伍一直冲在最前面。刚开始，侵缅日军并不知道中国部队已经参战，和英军作战他们已经有了充足的心理准备和经验，先是飞机轰炸，然后大炮开路。日军自从进入缅甸可以说还没有遇到过真正的抵抗，他们一路杀将过来，英军望风而逃。日军入缅作战，可以说出乎意料地顺利。

没料到的是，日军在同古受到了中国远征军二〇〇师的顽强抵抗，血战了七天七夜，日军遭受了前所未有的重创。由于二〇〇师也是一支孤军深入的部队，没有得到英军的援助，远在其他地方的中国远征军又远水解不了近渴，后来二〇〇师在全军即将覆没之际，杀出重围，一路向中国境内撤退。

同古一战让日本人吃惊非小，他们一面调集大部队全面出击，一面更凶猛地利用空中优势对缅北的几个主要城市进行狂轰滥炸，想趁中国远征军立足未稳，把中国部队从缅甸赶出去，直至完全歼灭。

果然，中国远征军立足未稳，又没有英军的支援，一败再败，一退再退。日军趁机穷追不舍。前园真圣大队就是这支穷追不舍队伍中的先头部队。

中国远征军慌不择路，被逼无奈决定撤往印度，寻机再战。在进入丛林前，东北营接受了阻击日军追兵的任务，于是，高吉龙这个营便和前园真圣大队遭遇了。

高吉龙并不想恋战，上级长官命令他们这个营抵抗两天就算完成任务，没想到的是，前园真圣大队抓住东北营死缠烂打，东北营足足血战了七天，才甩开前园真圣大队，连夜突围进入丛林，却无论如何也追不上大部队了。在生死之际，他们又转道向北，以死也要死在自己祖国的决心，向北进发，他们万万没有料到的是，在这里又遇上了冤家对头前园真圣大队。

真是冤家路窄，那场阻击战让东北营阵亡了二百多名兄弟，在幸存的东北营弟兄们中，一提起前园真圣大队，他们恨得牙根疼。在那棵古老的大榕树下，淌遍了东北营弟兄们的鲜血。

十几支枪对准了前园真圣的队伍，在他们的眼里，前园真圣的队伍也不成其为队伍了。他们虽然也列着队在往前走，但从士兵们摇摇晃晃的身影看，他们也支撑不住了，随时都有倒下去的可能。他们也一律衣衫褴褛，蓬头垢面，也不比中国远征军强到哪里去。唯有那面旗帜，仍在告诉人们，这是一支来自日本的部队。

日军走到这里似乎再也走不动了，他们停了下来，横七竖八地躺在草丛里，那面日军旗帜，因为无风，湿乎乎地沾在一起，靠在一棵树干上。这是一支没有了战斗力的队伍，他们毫无戒备，仿佛生路已走到了尽头。

高吉龙握枪的手有些颤抖，他没有马上命令自己的弟兄们射击。他知道，自己弟兄们的弹药已屈指可数了。重武器早就扔掉了，携带在他们身上的武器是杀伤力最小的那一种，又是短枪居多，昨夜和野人的意外遭遇，使他们又损失了十几个弟兄，现在剩下的，除几个女兵之外，能战斗的不足十人。连日来，丛林已耗尽了他们的体力，别说打仗，就是走路喘气，也令他们力不能支。

附近的几个弟兄，不时地偏过头向高吉龙张望一眼，高吉龙也曾望过他们。他看见的是一种复仇的目光，同时也看见了死亡前的恐惧。他曾留心地数过日本人，他们也不超过二十人，其中还有一个女人。他知道，那女人不是军人，而是一名军妓。

要是在以前，遇到这样一支毫无战斗准备的日本队伍，别说自己还有十来个能打仗的人，就是只有五个人，一个冲锋，也就把这十几个鬼子拿下来。但现在不行，他不能拿这些弟兄们的生命去冒险。

高吉龙又暗暗地数了数弹夹里的子弹，不超过十发，他相信弟兄们身上的子弹加起来也不会超过一百发。他无法知道日本人的弹药情况，他不能冒这个险。

时间在一分一秒地过去，弟兄们严阵以待地伏在草丛里。他们不能白白地这么等下去，经验告诉高吉龙，在丛林里，时间就是生命，只有往前走！他们还有一个信念、一个目标，那就是一定要走出丛林，走回自己的国家。他们在这里和十几个鬼子狭路相逢，一时可以激起他们的精神，但这是暂时的，也许过不了多久，等弟兄们绷紧的那根神经松弛下来，他们便再也站不起来了。高吉龙在思谋着对策，他的目光又一次落在不远处的日本军旗上。他想到了自己的营旗。部队撤退时，他就让军旗官把旗收了，后来军旗官死在了丛林里，但军旗一直在他怀里揣着。军旗是一支队伍的象征，每次战斗前，他们都曾一遍遍地向军旗发誓，人倒旗竖，人在旗在。军旗是军人的灵魂。

想到这，高吉龙的心热了一次，他很快地从怀里掏出了那面军旗，在身旁拾起了刚才不知哪个弟兄扔下的一截用来当手杖的树枝，他用树枝把军旗高高地竖了起来。

隐藏在草丛中的士兵突然看到了自己的军旗，都一愣，他们一时没有理解营长的用意。高吉龙接着站了起来，用最大的声音下了一道命令："出发!"

高吉龙知道自己做这一切时，是在冒险，他不可能知道日本人发现他们之后将会做何举动，也许会向他们射击，也许会追过来，然后是一场短兵相接，再以后就会是两败俱伤，丛林里再也没有一个活人了。

高吉龙一直在让队伍走在一座山丘后面，只把旗帜高挑在空中，让军旗在丛林中时隐时现。

猛然间，少佐前园真圣发现了中国军队的旗帜，他大叫了一声："八嘎!"他以为这是在梦中，他用劲儿地揉了几次眼睛，待明白无误地看清眼前的一切时，顿时，吓出了一身冷汗。他手下的那些士兵们显然也发现了中国部队，他们的第一个反应就是拿起身边的枪，接下来他们就想："被中国军队包围了，完了!"

他们伏在草丛中，静等着中国军队冲过来，也许他们会稀稀拉拉地放几枪，再以后他们就会被中国军队杀死，这片可恶的丛林将成为他们的葬身之地。

等了许久，却没有见中国军队杀过来，中国军队扔下他们向前走去，于是他们真的喜出望外了。

少佐前园真圣跪下了，少尉佐佐木跪下了，军妓小山智丽跪下了，所有日本士兵都跪下了，为了他们绝境中的逢生。他们用手捧住脸，泪水从指缝里溢出来，他们一律哭得哀婉凄绝、真诚彻底。丛林已经使他们的神经脆弱到了极限，于是，他们只剩下了哭。他们不能不哭，因为生，也因为死。

## 三

前园真圣大队迷路了，他们是追踪东北营而迷路的，他们谁也没有想到，小小的一个东北营让他们吃尽了苦头，丢尽了脸。

东北营阻击日军的时候，是直接和前园真圣大队交的手。前园真圣大队是日军的先头部队，前园真圣少佐立功心切，孤军深入，尾随着中国远征军一直来到了丛林边缘。他们本想死死咬住中国远征军的大部队，等待后续部队赶到，把中国远征军一举歼灭在丛林中。他们没有料到的是，追到这里，便遭到了东北营的拼命抵抗。

东北营刚开始埋伏在两个不高的小山上，前园真圣大队和东北营一交手，便发现这不是中国军队的大部队，他们想一口吃掉这一支小股部队，于是先是炮轰，接着又调来了飞机，对那两个小山包进行轮番轰炸，一时间，丛林边缘一带，硝烟四起，血肉横飞，东北营死伤惨重。几番轰炸下来，前园真圣以为目的已经达到了，便催促士兵，向阵地上冲锋，结果没想到，东北营的火力仍然很强。

于是，又是炮轰。

这次前园真圣多了个心眼儿，没有正面进攻，而是采取了侧面迂回的战术，他想包围这小股中国军队，然后用最快的速度一举歼之。这一阴谋终于得逞了，却一时吃不下这支中国部队。日军在围攻时，也死伤惨重。

在这种情况下，前园真圣反倒不急了，他觉得眼前这块肉早晚会吃到自己的嘴里，他一面指挥部队缩小包围圈，一面对两座中方阵地不间断射击。他想：中国军队断粮、断水，早晚有一天会不攻自破的。

前园真圣没有料到的是，中国军队在第二天晚上突破了他的包围。在他的穷追不舍下，中国军队全部爬到了一棵老榕树上，这棵老树方圆足有百米，盘盘绕绕，枝枝杈杈，矗在前园真圣面前，仿佛是一座小山。他眼睁睁看着中国士兵爬到了这棵大树上，转眼之间便不见了。

前园真圣没有意识到，此时他完全处在了被动之中，中国军队在暗处，他则在明处了。他还不知道，这棵老树已经构成了一方小世界，枝枝相连，叶叶相接，树干粗的，可以躺在上面睡觉，最好的还是在靠近丛林的方向，有一脉溪水正从树下流过，士兵只要弯下腰，伸出手，便能摸到溪水，如果不是战争，这方小世界简直就是人间天堂了。

前园真圣自然没有放弃进攻，日军打枪打炮时，中国士兵一点动静也没有。等到炮声、枪声停歇了，日军再向这棵大树接近时，中国士兵开始射击了，日本士兵接二连三地倒下去。

前园真圣恼羞成怒了，他又一次下令把这棵老树团团围了起来，打枪、打炮自不必说。老树依旧是老树，枝繁叶茂，几枪、几炮使它不改昔日的容颜，它接纳了中国士兵。

没想到，一直僵持了七天七夜，前园真圣大队三百多人，最后只剩下了不到一百人，他天天发报请求援军，就在援军告诉他明日即可赶到时，中国士兵神出鬼没地跳下树，钻进了丛林。

前园真圣自从入缅作战以来，还从来没遇到过这样的羞辱，一气之下，他率残部也追进了丛林。没想到，他竟迷了路，中国军队不知去向，他带领着百十个士兵，无头苍蝇似的在丛林里越转越迷糊了。

身边的士兵一个接一个地死去了。有饿死的，也有病死的，日本人和中国人一样，陷入了莽莽原始丛林的包围之中。

不知行走了多少天，仿佛过了一个世纪，前园真圣眼看着就要走上绝境，首先崩溃的不是他们的身体，而是他们的精神，没有人能够相信，他们会走出丛林，他们暂时的生存，只不过是暂时延长他们的生命罢了。

就在这时，他们发现了中国人。惊惧之后，他们复又看到了生的希望。他们感动得哭了。在那一刻，他们没想到要向中国人进攻，他们首先想到的是中国人会向他们进攻。当看到中国士兵绕道而行时，他们悬着的一颗心落下了。

这是他们相互之间的一种默契，在这之前，自从走进丛林，他们没有见过同类，他们感受到前所未有的恐惧和孤独，是远离人间烟火的孤独，这种孤独一点儿也不亚于对死亡的恐惧。

两支绝望中的队伍，一对儿敌人，就这么在丛林的绝境中不期而遇了。

当日本人看着一行中国士兵举着旗帜，在他们不远处走过去时，几乎不敢相信这一切竟是真的，他们怀疑自己是在梦中。这一段时间，他们时时产生这样的幻觉。待他们确信这一切不是梦幻时，他们站了起来，看着中国士兵一行人一点点消失在丛林里。

他们看到中国士兵的那一瞬间，被深深地震撼了，他们从中国士兵身上看到了自己，他们开始怀疑自己是否还活着，这是怎样的两群人啊。

那一晚，宿营的时候，两支队伍又一次不期而遇了。中国士兵露宿在一个山坡上，日本人则露宿在另外一个山坡上，他们中间也就百米之遥。两支人马终于走到了一起。

高吉龙在宿营时，安排了一个哨兵，哨兵姓王，名叫老赖。王老赖以前当过胡子，到了部队之后仍一身匪气，打起仗来却是天不怕地不怕的，为人也仗义，能把生死置之度外。鉴于这一点，高吉龙让他当了班长。王老赖一个班的士兵早就死光了，只剩下了王老赖一个人。王老赖这些天一直在念叨着那些死去的士兵，他一个个说着那些士兵的名字，仿佛他们没有死。王老赖似乎在点着他们的名字，在分派战斗任务。

高吉龙分配他当今晚哨兵时，他愉快地服从了。在东北营里，他最佩服的就是高吉龙，当初他从一名胡子到参加了队伍，就是冲着高吉龙来的。

那一晚，高吉龙发现，日本人也安排了一名哨兵。那个哨兵背靠在一棵树上有些茫然地望着他们。

王老赖则坐在地上，腿上压着枪，子弹自然是上了膛的。王老赖坐了一会儿，便感到十分困倦，于是他用劲儿地咬了一次自己的嘴唇，一缕腥咸涌出，王老赖知道自己的嘴唇破了，但仍是困得要命，他为了不让自己睡着，于是就骂：

“×你妈，小日本！”

“来吧，冲过来吧，老子等着你们呢。”

老赖的声音骂着骂着就小了。接着他又念叨着士兵的名字：

“小德子，李狗子……”

人们在他诵经似的念叨声中睡着了。

天亮的时候，高吉龙第一个睁开了眼睛，他看见王老赖早就睡着了，一缕口水在嘴角流着，枪却仍放在腿上。接着他看见坐在树下的那个日军少尉也睡着了，长长的头发披散着，人不人鬼不鬼的样子。枪自然紧握在手里。

他们只能继续往前走了。

## 四

军妓小山智丽摇摇晃晃地扶着一根树棍站了起来。她随前园真圣大队进山前，那身颜色绚丽的和服早已破碎得不知了去向。她此时穿着一套士兵衣裤，上衣穿在她的身上又宽又大，显得她本来就单薄的身子更加瘦小。那条又肥又大的军裤，膝盖以下先是被树枝撕得条条片片，后来她干脆用刺刀把膝盖以下的部分割了，于是她一双腿的下半部便裸露着。

她是被天皇的“圣战”精神感召而来到军营的，“圣战”开始的时候，她还在富士山脚下的一个小镇里读书，天皇的声音通过各种媒体响在她的耳边。那一年她十六岁。十六岁的少女，被天皇的“圣战”精神鼓动得流下了幸福的泪水。那时有很多学生报了名，男学生报名，很快便穿上军装出发了。同时也有不少女生报名，她刚开始不明白天皇召女人入伍是何用意，她以为也要拿起武器，参加全民族的“圣战”。那时，全日本的男女青年都被一种激情鼓噪得寝食不安，她自然也报了名。她来到了军营中，同她来到军营的还有许多女人，这些女人大都很年轻。她们来到军营后，却没有发给她们军装，而依旧穿着她们的和服。

后来部队开出了日本，开向了东亚战场，她们便也被分到了联队。队伍离开日本后，她们才明白天皇征召她们的用意。有许多女人觉得自己上当受骗了，她们寻死觅活，有的干脆跳到了海里，让翻卷的海浪吞噬了她们清白的生命。那时的小山智丽还不谙世事，她倒没有感到受欺骗，只感到前所未有的恐惧，这份恐惧大多来源于生理上的。

那时的小山智丽被分到了前园真圣大队，随她一同来到前园真圣大队的还有几名女人。前园真圣接见了她们，后来前园真圣把她留在了自己身边，其他女人则被分配到了士兵中间。

随着队伍进入缅甸，战争便爆发了，队伍开始有死去或负伤的士兵。那一刻，小山智丽不再恐惧了，“圣战”的激情战胜了她的恐惧，她觉得有责任有义务把自己的身体献给这些出生入死的士兵，他们为了“圣战”，生命都不要了，她的贞操又算得了什么呢？她很快爱上了少佐前园真圣，因为在进入丛林之前，她只属于少佐前园真圣一个人。

前园真圣入缅的时间要比大批部队入缅的时间长许多，他是随铃木敬司大佐先期潜入缅甸的，一段时间下来，他成了缅甸通。刚开始与英国人作战，他们从没遇到过真正的抵抗，日本部队可以说是攻无不克，每攻下一座城镇，部队都要庆贺一番。缅甸的女人一时间也成了日军的战利品，缅甸女人和缅甸宝石一样，漂亮新鲜，士兵们把强奸缅甸女人当成了一种骄傲。前园真圣少佐似乎对小山智丽不感兴趣了，只对缅甸女人感兴趣，隔三岔五地，总有士兵送来年轻漂亮的缅甸女人。因为小山智丽是属于少佐的，因此，每晚睡觉时，勤务官总把她送到前园真圣的房间。在前园真圣大队，前园真圣是至高无上的，其他官兵没人敢动她一个指头。

缅甸女人却深深地伤害了小山智丽的自尊心。在这之前，前园真圣从来没有碰过她，她睡在他的身边，仿佛成了一个多余的人。前园真圣没有要她，这大大出乎她的意料，因为在这之前，其他那些女人在白天的时间里，都被勤务官命令居住在一处，她和那些女人一样被很好地保护起来，直到晚上她们才各自分开，为官兵们去服务。刚开始，那些女人的样子都苦不堪言，有个叫一达公子的小女孩才十五岁，她悄悄地告诉小山智丽：昨晚她为五个士兵服务，疼死了。

看着一达公子痛楚的表情，她曾暗暗庆幸只为前园真圣少佐一个人服务，况且这种服务又是有名无实。作为一个不谙世事的少女，她不懂男女之间的世故，在“圣战”精神的鼓动下，她只想献身于这些英勇作战的官兵。

她没想到的是，前园真圣一直没有要她，却一次次要了缅甸女人。每次有士兵给前园真圣送来缅甸女人，他从来不拒绝，却把她赶到另外一个房间里睡觉。她被少佐冷落，这深深地刺伤了她的心，她要献身给英勇无畏的前园真圣少佐。她觉得只有这样，才无愧于自己的责任和精神。

一次缅甸女人离开少佐之后，她径直来到了前园真圣的房间，她毫不犹豫地钻进了他的被筒里。她一把抱住少佐，少佐的身子湿漉漉的，她说：“你要我吧。”

前园真圣动了一下，想挣开她的拥抱。

她又低低地说：“我不比那些缅甸女人差，我是个好女人。”

前园真圣听了她的话，终于伸出手，在她的背上轻抚了一下，接着她又听到少佐轻轻地叹息了一声。她用自己赤裸的身体紧紧贴着少佐，她感到自己全身灼热，她希望能用自己的热情唤起前园真圣对她的爱。她还不懂得什么是爱，她把责任和义务当成了爱。

前园真圣并没有要她，她有些失望。后来她拿过前园真圣的手放在自己的胸前，前园真圣的手下，就是她那对尚未完全发育成熟的乳房。

她又说：“少佐，你要我吧，为‘圣战’献身我愿意！”

她说完这句话，少佐动了一下，手上突然用了力，捏得她差点叫了起来。她以为少佐会要她，结果仍没有。

最后，她真的死心塌地爱上了少佐。她觉得少佐也爱上了她。因为爱，他们行走在这原始丛林里。她心甘情愿地把自己献给了绝望中的士兵。只有这样，她觉得才能拯救这支迷路的队伍。

昨晚，她又一次把自己献给了两个士兵。不知为什么，越是饥饿、绝望，那些士兵越想拼命地要她。

士兵在她的身上说："我要死了。"

士兵还说："我们迷路了，再也走不出去了。"

她听了士兵们的话，流出了伤心、绝望的眼泪。

士兵越是绝望越是折磨她，她承受着这种折磨，她想把自己彻底献给这些士兵，以此减轻他们的绝望感。

小山智丽发现中国士兵的那一刻，她差点疯了，她真想扑过去，去撕去咬那些中国士兵，是中国士兵让他们迷了路，使他们来到了死亡的边缘，她恨中国士兵，恨所有日本军队的敌人。

她号叫着想要冲过去，是前园真圣少佐制止了她，还抽了她两个耳光，才使她清醒过来。此时，她摇摇晃晃地走在队伍中，她觉得自己真的就要死了。茫茫林海，漫无边际。

中国士兵在他们不远的地方也在行走，他们在朝同一个方向走去。

## 五

少佐前园真圣一走进丛林便开始沉默了。他来到缅甸已经几年了，可以说他比其他日本人更了解缅甸，了解那些缅甸人。

一九四〇年，日本参谋本部为中国战场煞费苦心，国民党军队虽败退西南，但美国政府为了牵制中国战区的抗日力量，仍源源不断地把军火通过滇缅公路运往中国。一时间，滇缅公路成了日本人的眼中钉肉中刺。当时，日本人热衷的是太平洋战争，东亚战争日本人想速战速决，但用武力封锁滇缅路，又深感兵力不足，于是决定实施阴谋。

他们的阴谋就是，利用缅甸人反英的情绪，答应缅甸人帮助其独立，这一招得到了缅甸人的支持。

于是铃木敬司大佐秘密潜入缅甸，前园真圣少佐随他而来。他们的本意，是想通过缅甸的独立运动，不用一兵一卒即达到封锁滇缅公路的目的。

经过他们的煽动策划，缅甸义军打起了孔雀旗。可以说，缅甸反英的情绪就像一堆干柴，遇火就燃。孔雀旗一飘，全缅甸立刻沸腾，几千人的缅甸义军成了日本人的武器。

同时，日本人在太平洋上的战争，也出乎意料地顺利，他们估计着眼前的局势，会很快都成为日本人的天下，于是他们又分兵进入了缅甸。

由铃木敬司大佐和前园真圣少佐策划的缅甸义军为先导，由毛淡棉向仰光进军，这支农民义军，举着从英军手里抢夺的枪支，驾着数百辆牛车，一路风烟滚滚，向缅甸北部掩杀过去。

他们一鼓作气，收复了大半个缅甸，当缅甸人提出宣布缅甸独立时，日本人却说，等收复仰光再说，仰光很快就被收复了，缅甸人又一次提出了独立，日本人又说，等收复了全缅甸再说。

缅甸义军终于识破了日本人的伎俩，他们成立了一支敢死队，发誓要除掉铃木敬司和前园真圣。两人同时发现了缅甸人的这一种情绪，于是秘密调来日军，包围了义军的营地，他们觉得缅甸义军已经用完了，不再需要了。于是，一场血腥的杀害开始了。义军没料到的是，日本人会这么早向他们下手，他们在义愤和无奈中倒下了。三天的屠杀，缅甸义军血流成河。

铃木敬司大佐乘专机飞往日本向天皇请功去了，前园真圣则被派到了前线部队。缅甸人仍没忘记这两个日本骗子，要除掉他们。缅甸人想出了各种办法，结果都失败了，最后他们组成了一个少女敢死队，因为他们发现，只有女人能走进日本军营，日本人需要她们。

少女团开始行动了。那一天晚上，前园真圣少佐又在享用一个缅甸女人，当他发现他占有的这位缅甸少女仍是个处女时，他有些惊讶了，以前他从来也没有尝过缅甸少女的滋味，于是，他又来了一次，很快，他便入睡了。睡梦中，他被一柄尖刀刺中了腹部。他大叫了一声，月光下他看见刚才献身于他的那个缅甸少女，正仇恨地望着他。当她把尖刀从他的腹腔里抽出，准备再一次刺向他的心脏时，睡在外间的小山智丽破门而入，两个女人厮打在一起。后来，少佐开枪叫来了警卫，把缅甸少女抓走了，抓走缅甸少女他并不解恨，又让卫兵把这个缅甸少女扔到了日本兵营。就这样，这位英勇不幸的缅甸少女活活被日本兵强奸而死。

那一次，前园真圣少佐住了十几天医院，军妓小山智丽大腿处也被刺了一刀，一同住进了医院。

伤愈后的前园真圣性情大变了，他不再需要缅甸女人了，同时命令自己的部队再也不要沾缅甸女人的边儿，可以随意枪杀她们，但不许把她们带入军营。

每夜，前园真圣的身边只留下小山智丽相伴了。当初，前园真圣把小山智丽留在自己的身边，不是因为小山智丽漂亮，完全是因为小山智丽长得太像他的妹妹了。前园真圣的妹妹在十三岁那一年病死了。他怀念自己的妹妹，所以把小山智丽留在了自己的身边。

不知为什么，前园真圣一挨近小山智丽时，就想起了自己的妹妹。妹妹是拉着他的手死的。妹妹死前一遍遍地冲他说："哥，我不想死啊，真的不想死!"

他们的父母死于一场地震，他和妹妹上学才幸免于难。兄妹俩相依为命，妹妹得了痨病，吐血不止，体内的血仿佛都已经吐尽了，身子轻得像一张纸，脸白得也如同一张纸，后来妹妹就那么轻飘飘地死了。安葬了妹妹，前园真圣便从了军。

小山智丽让他想起了自己的妹妹，于是他把小山智丽留在了自己的身边，他不忍心让这位长得像自己妹妹的少女被别的男人占有。但当他需要小山智丽时，却又想起了自己的妹妹，于是他身上的欲火一点点地消失了。

当缅甸少女的尖刀刺中他腹部的刹那，他看见了缅甸少女仇恨的目光，那样的一种目光让他刻骨铭心，不寒而栗。如果不是小山智丽及时赶到，也许他早就死在缅甸少女的刀下了。

从那以后，他默默地接受了小山智丽。在他的心里，那是一种极复杂的情感，带有对女人的爱，对妹妹的爱，还有对女人的仇恨。那是对缅甸女人的仇恨。

第一次，小山智丽咬破了他的肩头，那是一位少女第一次献给男人之后的幸福和疼痛。接下来，小山智丽哭了，那是幸福的眼泪，也是献身于一种使命之后被感动的眼泪。她一边抚摸着前园真圣少佐腹中那块疤痕，一边哽咽地说："我愿为天皇献出一切。"她的话让前园真圣吃了一惊。他又想到了妹妹，如果妹妹活着，她会不会像小山智丽一样，也愿为天皇献身呢？小山智丽的眼泪淌在他赤裸的胸前。

不知为什么，从那以后，前园真圣经常噩梦不断，整个梦里都猩红一片，那是无穷无尽的鲜血，几千名缅甸义军的鲜血，还有妹妹的鲜血，以及小山智丽那片处女的鲜红……这一切旗帜似的在他眼前招展。有几次他在半睡中醒来，错把小山智丽当成了复仇的缅甸少女，差一点把小山智丽掐死，要不是小山智丽的呼喊，他真的会把她掐死。那种恐惧感，病魔似的时时笼罩着他。清醒之后，他拼命地和小山智丽做爱，他在小山智丽身上发泄着恐惧。小山智丽迎合着他，高潮时刻，小山智丽断断续续在呼喊着天皇和前园真圣的名字，在小山智丽的幻觉中，天皇和前园真圣已融为一体了。小山智丽早已爱上了前园真圣，她把对天皇的爱转移到前园真圣的身上。前园真圣也爱上了小山智丽，那是一种很复杂的爱。

自从走进丛林后，绝望的士兵们轮番占有了小山智丽，从那以后前园真圣便没再需要过小山智丽一次。他用沉默和小山智丽保持着距离，当小山智丽一次次委身于士兵们的时候，他心里难受极了，有一种自己心爱的女人被别人强奸了的味道。当初小山智丽提出用自己的身体抚慰这些绝望中的士兵时，他没有反对，如果他说不，小山智丽是绝不会反对他的。但他没有那么做。

当小山智丽怀着巨大的热情把自己献身给那些绝望中的士兵时，前园真圣又被另一种痛苦所折磨了。

## 六

少尉佐佐木的枪响了，那一枪正好击中在王老赖挑着军旗的树枝上，自从在丛林中意外地碰见了日本人的小股部队，军旗便也被举了起来。这个任务便落在了王老赖的肩上。佐佐木的枪声响过之后，军旗就落在了地上，王老赖立马就趴下了，王老赖惊慌地喊了一句："营长，日本人要和咱开仗哩。"

其实佐佐木那一枪，一点儿也不惊心动魄，别说一声枪响，就是一枚炸弹扔在这密匝匝的丛林里，也不会有太大的响声。但那一枪，把中国士兵打醒了，他们正专心致志地在丛林里走着。自从碰到日本人之后，他们的神经的确绷紧了，但随着事态的发展，他们发现，日本人比他们还要恐惧，在这种状态下开战，谁也占不到便宜，完全是两败俱伤的下场。双方都清楚这一点，于是他们便心照不宣了，他们各走各的路，他们此时唯一的目标是走出丛林，走出死亡。

谁也没有料到，日军少尉佐佐木会在这时候向中国军队射击。

不用命令，行走在丛林中的中国士兵，全都卧倒了，他们用最快速度把枪里的子弹压上了膛，然后把身体隐在最近的树后。这一瞬间，他们忘记了饥饿和死亡，眼前只剩下了敌人，这是一支训练有素的队伍，虽然只剩下十来个人了，但是他们毕竟是军人，是个战斗的集体。

这一枪同时也让少佐前园真圣和所有的日本士兵惊呆了。他们也没有料到佐佐木会突然向中国人射击。他们一起看见了对面山梁上树丛后伸出的一个个黑洞洞的枪口。

佐佐木打完了一枪，这一枪使他兴奋起来，他没想到，只一枪就打落了中国人的军旗，这面军旗他太熟悉了。当两军在丛林外对垒时，这面军旗就飘扬在中方阵地上。他那时恨不能一口把中国人连同那面旗帜吞了，可是中国军队如有神助，不管他们怎样围攻，那面醒目的旗帜一直在阵地上飘扬着。

一连一个星期的对垒，使佐佐木手下的士兵死伤大半，就是这支中国部队又让他们稀里糊涂地迷了路，他手下的士兵一个又一个死在了这片该死的丛林里，他恨透了中国人，恨透了那面旗帜。当发现中国人的一刹那，他真想扑上去，和这些中国人拼个你死我活。前园真圣少佐却没有命令他们那么做，军妓小山智丽曾有过扑过去的疯狂举动，被前园真圣粗暴地制止了。

一连两天了，一种好战的情绪把佐佐木鼓噪得日夜不安，他用枪瞄准那面军旗已经好长时间了，他几次走到前园真圣面前请战，都被前园真圣沉默地拒绝了。佐佐木终于忍不住，射出了一粒子弹，这一枪使他的念头彻底疯狂起来。他从一棵树后蹿了出来，喊着："天皇士兵们，打啊，杀啊，杀死这些中国人！"

冷不丁，他的脸上挨了两记重重的耳光，这两记耳光打得他眼冒金星，差一点跌倒，当他看见前园真圣少佐站在他面前时，他清醒了。少佐是他的上级，上级的命令他要无条件地服从，这是天皇的命令，也是军人的天职。

他站在前园真圣面前，仍保持着向前冲去的疯狂举动。

前园真圣一挥手，冲过来两名士兵，他们上去立即缴了佐佐木手里的枪。

佐佐木立正站好，向少佐垂下了头。

前园真圣说："再开枪就毙了你！"

佐佐木顿时泄了气。

一场虚惊终于过去了，日本人这一幕中国士兵看得清清楚楚，他们为一触即发的战争松了一口气。他们重又上路了，王老赖重又用一根树枝把军旗举了起来，旗在他的头上飘着，这使他有了一种前所未有的悲壮感。此时，他觉得这面旗帜是这么重要，看着这面旗，让他浑身上下多出了许多力气。他一边走一边骂："妈了个巴子小日本，敢打老子的旗，看走出林子，老子不收拾你们！”

他们是列队向前走的，十余人的队伍虽说松散，但也仍是一副队伍模样。

童班副依旧走在最后，他的身边只剩下两个女兵了，她们是沈雅和李黎。日本人的出现使童班副感到肩上的担子更重了。

日军少尉佐佐木面对无边无际的丛林彻底绝望了，他不相信自己还能走出丛林。

刚走进丛林中，饥饿、疾病使一个又一个士兵倒了下去，那时佐佐木觉得自己早晚也会像那些士兵一样倒下去的。一想到自己会死，他的脑子就乱了。有一次，他真的差点儿死过去，他和一群士兵误吃了有毒的果子。那一次，他腹疼难忍，在草地上滚了半个时辰，最后还是有不少士兵死去了。幸运的是他活了下来，原因是这种有毒的果子他吃得并不多，他们军官是最后断的粮，和那些士兵们比，他的身体要好一些。于是他躲过了死亡。可是饥饿在噬咬着他的神经，他不再敢随便吃野果子了，有许多野果子他总是命令士兵先吃，等过一阵儿，见士兵没什么反应，他才敢吃。野果子显然满足不了他的饥饿感。在一天夜里，饥饿让他又一次晕死过去。醒来后，他想起了白天刚死去的两名士兵，那两名士兵就埋在不远处的山坡上，他忍无可忍地爬了过去，摸着黑，他用刺刀在死人身上割下了一块肉，想了想，又摘下头上的钢盔，然后他生起了一堆火，把那块肉煮上了，不一会儿，一股奇异的香味使他迫不及待地大嚼起来。

这股奇香同时引来了一群饥饿的士兵，当他们看清佐佐木吃着的东西时，所有的人都愣住了。

半晌，又是半晌，那群饿疯了的士兵终于经不起这股奇香的诱惑了，他们学着佐佐木的样子，动起手来。

那一夜，满林子里飘满了奇异的香气。

有的士兵，刚吃完又大口地呕吐起来。

第二天早晨，当他们面对两具空空的骨架时，他们都跪下了。不知是谁带头号哭了起来，接着哭泣声响成了一片。

最后他们重新掩埋了那两具尸骨，重又上路了。吃了同伴肉的士兵，奇迹般地活了下来，那些没有吃的，几天之后，便死了。他们害怕死亡，他们不想死，于是，他们又如法炮制，把死去的同伴又一次分食了。

就连军妓小山智丽也疯了似的啃了一块很大的肉团。

前园真圣一开始拒绝吃死去士兵的肉，士兵们分食那些肉时，他佯装不见，背过脸去，冲着丛林闭上了眼睛。当士兵们把在火上烤熟的肉摆在他面前时，他脸色苍白，浑身发颤，眼角流下了两行泪水。

终于，他向前面伸出了手，颤颤地抓过那肉，一头扑在地上。他大口地吞食着，这个过程，他一直闭着眼睛。

当他再一次睁开眼睛时，士兵们惊奇地发现，他们的少佐已经不是以前的少佐了。在前园真圣的眼里，以前的那些士兵，也已不再是以前的模样了。他们的目光里，都流泻着一种可怕的凶光。

## 七

自从和日本人狭路相逢，童班副感受到压在自己肩上的担子更重了。鲜活的女人一个个在他眼前死去，朱红、马华、王丽的音容时时地浮现在他的眼前，她们仍在他心里活着，仿佛她们仍和他们行走在这片丛林里。可每当童班副从这种幻觉中清醒过来，看到眼前的沈雅、李黎时，他的心如同被刀戳了似的难受，嫂子的影子又浮现在他的眼前。

每天晚上宿营时，他总要千方百计地为沈雅和李黎搭一顶帐篷，哪怕是几片硕大的树叶也好，他觉得自己愈来愈无法离开她们。每天晚上他都睡在帐篷的出口处，看着她们入睡。这样做，是小巧的沈雅提出来的。同伴们一个个死去了，死神从来也没有离他们远去，他们清楚，说不定什么时候，死神就会突然降临到自己的头上。

在沈雅和李黎的心中，丛林里已经没有男人和女人之分了，她们需要的是相互照顾，是一种精神上的支撑，经过这么多天的接触，她们觉得童班副就是照耀在她们头顶上的太阳。一旦她们失去这个太阳，便会失去属于她们的所有日子。

有几次，童班副已和她们挤在了一起。童班副还是第一次这么近地和女人睡在一起，他无法入睡，借着朦胧的光亮，他久久地凝望着她们的睡态。此时，她们是那么的安详，那么的美丽，他试着向她们伸出了手，他终于摸到了她们披散在草丛中的头发，接着他又摸到了她们的手。他的身体开始战栗了，仿佛有一股巨大的电流击中了他，他浑身发热，最后发烫，最后他就握住了沈雅的手。那是一只多么小巧的手啊，此刻，那只小手一动不动温情地躺在他那双大手里，他的手开始潮潮地有汗渗出。不知什么时候，他睡着了，很快又醒了，醒来之后，他发现沈雅的头枕在他的胳膊上，头发披在他的脸上，他嗅到了女人的气息，这是和嫂子身上同样的气味。他又一次想到了嫂子，泪水汹涌流出。他把手收了收，沈雅几乎就偎在他的怀里了，一股巨大的柔情，石破天惊地在心头流过，接着他前所未有地平静下来，渐渐睡去了。天亮的时候，他们都醒了，沈雅仍在他的怀里躺着，她的头发上沾着几片草叶，她柔柔地冲他笑了笑，一点也没有难为情的意思。此时，他觉得怀里的沈雅变成了一只小猫，温顺而又亲切的小猫。一种博大的东西慢慢地在他心里生长着，最后竟长得天高地远。

日本人的营地，一天天在向他们的营地靠近，双方由先前的紧张局面，一点点地变得平安无事起来，往往他们走，日本人也走，他们宿营，日本人也宿营，营地就在他们的附近。日本营地的夜晚并不平静，小山智丽每天晚上都在慰劳千辛万劳的士兵。每一次，军妓小山智丽都充满了激情，她的呼叫像电波一样慢慢地在林中传开，搅扰得他们无法平静地入睡。

那一天，他们又一次宿营了，童班副刚为沈雅和李黎同时也为自己用几片芭蕉叶搭起了简单的帐篷，王老赖便来了，王老赖把军旗插在地上，便猫着腰找到了童班副。他把童班副拉到一棵树后，从怀里掏出一颗野果子，送给童班副。童班副不知王老赖要干什么，没有伸手接那颗野果子。

王老赖可怜巴巴地说："童老兵我求你件事。"

童班副看着王老赖。以前他就认识王老赖，王老赖因当过胡子，名声不好，所以，他很少和王老赖来往。

王老赖咽了咽口水说："童老兵匀给我一个吧，就一个晚上。"说完看了看正准备睡觉的沈雅和李黎。

童班副便什么都明白了，他觉得自己受了莫大的羞辱，一时竟不知说什么好。

王老赖以为童班副动心了，便死乞白赖地又说："明天我保证给你两个野果子，你知道，自从我不当胡子那天起，就再也没碰过女人。"

王老赖发现童班副的一张脸在抽搐着，于是，他又很快地说下去："咱们今天还有口气，明天说不准就会死哩，你就匀一个给我吧，我死了，也忘不了你童老兵。"

王老赖说完，扑通一声就跪下了。

童班副终于挥起手，耳光啪啪地抽在王老赖的脸上。

王老赖没料到童班副会刮他的耳光，连忙从地上爬起来，一边捂着脸，一边说："你这是干啥，这是干啥……"便慌慌地跑了。

童班副冲王老赖的背影恨恨地吐了一口，恶狠狠地说："滚，你这个畜生。"

童班副在黑暗中站了好久，他回到自己搭建的那个帐篷里时，发现沈雅和李黎没有睡，她们在黑暗中正眼巴巴地望着他，显然，刚才王老赖说的话，她们都听见了。两人刚哭了一气，为自己也为别人。

童班副仍气哼哼地说："畜生，他妈的畜生！"这回童班副没有像以往那样躺在帐篷里，而是躺在了帐篷门口，他把怀里的枪抱紧了。

不知过了多长时间，沈雅向他伸出了手，她的手先是摸在他的脸上，后来又摸到了他握枪的手，她的手便不动了。她靠过来，附在他的耳边低低地说："你真是个好人。"

童班副听了这话，憋了许久的泪水，终于流了出来。半晌，童班副哑着声音说：“咱们一定能走出去。”

他用力握了一下怀里的枪，沈雅的手也用了些力气。他感受到了沈雅握他手的力气。于是，他就反把她的手握了。

世界便静了下来。

不一会儿，日本兵营地方向又传来军妓小山智丽的呼叫声。女人肉麻的叫声在这万籁俱静的晚上，听起来是那么真切。

接着一种压抑的哭声也传了过来，那是个男人的哭声，呜呜的，伴着军妓小山智丽的呼叫。

童班副听出来了，那是王老赖的哭声。

不知什么时候，军妓小山智丽叫春似的声音停歇了。王老赖的声音也停了下来。

世界顿时变得极静，仿佛死去了。丛林里黑黑的一片，一切都混沌着。

## 八

王老赖觉得自己真的不是个人了，他开始恨这该死的战争、该死的丛林了。要是没有它们，自己怎么会变得人不人鬼不鬼的呢？他以前当胡子时，的确做过一些伤天害理的事，抢过大户的粮食和银圆，也睡过贫寒交迫的女人，可那时是身不由己。后来，被东北军招安了，他才活得像个人样了，是高吉龙带人收编了他们，他从内心里感激高吉龙，也感激东北军。王老赖一进入丛林，便看到了死亡。他想自己早晚有一天也会死去的，他身边的人一个又一个地躺下了，再也起不来了，一种前所未有的恐惧深深地笼罩了他。他知道，说不定什么时候自己也会突然倒下去，再也站不起来了，于是，整个世界再也不会和他有丝毫的关系了。过去的，未来的，一切都将离他远去。他只是做了一场梦，不怎么美好的梦。他扛着那面军旗恍恍惚惚地走在梦一样的丛林里，一切都那么不真实，一切都那么不可信。有一刻，他觉得人活着是场梦，死了却是走向一种永恒。这么想完，他又觉得，死并不那么可怕了。

其实，他早就注意了走在队尾的那几个女兵，她们由童班副照顾着，那是几个走散的女兵，不是他们这个营的。他清楚地记得，原来是五个女兵，丛林已经把她们折磨得不成样子了，然而她们毕竟是女人，这一点在吸引着王老赖的注意。后来，那五个女兵只剩下两个了，他还注意到，童班副和她们住在一起。有几次，他曾偷偷地爬到他们居住的帐篷外，他想听一听童班副和两个女人在做些什么，结果他什么也没有听到。他真希望自己能听出些内容来，他就那么趴在地上，在失望中睡着了。天一亮，他又慌忙逃掉了。

日本人和他们同行之后，他刚开始有过恐惧，可接下来一切又都平安无事了。寂静的夜晚，不时地传来日本女人的尖叫声，他知道，那是日本军妓正在和一群绝望的士兵做爱。军妓的尖叫声，唤醒了他沉睡的意识，于是他想到了女人。在他的记忆里，女人是多么的美好啊，他从没爱过女人，也没有得到任何女人的爱，但他却占有过女人。那是他当胡子的时候。刚开始女人不依，哭哭喊喊的，后来在他们的恫吓中也就依了，整个过程，女人是绝望的、仇恨的。但他仍体会出了那份美好。

是日本军妓夸张的尖叫声唤醒了他，接着他又想到了死亡，要是死亡前再占有一次女人该有多好啊！于是，他去求了童老兵，但童班副的耳光使他清醒了过来。他觉得自己真的不是个人了，他刚开始是蹲在一棵树后呜呜地哭，后来他站起来，背靠着树，一边抽自己的耳光一边哭，后来，他连抽打自己的力气也没了，他就那么坐在地上睡着了。

天亮之后，他们又上路了。所有的人对这种生活都麻木了，只要活着，还有一口气，他们就要无休止地走下去，丛林似乎永远没有尽头，他们走下去的日子也没有尽头，他们只是机械地往前走。天亮了，又黑了，黑黑亮亮显示着世界的存在。他们麻木地走，表明自己还活着。在这样一方世界中，他们似乎没有了思维，没有了欲念，只是机械地走，还是走。

王老赖又一次依惯性扛起了军旗，向前跌跌撞撞地走去，眼前的一切似乎已经不存在了，剩下的只是迈开双腿往前走。路旁树丛中有几颗鲜红的果子，他看到了，但没有扑过去。他知道，吃了那些果子，身上会有些力气，有了力气就能活下去，可活着和死又有什么两样吗？王老赖这么问着自己，结果，他没有扑向那几颗果子，而是盲人似的向前走去。肩上仍扛着那面军旗。

沈雅和李黎昨晚也曾哭过了，她们搂抱在一起，为了她们同是女人，也为了她们相同的命运。她们只想活下去，为了自己，也为别人。

李黎的丈夫是个副团长，她是师部的一名译电员。以前她不知道打仗和死人是怎么一回事，死人和打仗她只在电文里接触过。“××日，我军攻占××阵地。”“××日我军放弃××山头。”“××团歼敌××名。”“××营伤亡××名。”以前，她对战争的理解也就是这些。

后来，她随丈夫一同来到了缅甸，起初的日子，她仍不懂什么是打仗，只是居无定所地整日行军，也听到了枪炮声，日本人的枪炮声，离得很遥远也很朦胧。直到远征军大溃退，逃进了丛林，她和师部的人走散了，后来又有几个女兵相聚在一起，再后来她们就遇上了东北营。她们不管部队往西还是往北，她们只能跟着。李黎无时无刻不在思念着自己的丈夫，她不知道丈夫是死是活，部队溃退时，她曾接收过丈夫那个团发给师部的一条电文：“我团已向西转移，进入丛林，请指示。”师部当时拟了封电报，指示丈夫那个团继续向西，一直开往印度，可那份电报却没有发出去，因为他们再也呼叫不到信号了。她不知丈夫是死是活，从时间上判断，丈夫他们是先于师部走进丛林的，说不定这时，他们已经走到印度了。她已经无法判断到底在丛林里行走有多久了，她只记得到丛林后，自己来过两次月经，丛林使一切都乱了，该死的月经也乱套了。按着时间推算，又早该来了，可是再也没来过。她一面挂念丈夫，一面惦记着两岁的儿子。她和丈夫匆匆地开上了前线，把两岁的儿子放在了母亲那里。母亲居住在山西太原。

她自从跟上了东北营，便知道这是向北走，向北走就意味着越走离中国越近，说不定，他们真的会走出去，一直走回到自己的祖国，那样的话，她就可以看到自己的儿子了。离开儿子时，他已经长了两颗小牙了，还会喊妈了，此时，儿子是胖了，还是瘦了？想起儿子，她心似刀割一样的难受。

为了丈夫，为了两岁的儿子，她要活下去，坚强地活下去！她一想到活，便真诚地开始感激童班副了，如果没有童班副，说不定她们早就掉队了，掉队就意味着死亡。最后只剩下她和沈雅两个女兵了，另外三个女兵先后离开了他们。

这些日子，她的身体愈来愈弱了，此时，她已感受不到饥饿，只剩下了一颗心脏似乎还在跳动着，她每走几步，都要喘上很久，可她要活下去，要活下去就不能掉队。有时童班副搀扶她走一段，又搀扶沈雅走一段。在她们的眼里，童班副是那么的有力气。在这之前，她们和童班副素不相识，是丛林使他们走到了一起，童班副默默地肩负起了照顾她们的责任。她们却不能为童班副做任何事，如果童班副提出请求，不论什么请求，她不知道沈雅会不会答应，她反正会答应，除了自己是女人外，还有什么可以报答的呢？她是过来人，有丈夫，有孩子，正因为这样，她更了解男人。然而童班副什么也没要她们做，只是默默地保护着她们。为此，她难过得不知说什么好。

昨晚，王老赖向童班副请求的那些话，她和沈雅都听到了，她们恨王老赖的无耻，同时也被童班副的又一次仗义所打动了。那一晚，她恨不能把自己献给童班副，以报答他的恩情。

她在童班副的搀扶下走了一段，童班副又去搀扶沈雅了。这时，她看见了那几颗鲜红的野果子，那是王老赖发现而没有去摘的几颗果子，她疯了似的奔过去。她想，这几颗果子会让他们三个人有力气走上一段的。她的手已触到了一颗果子，这时，她的脚被什么东西咬了一口，她叫了一声，便什么也不知道了。

童班副和沈雅听见了李黎的叫声，连忙奔过去，沈雅呼喊着："李姐，李姐……"李黎的眼睛再也睁不开了，她的手动了动，指了指自己的脚。他们发现她的脚上留下了两个被咬过的牙痕，那是蛇的牙印。很快，李黎被咬过的一条腿青肿起来，童班副已顾不了许多，他伏下身去，用嘴去吸李黎的伤口，伤口里很快流出乌紫的血浆。他一口口地吸着，吐着，可是已经晚了，李黎的腿一点点地变硬了。

童班副刚开始感到舌头发麻，后来就是整个嘴，再后来就是自己的头了。再后来，便昏了过去。

沈雅大叫："童老兵，童大哥，童班副……"

童班副听到了沈雅的叫声，他觉得自己是睡着了，真舒服啊，就躺在李黎的身边，他又嗅到了嫂子的气息。他真想这么永远地睡过去，再也不醒。沈雅的叫声，使他清醒了过来，他想：自己要活下去，要陪着最后一个女兵走出丛林。于是，他慢慢地睁开了眼睛，他看见沈雅的小脸上挂满了泪痕。哭什么呢？他伸出手去为沈雅擦泪。沈雅再也忍不住，一下子扑倒在他的怀里。

沈雅尖着声音哭诉道："童大哥，你不能死啊，我们还要走出去啊！"

是啊，一定要走出去。他这么想完之后，扶着沈雅站了起来，又向前跌跌撞撞走去。

王老赖混混沌沌地走着，没有了意识，没有了欲念，只剩下了走。他的眼前渐渐地模糊起来，一下子所有的景物都变得离他很远了，遥远得不可触及，耳畔轰鸣一片，但他仍借助一种惯性，机械地往前走着。突然，脚下被什么东西绊了一下，他便一头栽了下去，连同他肩上那面军旗。

王老赖就这么无声无息地倒下去了。

# 野人洞

## 一

李双林在朦胧中感到有一股凉凉的液体正缓缓地通过他的食管流进胃里。真舒服啊！他好久没有这么舒服地躺过了，那股凉凉的液体，像一脉溪流源源不断地流进他的嘴里，他品得出，那汁液酸甜，还带着一种自然的芬芳。这不是在梦里吧？突然，他睁开了眼睛，这是在哪里呀？他首先看到了石洞壁上燃着的松树枝，接下来他看清自己是待在一个干爽的石洞中，一块平展的巨石上，铺满了柔软的细草叶，此时，他就躺在草叶中。说是躺，确切地说应该是半躺，他背靠着一个温暖实在的物体。接着，他看见了眼前的石碗，石碗中盛着果子汁，他顺着石碗看去就看到了一条粗短的手臂，接下来就看到了一张女人的脸。原很高兴的样子，正露出牙齿在冲他微笑。

李双林呀的一声，从那块平展的石头上跳了下去，他惊慌失措地站在那里，一时竟不知自己在哪儿，眼前的女人是鬼是人，他一时也说不清楚。那一瞬，他觉得自己一定是死了，正走在去地狱的路上，听人说，地狱的每道关口都有小鬼把门，眼前这位无疑是小鬼了，看样子还是个女鬼。

原开始时被李双林惊吓的样子弄愣了，她放下石碗，一步步向李双林走去，她笑着，嘴里说着什么。李双林向后退缩着，他摇着手冲原说："我不想死，求求你放我回去吧，我们还要走出丛林呢。"

原不笑了，怔怔地看着他。突然，原跪下了，用手捂住脸，嘴里发出怪怪的叫声，有液体顺着她的指缝流了出来。

李双林呆呆地看着眼前怪模怪样的女人，他扶着石壁又向后退了一步，他摸到了石壁旁立着的枪，是自己那支卡宾枪。这到底是在哪儿呀，自己真的死了吗？

在这时，李双林清醒了一些，他扶着枪立在那儿，伸出手在自己的腿上掐了一下，很疼。不，自己没有死。这一意识很快使他彻底冷静下来，他把枪抱在了胸前，他拉了一下枪栓，一粒黄澄澄的子弹呈现在他的眼前，此时，他已完全回到现实中了。他明白眼前的处境了，自己没死，是眼前跪着的这个女人把自己救了，他站在那里仔细瞅着眼前这个女人。在李双林的目光中，她一点也不美，甚至可以说她丑，很丑。

"你是谁，为啥救我？"他这么问。

原不哭了，她把手放了下来，痴痴迷迷地望着他。

她说："呀，呀——咕。"

他说："我这是在哪儿，我们那些人呢？"

她说："呀——咕——呀——"

他听不清她说的是什么，他突然意识到眼前这个女人是野人无疑了。在走进丛林后，他曾听王玥讲过野人，野人的一切也是听别人说的，但是他们一路上并没有见过野人。这么想完之后，他心里轻松下来。不管怎么说，野人也是人，既然野人能在丛林中一代代地活下去，为什么他们就走不出丛林呢？一想到走出丛林，他马上想到了队伍，不知自己在这山洞里耽误多久了，他要去追赶队伍。想到这，他转过身向洞外走去，由于刚才转身急了，他差一点儿摔倒，但他还是扶着洞壁向前摸去。

就在这时，原大叫了一声什么，灵巧地扑过来，抱住了他的腰。他感觉到原是那么有力气，轻轻一抱，他的双脚便离开了地面，原很快地把他又放到铺满干草的石板上。

经过刚才的一番挣扎，李双林觉得自己一点儿劲儿也没有了。他只能眼睁睁地躺在那里，张大嘴巴拼命地喘息。他想：自己无论如何要离开这个野女人，离开这个山洞，去寻找队伍。

他不明白这个野女人救自己，把自己放在山洞里到底要干什么。他想坐起来，趁机走出山洞，可身体虚弱得一点儿力气也没有，头也天旋地转地晕。他只好躺在那里。

原又端过石碗在喂他果汁，他无法躲避，也不可能躲避这救命的果汁，他一口口地喝着，他闭上了眼睛，不知什么时候，他迷迷糊糊地睡了过去，松树枝哔剥地燃着，昏昏沉沉中，他仿佛走进了一种永恒。

不知过了多长时间，他又醒了，刚开始他觉得四周漆黑一片，松枝已燃尽了，空气中散发着一股松油气味。朦胧中，他看见了一丝亮光，那是洞口透进的一丝亮光。他不知睡了多长时间，只是感到身上有些力气了。他想走出洞口，走回到丛林中去，他发现自己的双手双脚已经被捆绑上了。他这才意识到，自己被野女人绑架了。徒劳的挣扎显然是无效的，他就那么静静地躺在那里，他思索着野女人绑架自己的目的，想了半晌，又想了半晌，想得挺累，挺烦人的，也没想出什么结果。他干脆什么也不想了。他在静静地等待。

又不知过了多长时间，洞外有了动静，先是听到丛林树叶在响，接着他就听见了脚步声，不一会儿，脚步声越来越近了。影影绰绰地，他看见进来一个人。

又不一会儿，那人开始用石头相互敲击，片刻，绒绳被点燃了，绒绳又点燃了一簇树枝，火燃了起来，火光中他看见了那个野女人。她容光焕发的样子，系在腰间的那片树叶显然是新换的，昨天他们相互挣扎时，她系在腰间的树叶扯破了。在那一刻，他闭上了眼睛。

原在火堆旁蹲了下来，背冲着他，火光中他望见了她的后背，她的后背宽大而又有质感，在火光的映照下，原的皮肤散发着一片神奇的光泽，接着他又望见了她的臀，浑圆中充满了野性的力气，他在心里说：天哪，她真是个野女人哪。

他终于闻到了一股香气，这缕香气是那么的诱人，他已经好久没有闻到这么诱人的气味了。最后他看见了原手里的山鸡，那只山鸡在火里烧烤着。不一会儿，便香气四溢了。

原很快烤好了山鸡，然后走到他的身旁，慢慢地解开系在他手脚上的藤蔓。原撕一块烤好的山鸡肉，没有急于送给他，而是在一个石碗里蘸了蘸，才送到他的嘴里。他终于吃到了山鸡，不仅是山鸡，还有盐巴，一种久违了的人间体验复又降临到他的意识里。一刹那，他觉得活着是那么的美好。

这时，他还不知道，这丛林里会哪来的盐巴。后来他才知道，这是野人部落跟贩盐的商人换来的。缅甸的盐商每年总要翻过两次野人山到印度去贩盐，那是充满危险和神奇的贩运。盐商在当地向导的带领下，在这原始丛林里摸索前行，在不迷路的情况下，也要走上一个多月才能走出丛林。不知有多少盐商因为迷路，而死在丛林中，每次有盐商经过，野人山的野人们都会拿出自己的食物来换取一些盐巴，盐巴在野人生活中起着重要的作用。

李双林不知自己是怎样一下就吃完一整只山鸡的，山鸡的味道真太美妙了，这是他有生以来，吃到过的最美妙的食物。一只山鸡吃下去，他感到浑身有了力量，人却出奇地困，很快，他又昏昏沉沉地睡去了。

他自己不知道，他这一睡，就一连睡了两天两夜。

## 二

牛大奎在李双林失踪的地方一连寻找了两天，也没有发现李双林的影子。怪了，难道这个王八蛋飞上天了不成！他这么在心里咒骂着。

他迫切地要杀死李双林这个仇人，只因为李双林杀死了他的父亲和哥哥。他心里也清楚，李双林杀他父亲牛老大和哥哥牛大犇，完全是执行军法和长官的命令，即使李双林不杀，也会有其他人去杀死他们。但他还是恨李双林，他认定李双林是杀死父兄的凶手，是他们牛家的仇人。执行军法的人多得是，为什么自己的父兄偏偏都死在李双林一个人的枪下，这是命中注定的，注定了李双林是他们牛家的仇人。

牛大奎没有文化，他以前是个老实巴交的种地汉子，他只认准一个死理，那就是杀人偿命，欠债还钱。父兄的血债，要让他李双林的命来还。

牛大奎曾暗自发誓，即便找不到活着的李双林，死的也行，他要在李双林的尸体上捅上几刀，才算解恨；也只有那样，才算是完成了为父兄报仇的大事，死去的父兄才可以安眠九泉。

结果，牛大奎连李双林的影子也没有找到，他决定留下来继续寻找李双林。

其实，他对这一小股队伍走出丛林早就失去了信心。从他被抓丁当上东北军那天起，他就想早日离开队伍，回到老家种地去。先是父亲逃跑，被杀了，接下来又是哥哥，也没跑成功，最后也给杀了。他不死心，一直在等待着逃出军营的机会。现在他终于等来了。他知道，高吉龙不会等他，也不会来找他了，他们已经走远了，也就是说，他牛大奎现在是个自由人了。等杀了李双林，他要独自走出丛林，过一种自由自在的生活。他相信，他一个人完全能够走出丛林，那么多人在一起，发现一点儿吃食，一拥而上，轮到每个人嘴里也就那么一点点，不被饿死才怪呢。他为一个人单独行动早做了准备，不少士兵为了减轻身上的重量，把身上的武器弹药都扔掉了，他不仅没有扔，反而把其他士兵扔掉的子弹，都偷偷地拾了起来。此时，他身上的武装袋里插满了六个弹匣，每个弹匣里都装满了子弹。他以前背的是笨重的机枪，后来，他先是扔了机枪换了支步枪，后来他又把步枪换成了一支卡宾枪。在远征军中，只有班长才有权利用卡宾枪。卡宾枪小巧而又灵活，可以单射，也可以连射，在丛林里，卡宾枪是最合适不过了。

牛大奎想，只要自己有了枪就没有办不成的事。要是万一走不出山林，他就在这老林子里独自生活下去。小时候，他什么苦都吃过，他觉得林子里的苦自己也能吃。

这是几天以来牛大奎为自己理清的思路，他是这么想的，也是这么干的。

经过这么多天的丛林生活，他明白了该怎样才能在丛林里生活下去。首先他为自己选择了住处。他没把住处选择在地上，而是在树上。丛林别的都缺就是不缺树，树与树之间盘根错节，复杂地拥挤在一起。他先是用枪刺砍掉了许多没有必要的树枝，然后利用树枝在树干上为自己搭了一个床，又用一些宽大的树叶为自己搭起了一顶帐篷，住的窝便有了。

他考虑过，把窝搭在树上有许多好处，一不怕毒蛇，二不怕洪水，蚊虫也不会飞得那么高。在高处还可以远望。

接下来，他又开始琢磨着该吃点儿什么了。他早就发现丛林中有一种怪模怪样的蝙蝠，要比其他地方的大上好几倍，有时一群一群的，受到惊吓后，在林子里乱飞乱撞。小时候，牛大奎也经常挨饿，可以说他什么都吃过，麻雀、蝙蝠，就连小水沟里的蝌蚪，他也生吃过。其实，他早就想吃这些东西了，只因行军匆忙，没有足够的时间来对付这些可吃的东西。现在，他有足够的时间来为吃着想了。轻而易举地，他一口气逮到了十几只蝙蝠。接着他生起了一堆火，他怀里揣着一盒火柴，那是从死去的士兵身上找到的。不过他没有用火柴，他要保留它们，留在最关键的时候用。小时候家里穷，买不起火柴，便用石头打火，林子里细碎的绒草多得是，找两块硬石，打上一阵便引燃了绒草，接着干树枝也着了。又肥又大的蝙蝠扔到火堆上，不一会儿，便烧熟了。牛大奎一口气把十几只蝙蝠都吃光了，他感到很满足，唯一不满足的就是少了些盐巴，让他吃起来不那么香。

然后，他爬上了树，躺在了自己搭起的小窝里，他要美美地睡上一觉了。他在睡着之前，又想到了仇人李双林，他又坐了起来，他想不出狗日的李双林会去哪里。不管能不能找到李双林，他都要养精蓄锐几日，把自己的身体养好了，还愁走不出这片老林子?!

接下来，他又躺在了小窝里。突然，他看见了自己的头发，他的头发和别人一样已经长得很长了，这一点他并不奇怪，奇怪的是，他发现自己的头发梢全白了，这是他以前没有注意过的。这一发现让他吃了一惊，以前他听老人说：人不吃盐头发就会变白。

自从他们进入丛林便再也没有吃过盐，牛大奎意识到了问题的严重性。他急急地想尿，接着就尿了，在尿的过程中，他急中生智，用手心接了自己的尿喝了一口，他发现自己的尿也是淡的。这一发现使他产生了一种前所未有的恐惧。他突然疯了似的跪在了“床”上，放开喉咙喊：“狗日的李双林，你出来，老子要杀了你——”

“李双林你快出来，老子杀完你还要赶路呢——”

突然，他又抱住头，呜呜咽咽地哭了起来。

## 三

舒服，真是太舒服了，李双林觉得一生一世也没有这么舒服地睡过这么天长地久的一大觉，干爽、温热、宁静。

李双林睁了一下眼睛，四周仍漆黑一片，很快，大脑又一次朦胧了起来。这是在哪儿呀，他这么问自己。他的后背温热而又酥软，他动了一下，这时他发现有一双手在摸他，从胸口一直到下体，他终于清醒过来，一激灵，坐了起来。这时，他才发现，自己已经赤条条一丝不挂了。在他身后用身体拥着他的人，呀地叫了一声。从这声音上判断，是那个野女人，李双林的心放松了些。

他记得吃完野女人为他烤的野鸡，自己迷迷糊糊地昏睡过去，一觉就睡得天昏地暗，亘古洪荒。他不知道野女人什么时候把他的衣服脱掉的，也不知道她什么时候躺在他的身边。

他感到恐惧和无所适从。

他站了起来，双脚踩在软软的细草上，发出了一串细碎的响声。他想找到自己的衣服，他在细草中摸来摸去。这时，原在黑暗中抱住了他的腿，他再一次感受到了原身体的温热和酥软，两只乳房丰硕实在地贴在他的腿上，因为黑暗，他看不见原的表情，但原的举动还是令他大吃了一惊，他推开了原，摸索着他的衣服。这时，他摸到了自己的枪，这时他的心安稳了许多，他不再感到恐慌了。自从他发现这个山洞和身边的女人，他并没有感到有一丝一毫的危险，相反，他觉得这里是安全的。可是他不知道自己究竟在哪儿，也不知道离开弟兄们有多长时间了，他们还好吗？洞中昼夜都是黑的，他分辨不出时间。

不知什么时候，原又点燃了松枝，松枝哔哔剥剥欢快地燃着。他看清了原，原就蹲在燃着的松枝旁，入神入定地望着他。此时的原也一丝不挂，他试图让自己的目光从原的身旁移开，他看到了自己的衣服，那身破烂的衣服早已化成了一堆灰烬堆在燃着的松枝旁，这一切无疑是原干的。他不明白她为什么要把他的衣服烧了，他抱着枪，怕冷似的浑身哆嗦着。

原站了起来，就立在燃着的松枝旁。原的身体在火光中一半明一半暗，原的身体散发着一层幽幽的亮光，接下来，原围着火堆开始舞蹈。起初他不知她这是在干什么，片刻过后，他才明白，原这是在舞蹈。原伸展着四肢，双脚不停地在地上腾跳着，一对乳房也随之颤动着，她的头发披散着，遮住了她的肩。原跳得非常卖力，不一会儿，身上就有汗水沁出来，先是一颗颗晶莹地在皮肤上缀着，像一颗颗宝石，但很快，那汗珠便汇聚在一起，顺着她的乳沟和腹股沟流下来。原跳得忘情而又投入。

原曾试图把蹲坐在角落里的李双林拉起来，随她一同跳，被李双林粗暴地拒绝了。他本能地抱紧了怀里的卡宾枪。枪身冰冷，他感受到阵阵寒气从他的怀里传到体内，他不明白原这是要干什么。

原很失望的样子，但她仍没停止跳舞，长发一会儿遮了前胸，一会儿又遮了后背，原的样子有些疯狂了。李双林见到原的样子，有些害怕了，他冲原说：“你别跳了。”

原仍跳。

他说：“你把我衣服烧了干啥？”

原还跳，原用肥硕的屁股在他面前扭着。

他又说："弟兄们走远了。"

原还是跳。

他还说："谢谢你救了我，我该找他们去了。"

他这么说完，站了起来。他觉得身上已有许多气力了，但他赤裸着身体，又感到有些无所适从。他本能地抱着胸，把枪护在胸前，弯着腰，向洞口一点点移去。

原刚开始不明白眼前这个美男子为什么对她的舞蹈完全无动于衷。她是在向他求爱，可是他只愣愣地望着自己，当她向他走去，试图让他与自己共舞时，他却粗暴地拒绝了她，这令她有些伤心。但她仍然在跳，向这位山外来的美男子展示自己的美。她相信迟早会打动他的，让他爱上自己，并和自己做爱，那样一来，她就会有个孩子了，她就会抱着孩子，带着他回到部落里去，和众人生活在一起。那对于原来说，是多么荣光和幸福啊！那时，她会成为一个真正的女人、真正的母亲，便会引来许多男人向她求爱，她就会拥有山林和整个世界。她为他们生养，他们为她劳作，这是山里女人的梦想和一切。

她起劲儿地跳着。突然，她看见他向洞口走去，她立即停止了跳舞，呀的一声向他扑去。

她说："我的美人，你不能走！"

他看见原风一样地扑到自己的眼前，一下就把自己抱住了。

原咿咿呀呀地说着什么。

他说："放开我，你快放开我！"

她听见他在说话，他的声音像唱歌，她自然不明白他说的是什么。

她说："你不能走，你们那些人走远了，他们走不出密林的。"

他几乎是在喊了："放开我，放开我——"

声音在山洞里回荡着。

喊声使她吃了一惊，她抱住他的手松开了。他趁势向前走去，她终于清醒过来，复又扑过来，她的气力大得让李双林感到吃惊。她往回拖着他，而他挣扎着要离开她，两人互不相让地扭在一起。

就在这时，他想起了自己手里的枪，终于他甩开了她，接着怀里的枪响了。

子弹贴着她的头皮飞了过去，又射在身后的石壁上，发出清脆的响声。

她怔在那里。

他向后退去，一步步地。

她先是一动不动地看着他，待反应过来后，她又向他走去，他向后退一步，她向前走一步。他的枪口黑洞洞地冲着她。

他说："别过来，过来就打死你。"

他仍在向后退，她迎着他的枪口一步步向前走。她不知道他怀里抱着的东西叫枪，但她心里明白，这东西是会响的箭，她也有弓箭，她用它射猎，能射死山鸡，能射死山林中的所有动物。如果，他想要射死她，很容易。但她还是迎着他的枪口往前走。

两人僵持着来到了洞口，林子里一切都是亮的，让他有些不适，他眯上了眼睛，枪口仍然冲着她。

他看见了熟悉的山林，可四周都静静的，让他心里空空落落的。突然，他喊了一声："你们在哪呀——"

声音稀薄地钻过丛林，很快便没了回声。没人应答，一切又复归寂静。

原跪下来，冲着他的枪口。原很快地说："你走不出去了，他们早就走远了。"

她一边说一边比画。原感到无比的委屈，她没想到眼前这个男人会不要她，宁可死在丛林里也不要她。

李双林从原的语气和比画的动作中，明白了她的意思。他又惊奇地发现，原的眼泪正汹涌地流出来。原的眼泪让他吃了一惊。

他又空洞地喊了声："天哪，你们去哪儿了，怎么扔下我一个人了。"

他感到浑身一点儿气力也没有了。他扔下了怀里的枪，向北方跪了下去。

原扑过来，再一次死死地抱住了他。

他恨死眼前的野女人了，是她让他和弟兄们分开了，他拼命地抽打着她，打她的脸，打她的身体。原隐忍着，一声不吭，她轻而易举地把他抱了起来，向石洞走去。

她说："该死的，没有良心呀。"

他说："你放开我，弟兄们呀。"

两人都只听到了对方的喊叫。

## 四

牛大奎不知道自己为什么会那么困，仿佛进入丛林以来欠下的觉一股脑儿都来找他算账了。他躺在大树枝杈上自己搭建的小窝里，昏昏沉沉地睡着。

隐约间，他似乎听到了喊声，是人的喊声，激灵一下，他坐起来，睡意皆无了，侧耳去听，又什么都听不到了。

半晌过后，他又一次躺下。一连几天了，他做梦都梦见找到李双林了，不仅找到了李双林一个人，还有一大群人，那群人里，有他认识的，也有不认识的。

他以前生活在人群中，恨不能立马就离开那群人，离他们越远越好，离开人群他就自由了，父亲和哥哥就是为了这份自由献出了生命，他现在真的自由了，莽莽丛林里，此时只有他一个人。可不知为什么，他一次次地却要梦见人群，梦见他的仇人。

"我这是怎么了？"他躺在那里，喃喃自语着。

他的声音把自己吓了一跳，他怀疑这是别人在说话，他大睁着眼睛，探出头，惊惧地四下里望着，除了丛林还是丛林，什么也没有，他失望地收回自己的目光。

“我叫牛大奎。”他说了一次。

“我就叫牛大奎！”他又说了一次。

“×你妈，我叫牛大奎！！”他几乎在喊了。

他拼命地喊了，可他觉得自己的声音一点儿也不大，都被那些该死的丛林吞噬了。

牛大奎呼喊了一阵自己的名字，似乎把自己找到了，力气也一点点地回到了他的身上。牛大奎坐了起来，从铺位上抓起了枪，枪实实在在地握在了他的手上，他又摸了一次腰间的弹匣，这一切都实实在在，让他心里踏实了许多。他的目光又灵活起来，浑身的关节咯咯嘎嘎地响了一气，他气愤地说：

“李双林，你个狗日的，老子要找到你。”

“李双林，老子要一枪崩了你。”

“李双林，老子要用刀活剐了你。”

“李双林，你个狗日的啊——”

李双林此时又在哪呢？是死是活？牛大奎心里仍旧一片茫然。他要找到李双林，要复仇，这一愿望，在他的心里依旧强烈。

他从树上下来，寻找仇人李双林是他的目标，也是他生存下去的希望。要找到李双林，杀了他，崩了他，复仇，复仇哇！牛大奎这样鼓励着自己。近日来，附近的沟沟岭岭，他几乎都找遍了，可连个影子也没有找到。难道李双林成了仙？

他还要找，不死就要找下去。牛大奎把枪半抱在胸前，做出一副准备战斗的样子。脚下是枝枝蔓蔓的草茎，身旁是缠缠绕绕的藤蔓和树枝，这为牛大奎的寻找工作，带来许多不便。

于是他就骂：“王八羔子。”

又骂：“日你娘！”

还骂：“日你八辈祖宗！”

……

骂着骂着，牛大奎就不知是骂谁了，是骂李双林，还是这些该死的丛林，抑或是自己？总之，他在稀里糊涂地骂着。骂着骂着，就没有了愤怒，只剩下了自言自语。他似乎在不时地制造出种种声音，只有这样他心里才踏实，只有这样，他才能感受到自己的存在。他怕自己把自己丢失了，忘却了。他一边骂着，一边寻找着，一路下来，他自己都搞不清到底哪个重要了。

丛林到处都是一样的景色，他走了许久，抬头望一望，仿佛又走回了刚出发的地点，他知道，这是错觉，这种错觉让他不寒而栗起来，丛林还有尽头吗？自己以后能走出丛林吗？

以前，他随着众人在丛林里行走，时时地也会产生这样的错觉。可那时人多，那样的错觉，只在他的心头停留很短的一瞬，他随着众人向北走就是了。人群里面还有他的仇人李双林，他一直在一门心思寻找着杀死李双林的机会，可那样的机会，他一直没有找到。于是他只能机械地随着众人往前走。

他也知道，在这丛林里想逃离开队伍简直是轻而易举的事情。在这种情况下，跑不跑又有什么区别呢？跑又能跑到哪里去呢？众人不也都是在跑吗，他们的梦想，是集体逃出丛林，逃出丛林才有生路。牛大奎明白了这一切之后，似乎恍然明白了许多道理，自由与不自由离得是那么近，又是那么远。一时间，他竟有些困惑了。不管自由不自由，他都得生存，人活着就是没有绝对自由的。以前，他和众人活在一起，是没有自由的，此时，他独自和丛林活在一起，仍然是没有自由。丛林无时无刻不在约束着他，桎梏着他，让他每前进一段，都要付出很大的努力。牛大奎在丛林里，一边寻找一边走着，他觉得自己越来越糊涂了。

突然，嘎的一声，一只山鸡从树丛里飞起来，把沉浸在迷惑中的牛大奎惊出一身冷汗。那只山鸡是被牛大奎的脚步声惊起的，它想飞得高远一些，可是它一点儿也办不到，密密的树丛影响了它的幻想，它低低地在树丛中盘桓了几周，又落下来，顺着树的空隙跑掉了。

牛大奎定神之后，他并没有向那只山鸡射击，也没有去捉它，想捉住这只山鸡，并不太费事，这些天来，他一点儿也不为吃发愁了，这么大个丛林，只有他一个人，有许多东西他都可以吃。听叫声，那是一只母山鸡，他知道在它的窝里会有几只蛋。于是，他轻易地便在草丛里找到了山鸡的窝，那里果然有几只温热的山鸡蛋。牛大奎走过去，一只只把它们拿起，在枪托上敲碎了，又一只只地喝下去。牛大奎做这一切时，一副从容不迫的样子，在这里没有人和他争食，而且他又有很多时间，一切都属于他一个人的。

几只鲜蛋落肚，牛大奎的脑子里清明了许多。四周寂寂的，一点儿声音也没有，这种空寂，让他多少产生了一些恐惧。在一瞬间，他不知自己是死是活。这一想法，陡然让他冒出一身细汗。

他说："牛大奎，你在哪里？"

他说："牛大奎，你还在吗？"

他这么说过了，感到自己很可笑，于是咧开嘴就笑了笑。他觉得有些累了。他就坐下了，坐下之后才看见，自己坐在一个碗口粗细的树根上。

他想：李双林，你狗日的藏哪去了呢？

想完之后，他觉得有些困，他倚在一棵树上，迷迷糊糊的似要睡去，这时他发现自己坐着的树根动了一下，又动了一下。他觉得奇怪便睁开了眼睛，天哪，这哪里是什么树根，分明是一条蟒蛇！他坐在了蟒蛇的身上！那条蟒蛇足有几米长，此时已经把他和树缠在了一起，一直缠了几圈。他叫了一声，又叫了一声，他本能地去摸枪，枪终于抓在了手上。蟒蛇用力了，把他往树干上缠，他的枪响了，射在了蟒蛇的身上。蟒蛇只抖了一下，更用了些力气，牛大奎觉得自己的骨头都要碎了，他想继续射击，可蟒蛇已和他缠在了一起。他扔掉了手中的枪，拔出了腰间的枪刺，用力地向蟒蛇刺去，一股温热的血溅出来，溅了他一脸一身，他已顾不了许多，一下下奋力地刺着。就在蟒蛇要把他勒死的刹那，他终于把蟒蛇刺成了两截。他死里逃生。

他顾不了浑身的蟒血，一口气跑回到自己的小窝里，他定定地坐在那里张大嘴巴在喘气。突然，他抱住头，哭声和骂声传了出来："狗日的，狗日的，日你个妈呀——”

## 五

李双林觉得缠在他身边的野女人真是太麻烦了，他要离开这个山洞，去追赶弟兄们，野女人却把他囚禁在山洞里。他曾狂躁地和野女人厮打，企图挣脱开野女人的纠缠，他没料到的是，野女人的力气大得惊人，总是很快地把他制服了，让他躺在山洞里，气喘吁吁。他曾向野女人开了一枪，子弹贴着野女人的头皮飞了过去，野女人原却没有被他吓住。原当然晓得了他怀里枪的厉害，那一次，原把他从洞外轻松地抱回到洞里，又用藤蔓把他给捆了。原做这一切时显得有条不紊。刚开始他挣扎，他大骂：“你个野婊子，日你姥姥的，快放开我。”

原对他的咒骂一直显得无动于衷，李双林久病初愈，他又骂又咒的，消耗了许多气力，于是，他便不再骂了。

原把他捆绑住后，很温柔地摸了摸他的额头，其实原在捆绑他的整个过程中，一点也不粗暴，很像是在和他做一场游戏。在这场游戏中，他自然是个失败者。

原开始玩弄他那支枪，先是很小心地看，接下来，她就把枪拿在手里把玩。原一接触李双林的枪，李双林就受不了了，他怕原把枪弄走了火。

他说：“你把枪放下，快放下！”

她像没听见一样，很好奇地看。

他说：“你这个婊子，那是枪，不是玩的。”

原专注地摆弄着枪，在她的眼里枪比她的弓箭神秘多了。

他说：“快放下，要走火的。”

原学着他的样子把枪抵在胸前，枪口冲着他，嘴里发出“砰砰”的声音，她的样子像一个天真的小女孩儿。

他闭上了眼睛，在心里喊道：天哪！

原最后把枪收了，枪口冲上，对准了自己的一只眼睛，借着火光，她向枪膛里张望。

他说：“你放下，快放下，臭婊子，枪会把你打死的。”

原什么也看不见，就呵呵地笑，复又把枪抱在胸前，这里摸摸，那里动动，极好奇又神秘的样子。

他说：“臭婊子，你快放下。”

砰的一声，枪终于响了。这一声枪响把李双林吓了一跳，原更是一惊，她没想到这东西会有这么大的劲儿，把她的半个身子都震麻了，她呀的一声，把枪扔在了地上。

她望见了李双林，突然又笑了，赤身裸体地向前走了两步，指着地下的枪，又指着李双林，呜呜呀呀地说了半天什么。

李双林自然听不懂她说的是什么，他无可奈何地说：“求你了，臭婊子，把我放了吧，你别再动它了。”

突然，原走向了那支枪，骑在枪上，后来就蹲下了，李双林望见她一脸的恶作剧表情，她尿了，就尿在枪上。

“×你妈，你把枪毁了！”李双林痛心疾首地骂着，却一点儿办法也没有。

原的尿痛快淋漓地浇在那支枪上，完事之后，她站起来，一副开心的样子。原再次走到李双林的身边，又一次温柔地摸了摸李双林的额头，这次摸完他的额头，手又顺势摸了下来，顺着他的脖颈、肩臂、前胸、腹部，后来就停在了他的下身。她抚摸着，李双林感到又羞又恐慌，他不知道说什么好，只一遍遍地说：“干啥，干啥，你要干啥?!”

原突然伏下身，用嘴把他噙了。他又在心底里叫了一声：“天哪——”

半晌，又是半晌，原潮红着脸抬起了头，迷离地望着他。他这时竟惊奇地发现，原其实一点也不丑。

原又“呜呜呀呀”地冲他说了半天什么，后来就走了。山洞里只留下了他。李双林静静地躺着，他也只能那么躺着了。慢慢地，他觉得自己的身体一点点复活了，那股久违的感受，像涨潮了的海水，一点点地向他涌来。他是个男人，一个昔日孔武有力的男人，可自从走进丛林后，饥饿、疾病、绝望，使他的身体沉睡了。在山洞一连住了几日之后，他的体力在一点点地恢复，身体也随着慢慢苏醒了过来。

原在山里找一种药，一种她认为很神奇的药。这种药是属于男人的，但在他们的部落里每个人都认得这种药。这种药的确神奇，它可以使无力的男人变得强大起来，他们部落里的男人，差不多每个都要吃这种药，吃完这种药的男人便会寻找女人做爱。吃药和做爱在他们的山里一点也不神秘，相反被视为伟大的举动，因为那是男人和女人在创造生命，有了生命才能使他们的部落强大起来，才能战胜自然。

原并没有费太大的力气就采到了那种药，那是枚三叶草，草茎上长着红红的小果子。原又顺便在山鸡窝里掏出了一些山鸡蛋，然后有些迫不及待地回来了。她又看见了躺在那里的男人，这个男人在她的眼中是那么的英俊，可是却不那么孔武有力，她更不明白他为什么要离开她，也不主动和自己做爱，她觉得正是因为这个山外男人没有吃三叶草的果子。她回来以后，先是给他吃了几个山鸡蛋，然后又把三叶草上的红果子一颗颗喂在他的嘴里，她没有料到的是，他会那么顺从。直到他吃完，她满意地离开了他。

她很快地来到了山下，山下有一条清清亮亮的溪水，这条溪水一直连着他们的部落，部落里的人，就吃这种水，也用这清亮的溪水洗澡。原躺在了溪水里，让清清亮亮的溪水漫过她的身体，溪水像一只只温柔的手，在抚摸她。原幸福得流出了眼泪，她生长了十几年的身体，还没有一个男人碰过，也许再过一会儿，她就会属于山外来的美男子了，她感到幸福、晕眩，闭上了眼睛，任清水轻柔地在她的身上抚过。

李双林当然明白原的意思，从看到原的第一眼起，他就明白了原的用意。他们语言不通，但男人与女人之间的信息是相通的。这就是人与动物的区别。可李双林一时无法接受这样一种现实，是原救了他，这让他感激她，可她毕竟是野人，他们连语言也不通，又是在这种绝处逢生的状态下，未来是什么，是死是活，今生今世能否走出丛林，远去的弟兄们的命运将会如何，这一切，都阴云似的笼罩在他的心头。因此，他无法接受原。

原回来了，又走了。

不久，他刚刚有些意识的身体，似乎被一把火一下就点燃了。他还从来没有这么坚强、渴望过，他不知自己这一切到底是怎么了。

原又回来了，原刚沐浴过的身体到处都水淋淋的，原的头发上还插了两朵艳红的野花。原一进来就躺在了他的身边，动手开始解他手脚上的藤蔓，他嗅到了原身上的馨香，那是来自森林的清香。他有些痴迷了。

原又一次开始抚摸他，从上到下，后来她的头又一次停在了他的下面，她热烈、缠绵地吻着，他先是暗叫："天哪，天哪——"

又大叫："嗬，嗬，嗬，呀，呀，呀——"

他觉得已经无法忍受了，伸出手一下子抱住了原的头，原的头水淋淋的。不知什么时候，那一堆燃着的松枝慢慢熄灭了，世界一片黑暗了，一切都进入到一种远古洪荒中了。

李双林觉得自己从来也没这么冲动过，这么强悍过。此时，力大无比的原在他的怀里变成了一泓水。

"哇——"原叫了一声。

"天哪——"他叫了一声。

他们的叫声在山洞里久久地回绕着。

接下来，李双林终于沉沉地睡去了。

又一次天亮时，他醒了，亮光稀薄地从洞口透过来。朦胧中他看见怀里的原仍甜甜地睡着，头发披散着，遮住了她半张脸和双乳。他想：我该走了，真的该走了。

这么想完之后，他轻轻地爬起身，走到原的另一旁，拿起了枪，一点点地向洞口走去。

洞外的光亮使他眯上了眼睛，他清楚地看见了自己的裸体。他不安地闭上了眼睛，很快他折下了一片芭蕉叶系在了自己的腰间，他回望了一眼野人洞，便钻进了丛林，向北走去。

# 最后的丛林

## 一

丛林。还是丛林。

王玥已经无法行走了，她的双脚先是红肿，后来流出了黄水，接下来就溃烂了。此时，高吉龙和吉姆抬着王玥，他们每行走一程，都要歇上一会儿。高吉龙走在担架前，吉姆在担架后，他们很少说话，他们已经没有更多的气力讲话了，只剩下了艰难的前行。

在担架后面，童班副搀扶着瘦小的沈雅也跌跌撞撞地随着，这是东北军在丛林里剩下的全部人马了。也就是说，他们还有五个人，三男二女。

离他们不远的另一道山梁上，幸存下来的几个日本兵，也在跌跌撞撞地向前走着。这么多天以来，自从两支队伍狭路相逢，走到了一起，似乎商量好了，他们在朝着一个方向一同前行。只有这样，他们似乎才感到安全一些，只要有一方宿营了，另一方也会歇下来。

由刚开始相逢时的紧张和不安，现在变成了相互遥望了。他们都知道，双方都没有战斗力了，在他们的心头，残留着的只是一线生机。他们顺着这一线生机走下去，走下去。

王玥闭着眼睛，身体随着担架在摇晃着，她的身体瘦得已经不成样子了，薄薄的如一张纸在担架上躺着。有几只苍蝇在追随着她的双脚，双脚红肿着，不时地流着脓水。她能清晰地听见高吉龙和吉姆的喘息声，有时两个男人的喘息声混成一团，在她的耳边惊天动地。

“放下我吧，把我放下吧。”她这么说，她也只能这么说。

担架终于又摇晃了一下，缓缓地放下了。高吉龙和吉姆就势坐在了担架的两端，两个男人张大嘴巴拼命地呼吸着，仿佛要把森林里的空气一下子都吞到肺里。

王玥把该说的话都已经说完了，她不想再说什么了，说什么也都没有必要了。

高吉龙前几日差点自杀成功。他真想和弟兄们一起死在这片丛林里，想当初，东北营几百号人马，怀着雪耻的信念开赴缅甸，后来落败到了丛林，那时虽说队伍死伤惨重，但高吉龙的信念并没有破灭：有朝一日队伍走出丛林，他们还会是一支东北营。可眼前，弟兄们没能走出丛林，一个又一个都死在了丛林里。高吉龙的心在流血，他有何脸面去见东北父老？

东北军离开奉天调往关内的那一天，他们是在秘密行动，可还是让奉天的老百姓知道了。老百姓涌出了家门，涌到了车站附近的大街上，没有言语，眼睁睁看着他们涌上了军列。

先是有一声哭泣，接下来，哭泣声便传遍了整个奉天，像波涛像大海，哭声汇聚着，越来越悲壮。奉天的人民是东北军的父老兄弟姐妹，他们这么一走，等于把父老兄弟姐妹抛弃了，抛在了日本人的魔爪之下。

那几日，奉天的天空格外阴晦。

汽笛声声，列车启动了。送行的人群涌动着，一张张脸泪水模糊着，百姓们举起了无奈的双手，向阴晦的苍天呼号着。

高吉龙看着眼前的情景流泪了。他身边的许多士兵也流泪了。列车渐渐远去，东北沉睡的黑土地一点点在他们眼前消失。高吉龙那时的心似刀剜一样的疼，他用拳头一下下擂着车门，在心里暗暗发誓：我高吉龙迟早有一天会杀回来的，替家乡的父老乡亲、兄弟姐妹们报仇雪耻。

东北军一撤，整个东北便沦陷了。日本人称东北为“满洲国”。

东北军这一走，就再也没能回去。东北军大多数官兵的心情和高吉龙一样，那就是仇恨日本人。

终于，他们出征来到了缅甸，小小的东北营被蒋介石的嫡系部队算计着，他们心里清楚这一点，但他们不怕，只要让他们打日本鬼子，报仇雪耻，他们什么也不在乎。

东北营出征那一天，所有能赶来的东北军官兵都来了，一双双热烈的手握住了出征士兵的双手，他们共同说的一句话就是：“别给东北军丢脸，打出个样子来，为父老乡亲报仇！”风萧萧兮易水寒，壮士一去兮不复还……那是怎样的一幅情景啊。

弟兄们群情激昂，高吉龙更是心绪难平，他一次又一次挥舞着手臂向前来送行的东北军弟兄们告别。泪水模糊了他的视线。

丛林，该死的丛林使他们一个又一个弟兄葬送在这里！他们没有死在战场上，却葬身在这该死的丛林里。高吉龙望着越来越小的队伍，他的心在流血，同时也心如死灰。他的好兄弟、好部下李双林失踪了，失踪在这片莽莽丛林里，不用想，他也知道，好兄弟李双林再也不会活着走出丛林了。那一刻，高吉龙就想到了死，他想用死来向弟兄们谢罪。弟兄们都死了，他活着还有什么意义。

那天晚上，他独自一人躲在了一棵树后，他先是冲着走过的丛林方向跪下了，他是在向死去的弟兄们跪拜，他在心里说：“弟兄们，等等我，咱们不能在今生今世一同战斗，那就等着来世吧。”

后来他又跪向了北方，北方有他的父老乡亲，他在心里颤颤地说：“亲人们，我高吉龙对不住你们，我要用死向你们谢罪了。”

然后，高吉龙掏出了怀里的日记本，那里记载着阵亡兄弟们的姓名和家庭住址。他又掏出了腰间的枪。他颤抖的右手握住手枪，对准了自己的太阳穴，现在只剩下轻轻地一扣扳机了。就在这时，王玥出现了，她一下扑在高吉龙的身上，她歇斯底里地喊：“啊，不，啊，不，你不能死！”

她夺过了高吉龙手里的枪，泪眼蒙眬地望着高吉龙。

高吉龙很平静，他凄然地冲王玥笑一笑说：“让我死吧，我这是谢罪呢!”

王玥望着他，半晌说：“我们会走出去的，你答应过弟兄们，即使只剩下一个人也要走回祖国去。”

吉姆也走了过来，他不知发生了什么，但看到眼前的情景，他什么都明白了。从一开始，他就瞧不起这支中国部队，自然也瞧不起高吉龙。当中国部队决定向北而不是向西时，他没办法只好随着队伍走了。因为他清楚，靠他自己无论如何走不出丛林。现在他把中国人当成了同病相怜的伙伴，只要中国人能走出丛林，他也能走出丛林。

他说：“高，你不能死。”

说完耸耸肩便走了。

日本人营地突然传来一个男人凄厉绝望的叫声，在这静静的晚上，显得是那么刺耳、恐怖。

高吉龙被这一声惨叫惊醒了，是不能死，和他们同样处于绝望中的日本人不也照样活着吗？只要还有一口气，他就要走下去，就是死，也要死在日本人的后面。

这么一想，高吉龙觉得自己自杀的想法有些可笑了，他收起面前的日记本，复又揣进了怀里。那支枪却让王玥收起来了。他似乎把那支枪忘记了。

王玥是真心实意地想过死，她不能行走之后，只能靠高吉龙搀着她行走，后来又是吉姆和高吉龙两人抬着她。她清楚，自己此时已是一个多余的人了，这样拖下去，也许他们谁也走不出去。当初她义无反顾地参加了远征军，是为了要报仇，现在她就要死了，死在不见天日的丛林里。

也是在宿营的一个晚上，她爬着离开了高吉龙和吉姆，她把高吉龙的枪拿了出来。自从上一次夺了高吉龙的手枪，她便揣着这把枪。她扣动了扳机，结果第一枪没有响，她悄悄地退出了子弹，又推上了一颗子弹，结果第二枪也没响，也许是子弹受潮的原因。两次都没有成功，后来她就哭了，哭着哭着，她就躺在草地上睡着了。她做了一个梦，梦见了自己在仰光的家，父亲、母亲，还有她上学的学校，梦里没有战争，没有丛林，到处是阳光明媚，活着是多么的美好哇！

第二天，她一觉醒来，她真的不想死了。她不是怕死，而是再一次觉得生活的美好。她要随着高吉龙走出丛林。一路上，她了解了高吉龙的过去，同时也莫名其妙地爱上了他。她要伴着他走出这片丛林，然而未来是个什么样子呢？她不知道，但是她却想活下来，为了不知道的未来。

王玥又抱着自己的双脚哭了。

高吉龙没有劝她，吉姆也没有劝她。经过死亡的考验，他们此时只剩下了一个意愿，那就是走下去。

## 二

童班副在认识鲜花似的五个女兵时，他做梦也想不到，她们会一个一个地离他而去，像嫂子一样。眼前只剩下沈雅了。可沈雅又是什么样子呢，他认识她们的时候，虽说她们衣衫不整，但都是一些很鲜亮的女人。她们的皮肤是那么的细腻，眼睛是那么的明亮，说话的声音也是那么的好听。她们的胸在不整的衣衫里鼓胀着。

眼前的沈雅却已不再有任何光彩了，她的身体扁扁的，平平的，仿佛已被丛林掏空了身体。她的眼睛灰暗得毫无神采。衣服早已无法遮住身体了，露出灰黑色的皮肤。沈雅的头发更是疯长着，先是过了肩，后就拖到了腰，长长的头发披散着，她的身体如一株干枯的小树。后来，童班副看不下去了，用刺刀把沈雅的头发割短了一些，又用一些藤蔓把破破烂烂的衣衫捆扎了一番。

童班副的裤子早已破碎得遮不住屁股了，后来他就把上衣脱了，系在腰间，上身打着赤背，身上早就没了脂肪，筋筋骨骨的在松弛的皮肤下显露出来。他时刻提醒自己是个男人，他不能让沈雅受到半点儿委屈。这是他关照的最后一个女兵了，无论如何他不能让她在眼前消失了，如果沈雅再消失了，他独自走出丛林又有什么意义呢？

沈雅清楚，要是没有童班副自己早就死了。在这几个女兵中，她的身体长得最单薄，胆子也最小。也许正因为这样，她得到了童班副更多的关怀和爱护。在这片丛林里，她离不开他。他为她开路，为她寻找食物，她走不动，他背着她，就是睡觉，她也要偎在他的怀里才感到踏实。总之，她一步也离不开他。没有他，她在这丛林里将寸步难行。

沈雅没有谈过恋爱，她对童班副的感情，她自己也不知道这是不是爱情。在来缅甸以前，她认识了一个同乡，姓王，在部队里当连长。是相同的武汉口音使他们相识的，从那以后王连长便经常来找她聊天，没事的时候，她也愿意和王连长聊一聊，走一走，那时他们的队伍驻扎在长沙，王连长的部队离师部不远。王连长人长得很年轻，也有几分帅气，脸白白的。

一来二去的，他们就熟了，两人的关系亲热起来，后来王连长让她喊自己哥，她就喊了，脸红红的。那时她梳两条小辫子，走起路来，辫子在肩上一跳一跳的。

她和王连长来往，很快被师部的同伴发现了，同伴就开玩笑地问："小沈雅是不是谈恋爱了？"她忙矢口否认，可脸却发起烧来，一直烧到耳根。

后来，王连长的胆子大了起来，有时会到她的宿舍来坐一坐，还会帮她干一些活儿。很快同伴知道了这件事，有事没事的，总爱拿她开玩笑。

一天晚上，王连长请她去听戏，一个剧团在市街心围了个棚子唱湖南花鼓戏。他们去听了，听戏的人很多，她看不到，又钻不到前面去。王连长就把她抱了起来，她有些不好意思，挣扎着想下来，王连长就说："莫动，放下你就没法子看戏了。"

一场戏，她是坐在王连长的怀里看完的，她很快被戏吸引了，她只感到王连长的胸膛很热，王连长的一双大手很有力气。直到戏看完了，王连长才牵着她的手挤出人群，后来她的小手一直被王连长的大手握着，她发现，王连长的大手潮潮的、热热的。走进一条胡同里时，王连长突然又把她抱了起来，她不知道王连长这是要干什么，她慌慌地说："莫抱，莫抱，戏散了。"王连长不说话，胡子硬硬地扎在她的脸上，让她又疼又痒。她咯咯地笑着，后来自己的嘴就被王连长的嘴堵上了。一直很长时间，她都快被憋死了，王连长才放开她。她不笑了，心里乱乱的、跳跳的。她慌慌地离开了他，一直跑回宿舍。从那以后，她怕见王连长，但又想见他，就这么矛盾来矛盾去的。

不久，他们的部队就开到了缅甸，一打起仗来，她真的再也没见到王连长。她不知道王连长现在在哪儿，是死是活。她更不知道，和王连长的感情算不算爱情。

战友们一个又一个地躺在了丛林里，现在只剩下他们五个人了。沈雅真的不知道自己能不能活着走出丛林。这段时间，她一闭上眼睛就做噩梦，梦见自己死了，躺在丛林里再也起不来了，自己被童班副埋了，就像童班副掩埋那四个姐妹一样。她在梦中拼命地哭，后来就醒了，她的泪水流在童班副的胸膛上，她发现自己的双手死死地在搂着他。醒来之后，她的心仍乱跳个不停，四野里漆黑一片，附近只有他们五个人的呼吸声，不远不近的草丛中，不知是什么动物在爬动着，碰着草叶沙沙地响。

她不想死，武汉还有她的父母和那么多的亲人。她父母都是医生，他们就她这一个女儿，本来不想让她当兵的，因为她父母救过她的师长，师长的队伍路过武汉时，师长得了一种奇怪的病，不能说话也不能走路了，后来她父母为师长治好了病。师长挺感动，劝说她父母让她来当兵，师长说："你们的女儿就是我的女儿。"那时，平常人家的女孩是当不上兵的，再后来她父母就同意了。

师长果然对她很好，经常带她去家里玩，像对待自己女儿一样待她。这次入缅作战，师长不想让她来，当看到别的姐妹都来了，她觉得新奇便也死活要来，师长最后没有办法，便同意了。刚开始，她一直在师部，不离师长左右，直到队伍进入丛林，她和师部走散了。

她知道童班副对她好，她要走出丛林。没有童班副她自己无法做到，她不知道东北营的士兵对他们师部的人为什么那么不友好，除童班副外，没有人理她们。刚开始，她不知道童班副为什么对她们好，后来童班副就给她们讲了嫂子的事，她们听后都哭了，为了童班副的命运，她们理解他，同情他。

现在只剩下她一个人了，其他四个姐妹都离开了她。童班副照顾了她一路，森林里的路究竟还有多远，她不知道。但她还要和童班副一起走下去。

那一天晚上，他们又露宿在一座山头上，她和童班副躺在了一起。离他们不远的林子里，是日本人的营地。那个军妓又在慰劳他们的士兵了。声音清晰地传过来，刚开始她不明白那个日本女人在干什么，后来时间长了，她就明白了。她感到恶心，也感到悲哀，为同是女人。那一天，王老赖来求童班副时，她更明白了，绝望中的男人是需要女人慰藉的。那一次，她看见了王老赖的尸体，王老赖爬在草地上死了，可他的眼睛仍然睁着。她哭了，哭了好一会儿，不知是为自己，还是为王老赖。

有天晚上，她解开了自己的衣衫，又捉住了童班副的手，她用手牵引着他摸到了自己的身子，童班副哆嗦了一下，像过了电。她伏在他的耳边说："童大哥，你要了我吧。"

童班副的身子又抖了一下，那只停留在她身上的手一副不知如何是好的样子。后来，就热热地在她的身上摸索起来，一寸寸，从上到下，一遍又一遍，一直摸得她的身子热了起来，她觉得童班副的手是那么的神奇，把她沉睡的身体唤醒了。童班副的呼吸轻一口重一口的，像一条即将干死的鱼。

她在心里一遍遍地说："活着多好哇。"

她手里攥着一株草，她就那么死死攥着。

她感受到童班副那只手像一块烧热的铁，烧遍了她的全身，她轻轻地“哦哦”着。

终于，她没有料到的事情发生了，童班副把她衣裤的扣子又一颗接一颗地扣上了。

她说：“童大哥，我真的想给你。”

半晌，他哑哑地、低低地说：“不，等走出丛林我娶你。”

说完这句话，他一下子抱住了她。她把头抵在他的胸前，用劲地点了两次，接着她的泪水就流了出来。

第二天，两人睁开眼睛，不知为什么，谁也不敢先望对方一眼。他们只是手牵着手，又摇摇晃晃地上路了。

## 三

吉姆思乡的心情越来越沉重了。以前他苦于无人诉说，自从队伍撤退到丛林，他感觉到中国士兵在仇视他这个英国顾问，他自己心里也清楚，中国远征军从踏上缅甸土地的那一刻起，英国人不仅没有帮助中国军队，而且还在不时地拆中国人的台。英国人让中国军队滞留在中缅边境上，不让他们立即投入到战争中去，让中国官兵失去与日本人交战的最好时机，英国人的本意是想让日本人和中国人在缅甸战场上两败俱伤，坐收渔利的自然是他们英国人。

英国人做梦也没有想到的是，中国人会败得这么快这么惨，英国人刚从缅甸撤到印度，中国人便在缅甸立不住脚了。这多少有些令英国人失望。

中国官兵不是傻瓜，英国人在中间玩儿的手脚，中国人看得一清二楚。虽然这种决策是英国的高层人物做出来的，但他吉姆毕竟是英国人，他早就感受到了中国官兵对他的这种敌视。随着队伍进入丛林，他的英籍顾问身份也随之消失了，现在他变成了一名普通士兵，在用最后一丝力气走出丛林。

吉姆想活，生存的欲望从来没有这么强烈过。刚进入丛林的时候，他担心中国士兵会出其不意一枪把他打死，把对英国人的仇恨都发泄到他一个人身上。那些日子他真是惶惶不可终日，他远远地离开这群中国人，只是在后面跟随着。后来他发现，中国官兵没人正眼瞅他，他带入丛林的干粮也吃完了，饥饿迫使他不得不走近人群，只有在人群中，他才会感到踏实一些。可仍没有人理他，况且语言也不通，唯一能和他对话的就是王玥。王玥对他也不冷不热的，他从王玥的目光中看到她正在和高吉龙一点点地亲近起来。

吉姆虽说有些瞧不起中国人，尤其是中国军人，觉得他们是一群没有文化、没有教养的蠢猪。可高吉龙让他改变了对中国军人的看法，那场丛林阻击战，前后将近打了一个星期，东北营面对数倍于自己的敌人，沉着冷静，英勇善战。那时他就暗想，要是英国人能像中国人这么不怕死，日本人的阴谋一定不会得逞。队伍一进入丛林，吉姆最担心的是队伍会一下子散了，各自逃命。但他没料到的是这支中国败军不仅没乱，在营长高吉龙的指挥下齐心协力地在和丛林搏斗，直到最后葬送在丛林里。他被中国官兵这种精诚团结精神深深地震撼了，这支军队没能打败日本人完全是因为他们英国人在中间做手脚。

吉姆现在有些为英国人的行为而感到忏悔了。

这支落败的队伍，终于走到了最后时刻，起初几十人的队伍现在只剩下了他们五个人。莽莽丛林仍无尽头，他们的出路到底在何方，就是走出丛林，那里又将是什么地方呢？仍然是缅甸，还是中国？他说不清，也不知道。英国人都走了，回国的回国，撤到印度的也安全了，现在这偌大的丛林里，只剩下自己一个英国人了。吉姆想到这儿，感受到了前所未有的孤独。

前方到底是哪里，丛林还有多远？这一切都是未知数，吉姆心里空洞得如一个无底洞，他在这洞里挣扎着。

现在，他像个女人似的在喋喋不休地唠叨着，他是在说给王玥听，王玥躺在担架上，她睁着眼睛，望着眼前密密匝匝挤在一起的丛林。高吉龙走在前面，默默不语。

“我的女儿该有五岁了，她是个漂亮的小女孩。”吉姆这样说。他知道王玥在听他说，他不停地这么说下去，才感到心里轻松些。

“去年我休假回英国，我那女儿都会在沙滩上奔跑了，我们那个小镇就在海边……晚上睡觉都能听到浪花拍在岩石上的声音……真是太美妙了……”

吉姆一边说一边喘息着，回忆使他变得愉快起来，黑瘦的脸颊上露出了两缕少有的红润。

“我的妻子伊丽莎白是个调酒师的女儿，她调出的鸡尾酒味道真不错，每次喝完酒，我都要到大海里游上好一会儿……伊丽莎白带着我们的女儿站在沙滩上……那是多么美妙的日子呀……”重重无力的喘息，使吉姆说不下去了，刚才红润起来的脸颊一下子变得苍白起来。突然脚下一软，他跪了下来，差一点让王玥从担架上掉下来。

王玥小声地冲走在前面的高吉龙说：“咱们歇会儿吧。”

高吉龙停了下来，背靠在一棵树上，他顺手折了一根草茎送到嘴里嚼着。绿色的汁液很快地流进了喉咙。他们就是靠这些植物生存着。

童班副搀扶着沈雅也在后面赶了上来，在距他们不远的地方坐下来，几个人对望一眼，谁也没有说话，仿佛已没有说话的气力了，其实他们还有什么可说的呢。

吉姆在啃着一块树皮，他的样子有些恶狠狠的。啃着啃着，他突然呜呜地哭了起来，他一边哭一边骂：“亚历山大，上帝不会饶恕你的。”

亚历山大是吉姆的上司，是驻缅英军的指挥官。

吉姆已经咒过无数次该死的亚历山大了。吉姆哭完了，又啃了两口树皮，树皮噎得他翻了几次白眼，最后他还是把树皮咽了下去。他抬起头，努力地向远处望去，到处是密匝匝的丛林，他喃喃说着：“亲爱的伊丽莎白，可爱的女儿，你们在干什么呢？”

有两滴清泪顺着吉姆的眼角流了下来，他默默地朝着东方在胸前画着十字。

王玥听着吉姆絮絮叨叨的叙述，她的心里并不好过。她从小就恨这些英国人，是英国人给缅甸带来了灾难，她更恨那些日本人，如果没有日本人引起的这场战争，缅甸人在英国人的压榨下只是贫穷。战争要比贫穷可怕上十倍，是战争让她失去了亲人，也是战争让她走进了这死亡丛林。吉姆的哭泣，让她产生了同情。是啊，要是没有战争，将会多么的美好啊，说不定，他们一家人已经生活在昆明郊外的老家里，天空宁静而又安详，到处是阳光，到处是光明。他们已经好久没有见到阳光和天空了，是该死的战争和丛林，让他们失去了这一切。

不知什么时候，丛林里响起了歌声，他们循声望去，是沈雅在唱歌，她倚坐在一棵树上，她的身旁坐着童班副，是童班副让她唱的歌，歌声轻轻的，缓缓的，像一缕风在林间吹过。

我的家在东北松花江上，
那里有森林、煤矿，
还有那满山遍野的大豆、高粱。
我的家在东北松花江上，
那里有我的同胞，
还有那衰老的爹娘。
九一八，九一八，
从那个悲惨的时候，
脱离了我的家乡，
抛弃那无尽的宝藏，
流浪！流浪！
整日价在关内流浪。
哪年哪月，才能够回到我那可爱的故乡？
……

这首著名的流亡歌曲当时许多中国人都会唱。

歌声低低柔柔地飘着。高吉龙的两眼里热泪滚滚，王玥也泪眼蒙眬了，就连吉姆也被那悲切的旋律震撼了，他听不懂歌词，可旋律却使他想起了英国东部那个傍海的小镇，那里有他的妻子伊丽莎白，还有他五岁的女儿。

童班副的泪水点点滴滴地汇聚到胡子上，那里凝成了一片晶莹，他睁开了眼睛，望着沈雅。沈雅唱完之后，便无力地偎在童班副的怀里。

半晌，又是半晌，高吉龙站了起来，向童班副和沈雅走去。他还从来没有认真地打量过这个来自师部的女兵，他站在他们面前，看了她一眼，又看了她一眼，最后冲童班副说："好好照顾她。"

童班副不知为什么，听了这句话直想哭。

## 四

前园真圣大队走到这个份儿上也已山穷水尽了。

他们的队伍刚好也剩下五个人，少佐前园真圣、少尉佐佐木、军妓小山智丽，另外还有两个士兵。饥饿、疾病以及不可抗拒的丛林，使他们快要疯了。

少尉佐佐木两天前亲手杀死了一个伤兵。那个伤兵的双脚烂得已经不成样子了，但他仍然随着队伍往前走，后来实在走不动，他就爬。

晚上宿营的时候，伤兵也终于爬到了营地，其实他们往前走的速度比爬行也快不到哪里去。刚开始的时候，他们和几个幸存的中国官兵并行着往前走，走着走着，他们就落在了后面，为了省些力气，他们干脆踩着中国官兵的足迹往前走了，这样一来，就省掉了许多体力，他们不即不离地随着中国官兵往前走，中国官兵休息，他们也休息。仿佛他们是一对儿配合默契的伙伴。

那个伤兵爬到营地后，脚伤使他一直不停地呻吟着。伤兵一声接一声的呻吟，使佐佐木的心里烦躁不安，他已经察看几次那伤兵的伤情了，刚开始那双脚烂得流脓流血，后来就露出白森森的骨头，的确，那个伤兵快不行了。

烦躁的佐佐木就一次又一次地向前园真圣请示，他报告说："前园少佐，小山一郎不行了。"

前园真圣闭上了眼睛，他对伤兵无可奈何。

佐佐木又一次说："小山一郎就要死了。"

前园真圣睁开了眼睛，昏暗中他看见佐佐木的一双眼睛是红的。

佐佐木又来到那个伤兵身旁，伸手捅了捅伏在草地上的小山一郎的脑袋。

小山一郎吃力地扬起头，他看见了佐佐木，然后哀求道："佐佐木君，救救我。"

佐佐木咬着牙说："一郎，你就要死了。"

佐佐木真心实意地盼着小山一郎早些死，因为他饥饿得实在受不了了，以前死的那些伤兵，佐佐木都偷偷地把他们尸体上的肉割下来吃了。后来，他发现不仅自己在偷吃这些阵亡兄弟们的肉，少佐前园真圣、军妓小山智丽也在吃，几乎活着的人都在吃。佐佐木觉得吃同伴的肉是理所当然的，于是，他的胆子果然就大了起来。

他一次次前来察看伤兵小山一郎的病情，不是在关心他，而是在盼望他早些死去。他下意识地摸了几次腰间的刺刀了。以前他就是用这把刺刀割掉了同伴身上的肉，这把刀很好用，先刺进去，然后一剜，一块肉就下来了。佐佐木不满意的是，这些死亡伤兵身上的肉少得可怜，每个人都已经瘦得皮包骨了，只有双腿和胳膊上还有些肉，让饥饿的佐佐木很不满足。眼见着一个又一个同伴死去了，活着的人也越来越少，吃完他们，还吃谁呢？这种疯狂的想法时时困惑着佐佐木，最后佐佐木又绝望地想，吃完所有的人，就该吃自己了。佐佐木的念头疯狂又现实。

他向前园真圣报告小山一郎的伤情，他巴望着前园真圣下一道命令把伤兵小山一郎杀了，那样他就可以名正言顺地大吃大嚼一顿了，这一顿足够让他撑到两天后。可前园真圣什么也不说，这就令佐佐木很不好办。前园真圣是他们的长官，没有他的命令，谁也不能擅自行事，况且小山一郎还活着。

入睡之前，他爬到了小山智丽身边，他要吃人的念头已经无法遏止了。他要杀人，要吃人，只有军妓小山智丽才能缓解他这一疯狂的意念。他一把抱住小山智丽干瘦的身子，小山智丽很快便迎合了他，根本不用脱什么衣服了，他们的衣服早就不能遮体了，他伏在小山智丽的身上，小山智丽机械地呻吟着。小山智丽的身子硌着他的骨头，他觉得一点也不美妙。他对小山智丽的生命力感到吃惊，自从进入丛林以后，所有的官兵一下子都疯狂了起来，因为每天都在死人，谁也不敢保证自己明天会活着。死亡让他们绝望，死亡让他们疯狂，他们发泄自己这种疯狂，只能一次次不厌其烦地爬到小山智丽的身上，折磨着她，宣泄着自己。小山智丽始终尽职尽责地迎合着他们每一个人，这样的生活却奇迹般地没能让小山智丽死去，她活了下来。佐佐木为女人这种顽强的生命力而感到吃惊了。

此时，他伏在小山智丽的身上，除了感到硌得他有些难受外，一点也没有减轻他疯狂的念头，他的脸贴着小山智丽的脸，他喘息着，小山智丽也喘息着，他们的样子似在做最后的垂死挣扎。终于，他的嘴碰到了小山智丽又瘦又长的脖子，鬼使神差地，他咬住了她的脖子，小山智丽惨叫了一声，这一声惨叫让佐佐木清醒过来，他大口喘息着从她的身上滚下来。

小山智丽呻吟着说："佐佐木君，你差点咬死我。"

佐佐木在心里疯狂地说："我要吃了你。"

不知过了多久，佐佐木睡着了。只一会儿，饥饿又使他醒了过来，在他不远处伤兵小山一郎仍在睡梦中一声声地呻吟着。佐佐木的疯狂又一次被小山一郎的呻吟点燃了，他已经忍无可忍了，他想再向前园真圣少佐报告一次小山一郎要死了的消息，后来又想，去他妈的，小山一郎还没死呢。

这么想完之后，他向小山一郎呻吟的方向一点点地爬去，他终于摸到了躺在那里的小山一郎，他的另一只手摸到了腰间的刺刀。于是，他用一只手捂住了小山一郎的嘴，一只手提着刺刀狠狠地向小山一郎的心脏刺去。一股腥热的血溅了出来，这股腥热让他兴奋得颤抖不止，他拔出刺刀，伏下身去，去吮吸着刀口流出的鲜血，可惜小山一郎体内的血太少了，少得他还没有喝几口就没有了。

他又挥起刺刀向小山一郎的腿剜去……

第二天一早，佐佐木看见小山一郎的尸体只剩下了一副空空的骨架了。他记得自己只吃了两块小山一郎大腿上的肉，别的部位他还没有来得及吃，就睡死过去了。

他们都睁开了眼睛，似乎都没发现小山一郎的死，他们的目光望着别处。

他走到少佐前园真圣的眼前说："小山一郎死了，这回真的死了。"

前园真圣又闭上了眼睛。

佐佐木回望的时候，他发现军妓小山智丽和那两个士兵也都闭上了眼睛。

佐佐木大声地说："一郎死了，哇，死了。"说完他就向前走去。

他们一律向前走去。

自从吃过第一个人开始，佐佐木的眼睛就开始充血了，一直那么红。从此，他一直也没有忘掉要吃人的念头，他要吃人，恨不能一口也把自己吞了。

佐佐木疯了，他在不知不觉中就疯了。当然他自己不知道自己这个样子是疯了，同样走向疯狂的人们也不知道他疯了。

一小股中国官兵时隐时现地走在这几名日本官兵的前面。佐佐木时常想扑过去，一口口把那几个中国官兵也吃掉，这种冲动使佐佐木战栗不止。

于是，他又一次次向前园真圣报告：

"我要杀了他们。"

前园真圣就像没有听到他的话，仍往前走。

没有少佐的命令，佐佐木不敢轻举妄动。

佐佐木就不厌其烦地说："我要杀了他们。"

前园真圣少佐终于愤怒了，挥手打了佐佐木一个耳光，骂了一声："八嘎。"

这一巴掌使佐佐木清醒了一些。

前园真圣就说："你冲过去，他们会杀了你的。"

佐佐木知道中国士兵的厉害。那一次，他们已经把中国士兵团团围住了一个星期，后来还是让中国士兵逃脱了，不仅逃脱了，还让他们死亡惨重。清醒过来的佐佐木知道自己冲过去，不仅杀不死这些中国人，说不定自己还会被中国人杀死。佐佐木不想死，他暂时放弃了向中国士兵袭击的念头。

## 五

就连军妓小山智丽自己也惊叹，自己的生命力会如此强大，竟会一直活到现在。小山智丽亲眼看到那么多身强力壮的士兵，都一个个地倒下了，倒下的不仅仅是士兵，在她的心中，天皇的力量也在一点点地减少。

丛林，这该死的丛林使她震惊，是它扼杀了天皇的士兵。她的心在为天皇流血、流泪。军妓小山智丽鼓励自己要顽强地活下去，为了这些天皇士兵，为了著名的前园真圣大队。

她爱天皇，也爱前园真圣少佐，在她的面前，前园真圣就是天皇的化身，她爱前园真圣在自己的心里神一样的形象。当初，她是属于少佐前园真圣一个人的，她也知道前园真圣是爱她的，这是她在走进丛林以后才体会到的。以前的前园真圣要她的时候，总是那么温柔，像一对夫妻一样，不知道为什么，前园真圣和她做爱时，完事之后，时常把她搂在怀里悄悄地流泪，她不知道这是为什么，她曾问过他，他什么也没有说。

他们后来终于迷路了，士兵们绝望了，他们一律都疯狂了。刚开始，有的士兵忍受不住丛林的折磨，自杀了，活着的人们也失去了走出丛林的信心，他们像一群没头苍蝇，东一头西一头地冲撞着，往往走了几天之后，又走回到了刚出发时的地方。魔鬼一样的丛林，使他们每个人都产生了疯狂的念头。后来前园真圣决定向北方行走，于是，就这么一路走了下来。

小山智丽看着那些绝望的士兵，她决定把自己献给他们，献给这些绝望中的士兵，她希望通过自己让他们快乐起来，走出绝望，走出丛林，参加天皇的“圣战”。

那天晚上，她躺在前园真圣的身边。这些日子前园真圣也显得狂躁不安，他亲手杀死了两名因疯狂而不听指挥的士兵。进入丛林以后，少佐前园真圣几乎每天晚上都要她，让她既感到快活，又感到恐惧，在她的印象中以前的前园真圣从来不这样。

那一天晚上，前园真圣要了她之后，一边流泪，一边在抚摸着她。在他的抚摸下她全身感到发热发烫了。这时，有士兵的哭泣声传来，先是一两个人，后来就是一群人，哭泣声响成了一片。前园真圣也在哭，但没有声音，是在默默地流泪。小山智丽听着男人的哭声，心被啄了一下，又被啄了一下。

她冲前园真圣说：“可怜的天皇士兵。”

前园真圣听了她的话没有说话，一只握着她乳房的手却用了些力气。

她又说：“我们会走出去吗？”

前园真圣仍没有说话，只是摸着她的手不动了。

她还说：“可怜的天皇士兵，他们都要尽忠了。”

他的手从她的身上移开了。

她坐了起来，跪在草丛上。她觉得，那群即将死去的士兵是那么的需要安慰。她终于说：

“前园君，我要把自己献给他们。”

前园真圣仍没有说话，但她感觉到前园真圣的身子动了一下。

她终于向他们走去，走向了一群绝望的士兵。她走到了一个正哭泣的士兵身边躺下来，拉过士兵的手说：“来吧，我知道你们需要我。”

那个士兵先是吃了一惊，接着就恶狠狠地扑过来，伏在她的身上，在最关键时刻，还掐她、咬她。她忍受着。直到那个士兵死尸似的从她的身上滚下去。

接下来，第二个，第三个……

她麻木了，只是机械地在完成自己的使命，是天皇交给她的使命，她是那么崇尚天皇，她没有理由不为天皇的士兵献出自己。

对每个伏在她身上的士兵她都说：“天皇在看着你们，我们会走出丛林的。”

她还说：“我们为天皇而战。”

她又说：“为天皇——而战——”

一个又一个士兵，她觉得快要死了，她先是身体麻木起来，后来就渐渐失去了知觉。这一刻她才体会出前园真圣的温柔，还有士兵们的粗暴，他们每个人都在掐她、咬她，直到把自己折腾得没有一丝气力了。

士兵们绝望地说：“我要死了，我们都要死了。”

她听到一个士兵完事之后说：“活着真是太美妙了。”

这一句话，让她感动得流下了眼泪。

后来，她就那么麻木地睡着了，她梦见自己的身子疼得难以忍受，后来她就死了，身体在往一个无底深渊坠去，四周又黑又潮，她想呼喊，可是却没有一丝力气，后来她就想：我是为天皇尽忠而死的。

第二天，她在死亡的梦境中再一次醒来，醒来之后，她发现自己仍然活着。队伍又向前出发了，她也摇摇晃晃地站了起来，她的身子仍疼得钻心，被士兵们掐咬过的地方早已是青紫一片了，她坚强地隐忍着，拄着一根树枝一步步向前走去。

当她看到，昨天晚上她所安慰过的那些士兵不再那么狂躁绝望时，她幸福地笑了，这一切对她来说是最好的回报，她没有理由不感到高兴。她一步步向前走去。

第二天晚上宿营时，她又一次向士兵们走去，士兵们需要她。一次又一次，她觉得自己真的就要死了。可是她却没有死。

一天，在丛林行走时，她发现一个士兵似乎已经走不动了，跪在地上，捂着脸在哭泣，她走过去，蹲在这个士兵的身旁，用手捧起士兵的脸，她看见这个士兵还是个孩子，年龄不会比自己大，顶多也就十五六岁。

她像一位母亲似的抱住了他的头，轻声说："哭什么，要往前走哇，走出丛林，我们才能完成天皇的'圣战'……"

小兵不哭了，愣愣地看着她，半晌他说："我不想'圣战'，我要回家。"

小兵的回答，让她深深地感到失望了，她觉得自己有义务拯救这名小兵的灵魂。于是，她握住了这位小兵的手，把他的手拉到了她的胸前，她让他摸自己，随后她躺了下来，她没有料到的是，那个小兵抽出了自己的手，挥起手狠狠地打了她一个耳光，然后抱住自己的头，歇斯底里地喊："我要回家，回家——"

小兵的举动，让她感到吃惊了。

两天后，她发现那个小兵死了，坐在一棵树下就那么死了。他的身上叮满了蚂蟥，正有一群又一群白的黄的蚂蚁蜂拥着爬上他的身体，他的脸是那么的白，白得有些吓人……

她逃离了那个小兵，她感到恶心，蹲在一片草丛里干呕了半晌。

后来又出发了，她很快便忘记了那个想回家的小兵。

自从她把自己献给士兵们以后，她发现前园真圣对她的态度变了，他总是在有意地躲避她，从来也不正眼看她一眼，似乎在逃避着什么。

有几次，她躺在前园真圣的身旁，他没有动，她伸出了手，抓住他的手送到自己日渐干瘪的怀里时，她发现前园真圣的手冰凉，凉得她不由自主地打了个冷战。

从那以后，前园真圣再也没有要过她，她从前园真圣的目光中看到了寒冷，看到了死亡，他的目光，让她有些恐惧和惊慌。

随着士兵们一个又一个地死去，他们的人越来越少，前园真圣目光中那缕死亡的气息也越来越重。好长时间了，她没再听过前园真圣少佐说过一句话。他一直沉默着。

眼下他们就剩下这五个人了，他们沿着中国士兵走过的足迹，一点点地向前走着。

何处是尽头？小山智丽这么问着自己。

为了天皇，为了这些参加“圣战”的士兵，她要走下去。

## 六

前园真圣少佐看着手下的士兵在一天天地少下去，最后只剩下他们五个人了。他觉得自己的生命之路也快走到了尽头，丛林早就使他们这群官兵变得人不人鬼不鬼了。前园真圣自从误入丛林走向迷路歧途那一刻，便开始心灰意冷。

他随铃木敬司大佐秘密潜入缅甸，利用缅甸人反英的情绪，鼓动缅甸义军杀向英军。随后日本人也开进了缅甸战场，那一刻，他为自己的成功而暗暗得意过。铃木敬司大佐后来回到了国内，受到了天皇的嘉奖，他虽然仍留在缅甸，却也受到了前所未有的器重。前园真圣大队成了所有在缅日军的先头部队，这是天皇给予他的荣誉，如果一切顺利的话，他的职位会得到顺利的晋级，由少佐到中佐，一直到大佐，说不定还会成为一个将军。

他是从缅甸女人的目光中醒悟过来的，那时他前园真圣大队作为先头部队可以说是攻无不克，为了鼓舞士兵们的士气，他从不约束士兵们去强奸、玩弄缅甸女人，缅甸整片土地都属于天皇的了，缅甸女人自然也属于他们的士兵。他承认，缅甸女人是他见过的最漂亮的女人，他没来缅甸前，就曾听说缅甸有两大宝，一是缅甸玉，第二就是缅甸女人。缅甸女人的皮肤弹性极好，又有光泽，头发乌黑，薄薄瘦瘦的筒裙，小小的上衣紧缚在肚脐以上的部位，露出她们的胸和半截腰身。这一切都构成了他对缅甸女人的强烈欲望。每到一处，他都要让勤务官为自己精心挑选最漂亮的女人送到房间。他要欣赏她们，占有她们，就像占有缅甸这个国家一样。

缅甸女人却让他感到了前所未有的失望，他占有了她们，却没能占有她们的心。她们一律冰冷地躺在他的身下，他把自己脱光，她们一声不吭，任凭他折腾。为了让她们应和他，他掐她们，打她们，咬她们，一直到鲜血淋漓，她们仍一声不吭。在做这一切时，他看到了她们冰凉而又充满杀气和仇恨的目光。他在这种目光中，身体冷了。在他占有的缅甸女人中，他看到的都是那种千篇一律的目光。

他在这种目光中恼怒了，疯狂了，他折磨着她们。有一次，他正在发泄着自己的不满时，听到身下的女人突然用日语说："该死的日本人。"这句话让他惊呆了半晌，最后他兴味索然地从女人的身上滚了下来。

前园真圣已经能把缅甸话说得很流利了。在随铃木敬司大佐入缅前，他就学过缅甸话，经过这几年的缅甸生活，人们已经很难听出他竟是个日本人。

他说："你为什么要恨我们日本人？"

女人说："你们占领了我们的土地。"

他说："我们是来帮你们赶走那些英国佬的。"

女人冷笑了一声，仍冷冷地看着他，最后一字一顿地说："你们日本人比那些英国佬还要坏！"

"八嘎！"他挥手抽了女人一个耳光。

一缕鲜血顺着女人的嘴角流了下来，女人充满仇恨地望着他。

他暴跳如雷，从墙上摘下指挥刀，明晃晃地架在女人的脖子上，狰狞地说："我要杀了你！"

女人不动，躲都不躲一下，仍那么冰冷仇恨地望着他。前园真圣感受到了一股悲凉，征服一个国家的土地并不困难，要想征服一个民族真是太难了。他就连眼前这个缅甸女人都征服不了，还说什么征服缅甸这个民族。

“八嘎——”他又骂了一声，战刀刺进了缅甸女人的腹中，那个漂亮、年轻的缅甸女人，眼睛大睁着，仍那么充满仇恨地望着他。

从那以后，他每到一处，都要占有一个缅甸女人，然后让勤务官秘密地把她们杀了。这样做他仍不解气。直到那个缅甸女人对他进行了一次不成功的暗杀，才使他彻底清醒过来——他永远无法征服缅甸女人，他们日本人也永远无法征服缅甸这个民族。

一进入丛林，噩梦便伴随着他。只要他一闭上眼睛，进入梦中，一个个血淋淋的场面便在他眼前浮动，先是那些赤身裸体的缅甸女人，她们的肠子流在了外面，她们一步步向他逼近，她们仇恨、愤怒的目光包围了他，他想喊想叫，却发不出一点声音。结果就惊醒了，一场噩梦一身汗。

女人在梦中消失了，接下来就换成了那些缅甸义军，缅甸义军死在了英军的枪炮下，他们一个个血肉模糊，举着刀枪向他威逼过来，他们咒骂着：“该死的日本人，你们骗了我们！”

他又一次醒了。

接下来，还有那些中国士兵，中国士兵呐喊着向他冲过来，他们用刺刀捅向了他，捅向了他手下的士兵……

噩梦一个接一个，进入丛林以后，他一直被这种可怕的噩梦缠绕着。他的精神已经崩溃了，不再指望自己走出这片丛林。走出去又如何呢？寻找到自己的部队，然后又是没完没了的屠杀、血淋淋的屠杀，敌我双方不是你死就是我亡，就是把所有的人都杀光了，占领所有的土地，但征服不了他们的灵魂，他们的灵魂会夜夜来缠着他，让他不得安生。这一切的一切都意味着一种虚无。

丛林、噩梦，彻底地粉碎了前园真圣的天皇“圣战”精神。

他和活着的人一样饥饿、劳顿，在士兵们偷偷地吃死人肉时，他也似乎被施了魔法，不可抗拒自己，也偷偷地和其他人一样，吞噬着死去士兵的尸体。本能使他这样做，他也是想活下去的。

每当他吃完战友的尸体时，他都要躲在没人的地方大哭一场，然后，狠狠地抽自己的耳光。耳光声响在他的耳边，一声又一声，最后直到他什么也听不见了。似乎只有这样折磨着自己，他心里才得到一点慰藉。死难的士兵会原谅他吗？

他吃人肉的时候，觉得自己一定是疯了。但他从佐佐木少尉的目光中又看到自己是清醒的。佐佐木真的是疯了，疯狂的佐佐木在他的眼前晃动着，从佐佐木的眼神里，他看到佐佐木是在想吃活人了，甚至想吃他前园真圣，然后吃小山智丽，吃那两个士兵，最后把自己也活活地吃掉。

前园真圣真想一刀把佐佐木杀了，不杀佐佐木，佐佐木迟早要把他们一个个都吃掉。自从佐佐木把那个伤兵偷偷地杀掉，前园真圣就有了这一想法。

他知道，佐佐木杀人吃人的疯狂举动，一切都缘于丛林已经使他们绝望了。是这种绝望感使佐佐木又恢复了兽性的一面，人是多么的可怕呀！

佐佐木杀死了伤兵小山一郎后，他也偷偷地爬过去，和小山智丽以及那两名士兵一起抢夺着小山一郎的尸骨。疯狂使他们变成了一只只恶狗，直到吃完最后一口，回到刚才躺过的地方，他才彻底清醒过来。刚才的举动又和佐佐木有什么区别呢？他们都和佐佐木没什么区别，包括小山智丽。

他对小山智丽的感情极为复杂，起初他把小山智丽当成了自己的妹妹，一个没有长大的孩子走进了战争，使他感到有些痛心。后来小山智丽的献身精神让他感动了，小山智丽的献身充满了激情和使命感，让他真实地爱上了这位有些疯狂的少女。那时，他们的思想和整个身心也融在了一起。

直到走进了丛林，小山智丽把自己的激情和使命感又毫无保留地献给了士兵们，这一举动，使他再一次震惊了，为了“圣战”，为了天皇，小山智丽已经全身心地投入了。小山智丽的举动让他瞠目结舌，他明白了，小山智丽爱的不是他，而是天皇发动的“圣战”。眼前这个日本少女让他感到不可思议。以前他积蓄起来的对小山智丽的爱和柔情，一点点地在他心中消失了。在他的眼里，小山智丽只是一个军妓，一个普通的军妓。

小山智丽一次又一次心甘情愿地慰藉着绝望中的士兵们，他努力回避她充满激情的呼喊，以前她献身于他时，也是这么一次次呼喊，可那时，他把这一切当成了她的爱。

对小山智丽的爱一旦失去，小山智丽在他的眼里就只是一个空洞，毫无内容的空洞。他对她感到绝望，心灰意冷。

“圣战”，使他什么也没有得到，他得到的只是死亡。

眼前的出路在哪里呢？

## 七

高吉龙和吉姆抬着王玥，踉踉跄跄地走着。童班副背着沈雅走在后面，他们相距只有十几米的样子。丛林仍是没有尽头的样子，他们机械而又麻木地走着。

天亮了又黑了，黑了又亮了。日复一日，周而复始，丛林似乎和日月一样，黑了白了的日子没有尽头。

他们停下身来休息的时候，隐约可见随在后面的日本人也摇摇晃晃地坐下来，很多日子了，他们就这么和平共处着。这是两支敌队的士兵，在绝望中他们走到了一起，他们都在盼望着早日走出丛林，走出丛林成了他们目前唯一的目标。

不知什么时候，一股浓重的臊气扑面而来，刚开始高吉龙和吉姆并没有察觉，但越往前走这股气味越重。就连躺在担架上昏昏沉沉的王玥也闻到了。他们停了下来，童班副背着沈雅从后面赶了上来，他也立住脚。这股气味深深地刺激着他们，这是来自于人间的气味，他们已经好久没有闻到过这种气味了。这股气味唤醒了他们麻木的神经。他们警觉地停下了脚步，相互望着。就在这时，左边的树林里有了响动，那响声很大，不时地有几棵树木在响声中摇晃着。

本能使他们握紧了手中的枪，终于，他们看清了，一头野猪冲撞着向他们扑过来，它也闻到了人类的气息，人类的气味使它亢奋。他们自从进入丛林，还没遇到过这些大动物，他们更不知道丛林中野猪的厉害，在那一刻，他们看见野猪，错把它当成了送到眼前的野味。

吉姆兴奋地咕噜了一句："上帝呀，这下我们可有吃的了。"

随即，吉姆的枪就响了，那头正往前奔跑的野猪愣了一下，脚步慢了下来。高吉龙的枪也响了，他们分明看到子弹打在野猪的身上，又纷纷地弹落下来。这种情况，是他们万万没有想到的，他们怀疑自己的枪威力是不是太小了，因为高吉龙和吉姆用的都是手枪，高吉龙一边射击一边冲身旁的童班副说："点射，打它一个点射。"

童班副早已握枪在手了，他被眼前这种情况惊呆了，一时忘了射击，高吉龙这一提醒，他的枪响了。他射得很准，子弹一串串地击在向前奔跑的野猪脊背上，显然，那头野猪被击伤了，它立住脚，"嗷嗷"地叫了两声，张开嘴，露出了嘴里的牙齿，牙齿又粗又长。

随着它的嗷叫，不远不近的丛林里，一起回响着同类们的嗷叫，很快，四面八方的丛林都有了这种动静。

他们首先想到的是，自己被野猪群包围了，这是一群疯狂的野猪，它们嘶叫着，从四面八方团团将他们围住了。以前这群野猪袭击过路经此地的盐贩子，它们好久没有尝到人类的血腥气了，这股血腥气让它们兴奋、疯狂。

高吉龙的第一个念头就是上树，小的时候，在东北老家他就听过老辈人讲述过野猪的故事，由于野猪长年在林子里生活，身上沾满了树脂，时间久了，便又硬又厚，猎人进山怕的就是这种野猪，几个人无法对付一头野猪。

在高吉龙的指挥下，他们终于上树了，树很多，用不着寻找，枝枝杈杈的树，他们很容易就上去了。童班副是最后一个上树的，他把沈雅和王玥也扶到了树上，高吉龙在树上接应着她们。

那头受了伤的野猪又嚎叫了一声，那群应召而来的野猪一步步向他们逼过来。

童班副手里的枪又响了，他不再向野猪的身上射击，而是打它们的头，一头野猪的头终于流出了鲜血，这头血流满面的野猪疯狂了，它奋力地向身旁的一棵碗口粗的树扑去，仿佛是那棵树招惹了它，树剧烈地摇晃着。它并不解恨，用嘴去咬那棵树，不一会儿工夫，那棵树便倒下了，群猪纷纷仿效那头发了疯的野猪的样子，都在疯咬着身边的树，一棵又一棵树在野猪们的疯咬下，纷纷倒下了。

没有人再敢射击了，他们知道，射击不仅徒劳无益，惹急了野猪，它们会更加疯狂地向人类进攻。

五个人蜷缩在树上，他们对眼前的情形一时束手无策。十几头野猪团团把他们包围了。那股强烈的尿臊气越来越重了，他们终于明白，已经走进了野猪窝。

眼看着野猪在一点点地向他们逼近，也就是说，野猪一旦逼近他们脚下的树，一切都将是另外一种情形了。

正在这时，在野猪们的身后，突然响起了密集的枪声，几个人在树上抬眼望去，走在后面的日本兵向野猪射击了。就连军妓小山智丽也握了一支枪。

野猪们突然遭到了来自身后的袭击，顿时乱了方寸，它们一起掉过头，向攻击它们的人扑去。

这突然的变故也使树上的五个人大吃一惊，他们谁也没有料到在这种时候，日本人会帮助他们。

高吉龙一边向退去的野猪射击，一边大声命令童班副：“打呀，还愣着干啥。”

童班副的枪也响了，他们在树上射了一阵，又跳到了树下，一点点向野猪接近，野猪受到了人类的两面夹击，纷纷向后溃退。

枪响的时候，行走在后面的几个日本人确实是大吃了一惊。刚开始，他们以为遭到了中国人的袭击，一下子趴在了地上。待过了一会儿，发现中国人并没有向他们射击，而是和野猪遭遇了，他们悬着的心又放下了。他们在远处观察着事态的发展，当发现碰上的是一群而不是一头野猪时，前园真圣明白，他们和中国人一样，遇到了共同的敌人，中国人走不出去，他们也无法走出野猪窝，几个中国人被野猪吃掉了，这群野猪还会循着气味，向他们这里扑来。前园真圣想，在这种时候，无论如何要帮中国人一把，帮助中国人就是在帮自己。想到这，他下达了从野猪背后发起攻击的命令，起初佐佐木并不愿意，他不想帮助中国人。

前园真圣骂了一声："八嘎，中国人走不出去，我们也休想走出去!"

后来佐佐木还是听从了前园真圣的命令，他带着一个兵向野猪后面绕过去，结果，枪声就响了。

野猪们纷纷向丛林里退去。

"撤!"高吉龙说完，背起王玥快速地向前走去。

童班副也紧随其后，吉姆一边射击，一边也后撤着。

日本人见中国人撤了，便也尾随着向这边跑过来。他们知道，不快点儿离开这里，清醒过来的野猪再围过来，后果将不堪设想。

在危险的关头，他们表现出了强烈的求生欲望，他们的速度快得令人不可思议。

直到他们跑出了一程，又跑出了一程，那股从野猪窝散发出的尿臊味渐渐远去了，他们才一头倒下来，伏在草丛中，拼命地喘息着。

几个日本人一直和他们形影不离，他们看见那几个日本人也都趴在了草地上急喘。

这是一对儿敌人，共同战胜了另外的敌人。他们终于脱离了险境。

## 八

一场虚惊以后，丛林重又恢复了以前的寂静。

中国人在前，日本人在后，丛林仍旧无边无际，遥不可及。

童班副似乎已耗完了最后一点儿体力，他背着沈雅走几步，就要停下来歇上一气。沈雅无论如何再也不让童班副背着走了，童班副觉得自己只要还有一口气，就要背着沈雅走下去。沈雅央求道："童大哥，你就搀着我吧。"童班副不语，照例又蹲在沈雅面前，这次沈雅却没再伏上他的脊背，沈雅眼里含着泪哽咽地说："要是不让我自己走，我就再也不走了。"

童班副无奈，搀扶起沈雅，两个人相携着，跌跌撞撞地向前走去。走上一段，他们就会被脚下的树枝绊倒，只要有一个人倒下，另外一个人也会被拖拽着带倒，跌倒了又爬起来，两人大口地喘息着，他们各自的身边都是对方的喘息声和自己的喘息声。

"童……大……哥……我不想……走了……"沈雅断断续续地说。

童班副想说什么，张了张嘴又什么也没有说。沈雅这种话已经说了无数遍了。他知道沈雅怕拖累他，让他扔下她，一个人走。这是他万万办不到的，那几个女兵都相继离开了他，他不能再最后失去沈雅，他已在心里千遍万遍地想过，自己和沈雅要一起走下去，要死死在一块儿，他不能扔下沈雅一个人。这一路要是没有沈雅，说不定他早就失去了精神上的支撑，再也走不下去了。

他不去想走出丛林会怎样，他只想到眼前，那就是他只要还有一口气，就要保护好沈雅。为了使自己能够生存下去，他拼命地嚼着树叶、草茎，他的舌头和口腔已被草汁染绿了，也早就麻木了，但他仍不停地嚼着，粗糙的树叶和草茎使得他的食道一阵阵作痛，他的肠胃因无法消化这些草叶也在不时地作痛，但他仍不停地咀嚼着，他坚信，凡是吃下去的东西，都会让他有力气。

不知为什么，丛林中的野果子越来越少了，有时一连走几天也看不见一两颗野果子，也许是错过了果子成熟的季节，它们纷纷地从枝头上落到了地上，很快地就腐烂了，只有晚熟的果子，他们偶尔地还能零星看到一些。

两人正在走着，他们又一次一起跌到了，两人挣扎着想爬起来，正在这时，他们一起看见前方不远处的一片荆棘丛里，有几个红红的果子在那里诱人地亮着。如果他们不是这时摔倒是很难看到那几个晚熟的红果子的。高吉龙和吉姆抬着王玥在前面十几米远的地方仍向前走着。

那几颗红果子使两人兴奋起来。

“果子。”她说。

“是果子。”他说。

两人不知道哪来的力气，很快站了起来，一起搀扶着向那片荆棘丛走去，近了，越来越近了，他们只要伸出手就可以摘下那几颗诱人的果子了。但是当他们朝前迈了一步，他们的脚一下踩空，坠了下去，坠向了死亡的深渊。他们只来得及大叫了一声，接下来便什么也不知道了。

听到两个人的叫声，高吉龙就意识到童班副和沈雅出事了。他放下担架，向这边奔了过来，十几米的距离，他摔倒了几次。吉姆也走了过来。到了近前，他们才发现两人掉进了一个深洞里，如果不仔细看，很难发现这个洞，洞口被荆棘丛遮住了，那几颗罪恶的野果子，仍在枝头上摇晃着。

高吉龙一声声呼喊着童班副的名字，那个深深的空洞只有隐隐的回声，接下来就沉寂了。高吉龙意识到，两人再也不能从洞里走出来了，吉姆站在一旁的胸前反复画了几个十字。高吉龙闭上了眼睛，这样的情形，他们一路上看到太多了，他为这些死去的战友感到伤心，但除此之外，他还能做什么呢？他冲吉姆轻声说：“咱们走吧。”

吉姆似乎听明白了高吉龙的话，默然地随着高吉龙向王玥的担架旁走去。

王玥伏在担架上，她什么都明白了，刚才还是他们五个人在一起行走，转眼之间就剩下了他们三个人，她在默默地为童班副和沈雅流泪。

高吉龙和吉姆走到王玥身边，两个人谁也没有说话，王玥也没有问，他们又默默地向前走去。

刚才那一幕，走在后面的前园真圣也看到了，他走在最前面，他听到那一声喊叫时，只来得及看到那一片荆棘丛摇晃了几下。接下来，他又看见高吉龙和吉姆在冲着荆棘丛下面喊叫着。他什么都明白了。

他路过那片荆棘丛时，看到了那个黑黑的空洞，他吸了口气。他在那个空洞旁伫立了片刻，为那两个中国人，同时也为自己的处境，他冲那个空洞深深地鞠了一躬。

谁也来不及在这里面对死者表示什么，谁知道前面等待自己的将是什么呢。他们又向前走去。

童班副和沈雅并没有死，他们在惊吓中晕了过去。这个陷阱不太深，洞底又被一层厚厚的落叶覆盖了，他们落在枯叶上并没有摔伤。

他们醒来的时候，发现四周漆黑一片。他们知道这时天已经完全黑了。他们刚醒来的那一刻，一时竟不知自己在哪儿，很快就想起了白天发生的那一幕。他们只能等待天明了。

沈雅偎过来，伏在童班副的臂膀上。

她轻声说："童大哥，我们会死吗？"

童班副安慰她说："我们不是还活着嘛。"

接下来两人都不说话了，他抱紧了她，她也搂紧了他，两人就那么紧紧地拥着。

她又轻声说："童大哥，只要咱们活着出去，我嫁给你，你愿意吗？"

他没有说话，她的这句话让他感到吃惊，他照顾沈雅，从来没有期望过什么。他只想像对待嫂子一样，对待每个女人。他紧紧地搂着她，久久地，他的脸颊滚下了两行热辣的泪。

她感受到了他的泪，用嘴寻到了他的嘴，两张嘴便紧紧地粘在了一起，这是他们平生第一个吻，笨拙、生硬而又充满了苦涩，好久，好久，他们都气喘吁吁，仿佛刚刚爬过了一座大山。

他们就这么紧紧相拥着睡去了。在入睡的一刻，童班副想，即便死在这里，这一生一世也值了。

天亮的时候他们又醒了过来，荆棘丛透过稀薄的亮光。童班副第一个反应就是，一定要爬出这个空洞，他发现从洞口垂下来好几条藤蔓，顺着这些藤蔓爬上去，就会走到外面的世界。这么想完之后，他蹲在沈雅面前，说：“我背你，咱们爬上去！”

沈雅顺从地爬到了他的背上，童班副站了起来，他抓住了藤蔓，手脚并用，一连几次都失败了。要是在以前，别说背一个沈雅，就是背两个沈雅他也能爬上去。他大口地喘息着，沈雅说：“童大哥，要不你先一个人爬上去，你在上面拉我。”

他觉得她的话有道理，便喘息了一会儿，抓住了藤蔓，一点点地向上爬去。终于，他爬了上去，手抓住了长在洞口的棘丛，手划破了，他并不觉得疼，他看到了生还的希望。经过这一番折腾，他已经用完了浑身的力气。他躺在草丛中，喃喃地说：“沈雅，我出来了，我出来了——”

他喘息了半晌，又爬了起来，探出头冲洞中的沈雅说：“你抓住藤蔓，我拉你。”

沈雅抓住了藤蔓，他用着力，一点点地拉着，可还没拉到一半，他就无力地松开了。他太虚弱了，真的是一点劲也没有了。他张大嘴巴喘息着。

沈雅在洞中说：“童大哥，让我自己试试。”

沈雅挣扎着，结果一次又一次都前功尽弃了。有一次，两人一起用力，他几乎都快摸到沈雅的手了，结果还是让沈雅掉了下去。

两个人都使完了身上的力气，他们一个洞外一个洞里急促地喘息着。

半晌，沈雅说：“童大哥——你还是一个人走吧，我真的上不去了。”

童班副跪在那里绝望地哭了，他哑着声音喊：“来人哪，来人哪——”

丛林寂寂，没有人应答。

童班副就仰起头，绝望地喊：“老天爷呀，让我有点儿力气吧。”

天不知不觉又黑了下来。童班副意识到要想让沈雅从洞中走出来已经办不到了，他们的力气已经一点点地耗尽了。

沈雅又说："童大哥，你走吧，我不怕死了。"

沈雅这句话已经不知说过有多少遍了。

童班副已经别无选择了，他不能扔下沈雅，他只有再次走进洞中与他心爱的沈雅相会了，他这么想完之后，就闭上了眼睛，又一次滚进了山洞。

"童大哥——"沈雅哭喊着跪在了他的面前。

"哭——哭啥哩。"童班副抱住了她。

两人又紧紧地拥在了一起。

天彻底地黑了，世界彻底地黑了。

两人在黑暗中大睁着眼睛，他们知道，死亡已在一点点地向他们走近，他们要睁着眼睛，在清醒中体会人间最后一缕光阴。

他们搂着、抱着，地老天荒，日月永恒。

"童大哥——"她喊。

"嫂哇——"他喊。

他们感受着体温一点点凉了下去，他用了最后一丝力气又喊了声："嫂——哇——"她也喊："童——大——哥——"

世界就彻底地静了，没有一丝生息。

## 九

佐佐木的眼前到处都是一片猩红，那红的是流动的血。他的目光一次又一次地审视着包括前园真圣在内的几个幸存者。他不时地抚摸着腰间的刺刀，刺刀上仍沾着血，那是伤兵小山一郎的血。终于，他抽出了腰间的刺刀，看见了凝在枪刺上的血，一切都是猩红的，他把刀凑到鼻下，贪婪地闻着，一股血腥之气，使他激动得颤抖不止。他开始用舌头舔着刀上的血，凉凉的，腥腥的，他的肠胃翻江倒海地抽搐着。他深吸了一口气，又吸了一口气。最后他闭上了眼睛，他体会着刀插进肉里时的那份感受，充满了欲望。

欲望使他睁开了眼睛，他看见了小山智丽，她几乎是在赤身裸体地行走了，裤子烂得已经遮不住屁股了。每向前走一步，小山智丽都要喘上一会儿。欲望使佐佐木走近小山智丽，他盯着她，目光里充满了贪婪。佐佐木莫名地兴奋起来，他只轻轻用手一推，小山智丽就跌倒了，她不解又恐惧地望着他。

她无可奈何地说："佐佐木君，我一点儿劲儿也没有了。"

她的话使佐佐木愈加兴奋起来，他扑过去，身体似一座小山压在了她的身上。她艰难地喘息着，因呼吸不畅，脸色苍白。

她说："佐……佐……木……君……晚上吧，晚上……"

佐佐木没有听她的话，他几把就扯下了原本就遮不住小山智丽身体的衣服，他看见了她的肉，她的肉使他激情昂扬，他寻找到了他的目标，她机械地呀呀叫着。他在她的身体内感受着。他闭上了眼睛，眼前幻化出那把沾血的刺刀，已深深地刺进了她的肉里，这份感受，让他战栗不止，他在心里说："肉、肉、肉……"

她机械地喊："呀……呀……呀……"

前园真圣和另外两名士兵坐在一棵树下休息着，虚弱地喘息着，谁也没有看他们一眼，仿佛一切都没有发生。

不知过了多长时间，佐佐木两眼猩红着从小山智丽的身上爬起来，一边系着腰带，一边踉跄着向前园真圣走来。

小山智丽赤条条仍在那儿躺着，她的身体似落在草丛中的一张纸，她微弱的呼吸使她的身体看上去在轻轻抖动着。

过了好久，她动了一下，后来又动了一下，她挣扎着坐了起来，睁开眼睛看见身旁那堆从自己身体上撕下来的烂布。她站了起来，双腿一软，又坐了下去，她不再站立，向前爬着，坚挺的草茎和枝叶粗粝地划着她赤裸的身体，她说："呀……呀……呀。"

佐佐木冲前园真圣说："她……不行……了！"

前园真圣望了一眼向他们爬过来的小山智丽，很快又闭上了眼睛。

佐佐木还说：“军妓就要死了。”

他的口气似在报喜。

他又说：“嗬，她要……死了！”

小山智丽站了起来，她摇摇晃晃地扶住一棵树，干瘦的身体颤抖着。

佐佐木有些吃惊地望着她，张大嘴巴，他觉得小山智丽的举动有些不可思议。他还想说什么，却什么也没说，绝望地闭上了眼睛。

他们又一次出发时，小山智丽一直摇摇晃晃地在后面跟着，佐佐木不时地回头张望一眼，她没有倒下，仍在摇摇晃晃地往前走。她的身体一时没有了遮拦，在佐佐木的眼里干瘦极了。

他冲前园真圣说：“她就快要死了，她活不过两天了。”

一个士兵说：“少尉，她不会死的，女人比男人经活。”

“八嘎！”他骂了句那个士兵。那个士兵住了口，悄悄地拉开了和佐佐木的距离。

佐佐木停下来，他在等走在后面的小山智丽，后来，他们走在了一起。

他冲她说：“你要死了。”

小山智丽听了佐佐木的话，哆嗦了一下，她拽住伸在前面的一根树枝，向前移动着赤裸的身体。

他又说：“你就要死了。”

她的脸更白了。

他还说：“你活不过两天了。”

她停住了，扭过头看他。他看见有两颗泪珠顺着她苍白的脸颊流了下来。

他说：“我们——都要死的——为天皇尽忠。”

她闭上了眼睛。

久久地，她说：“为……天皇……尽忠……”

她突然抱住了他，两人一起摔倒在草丛里。

他说："我们都要死的。"

后来，两人又一次爬起来，向前走着。

天终于暗了下来。

他们随便地躺下了，躺在杂草丛生的林子里。

佐佐木躺在离小山智丽很近的地方，只要他伸出手就可以摸到她。

暗夜深深的，佐佐木闭着眼睛，却无法入睡，他的眼前又一次出现了那片猩红。他的心脏狂乱地跳着。他翻了一个身，他的嘴冲着她的耳朵。

他又说："你就要死了。"

她睁开了眼睛，黑暗中什么也看不清。

他伸出手，摸到了腰间的刺刀，那是一把沾血的刺刀。他慢慢地把刺刀抓在手里，后来就举到了她的面前，另一只手摸到了她的手，一起举起来，把她的手放在刺刀上。

他说："为——天皇——尽忠。"

她的身体颤抖了一下，接过了那把刺刀，他放开了她的手。

他在等待着。

她不动，抖抖地举着那把刺刀。

他忍耐着。

他说："你就要死了！"

半晌，又是半晌，他说："为——天皇——尽忠！"

她收回了手，刺刀对准了自己的胸膛。

她喊："呀……呀……呀……"

接着一缕腥热涌了出来。他激动得伏过身去，一把抱住了她，把头凑过去，嘴寻到了那缕腥热，他颤抖着。

他说："嗬——嗬——嗬——"

后来，他把刺刀从她的胸膛里拔出来，把她渐凉的身体扛在了肩上，她的头耷拉着，脸就贴在自己的胸前，他又喃喃地说："你为天皇尽忠了。”

说完，他飞也似的向丛林深处跑去，一边跑一边“嗬——嗬——嗬——”地欢叫着。

前园真圣和另外两名士兵在梦中醒来，听着佐佐木渐远的叫声，接着一切都沉寂了下去。

天亮了。

前园真圣和那两个士兵看见昨晚佐佐木和小山智丽躺过的地方只剩下了一摊发黑的血迹。

他们摇摇晃晃地站起来，梦游似的向前走去。

## 十

前方的丛林渐渐地稀疏起来，偶尔地，头顶那方久违了的天空又显露出来。阳光静静地洒在林地间，斑斑驳驳的。

高吉龙看到天空那一刻，他把头仰了好久，就那么久久地凝视着那方小小的天空。

王玥和吉姆也在凝望着那方天空，他们就那么愣愣地望着。

高吉龙哽哽地说：“天——”

王玥也说：“是天——”

惊喜使王玥站了起来，她的身体摇动了一下，便一头扑在高吉龙的怀里。发生的这一切仍没影响他们一直抬起的头，他们的目光停在了那方久违的天空中。

他们同时说：“天——”

然后，两人紧紧地抱在了一起。天空使他们看到了生，两人的眼泪凝在了一起。头顶，是他们共同的天空，也就是说，他们终于盼来了这一天。

吉姆也在望着那方天空，他心里却有一股说不出来的滋味。他不知道前方到底是什么地方，他们是沿着丛林一直向北行走，按照地图上的指示，北方就是中国。他前进的目标却不是中国，而是印度。印度才是他的目标，到了那里有英国部队在迎接他。然后，他要在印度休养一段，便会回到英国东部那座风光秀丽的小镇上，那里有他的亲人和家。

在这片丛林里，他加倍地思念自己的亲人，他曾绝望地想过他再也走不出这片丛林了，将会死在这里，世上所有的一切都将离他而去，他伤心、难过。在绝望中，他也想过无数次美好的结局，走出丛林，回到远离战争远离丛林的地方，他再也不会来到缅甸了。于是，一切都将美好起来。是这种精神鼓舞着他一路走下去，顽强地生存着。

初看到天空那一刻，他真的高兴了那么一会儿，可转眼之间，他又一点也高兴不起来了。北方是什么，走出丛林又意味着什么？他为了生应该高兴，可是却一点也高兴不起来。

高吉龙和王玥高兴得又哭又跳，而吉姆却冷静得不可思议，相反，一股恐惧感笼罩住了他的全身。直到这时，他才又感受到自己是一个英国人。有一段时间，他甚至忘记了自己的国籍，那时，他是个绝望者，和中国士兵，甚至和那些日本士兵一样，他想得最多的是如何生存下去。只有这时，他才强烈地感受到自己是多么的孤独。孤独得令他产生了深深的恐惧。

以前他曾暗暗地爱上了王玥，同时也知道王玥并不爱他，但他仍然用英国人的骑士风度一次次向王玥表达着自己的爱情。他遭到了王玥的反对，同时也受到了高吉龙的痛打，这曾给他的自尊心带来了严重的伤害。现在想起来，这一切并没有什么。

一路上，他感觉到王玥爱的是高吉龙。他从一个男人的角度，发现高吉龙也是爱王玥的，他们的爱情，完全是中国古典式的。这曾令他心里产生过不快，而这一切，现在也没有什么了。

他是个英国人，一个英国指挥官，他扮演的虽是一个小角色，但他也明白，英国人在这场战斗中扮演的角色太不光彩了，如果英国人把中国远征军视为友军，战争的局面完全是另外一个样子。可当初，英国人既想利用中国人，又害怕中国人，也就是说，英国人同时把日本人和中国人看成是自己的敌人，于是便有了这样的局面。

也是当初，作为一个英籍顾问来到中国部队中间，他的宗旨并不是想帮助中国人打赢这场战争，而是控制这支中国部队。善良的中国人无可奈何地接受了英方的条件，可当他走进中国部队时，他就发现自己是个不受欢迎的人。按照中国军队入缅前与英方签订的协议，中国军队入缅以后，一切供给将由英方提供，那时，他控制着中国这支部队，他是优越的。中国士兵虽然对他存在敌视情绪，但他并不把这种情绪当回事。

可他们走进了丛林，他便不能不在乎这种目光和态度了。那时他已是一无所有的逃难者，和普通的中国士兵一样。部队走进了绝境一切都缘于英国人的所作所为。要不是高吉龙制止，他吉姆早就成为中国士兵的枪下鬼了。值得庆幸的是，他一直活到了最后，可现在却是怎样一番滋味和心情呢？

也许是重新看到了生的希望，也许是王玥的脚伤好了些，她不再需要担架了。她在高吉龙的搀扶下一步步向前走去。两人就那么走了，把他独自扔在那里。他站在那片斑驳的光影下，独自怔了好一会儿，他茫然四顾，自己问自己：我该往哪里走，到底该往哪里走？要不是看见了身后那三个日本人在一点点逼近，也许他还会那么怔下去。

最终，他无可奈何地又向前走去，循着高吉龙和王玥留下的脚印。

眼前的世界果然是另外一个样子了，树木越来越疏朗了，头上的天空露出越来越大的光亮，脚下的草丛不再那么浓密了，脚下的土地也变得坚硬起来。

吉姆抬起头，看到自己随着高吉龙和王玥走的方向的确是一直在向北。

高吉龙和王玥走在前面，他们的前进速度快得有些惊人，他们一路向前走去，阳光明晃晃地照在他们的身上。如此强烈的阳光刺得吉姆有些睁不开眼睛，他感到前所未有的空虚，空虚得无依无靠。

他挣扎着向前追赶，脚步越来越沉重，气力也越来越小，不知是太阳光线的缘故，还是别的原因，他不时地眼冒金星，几欲摔倒。直到又一个晚上到来，他才追赶上高吉龙和王玥，两人似乎已经把他忘记了，在一个干爽的草坡上躺下了，他们相拥而眠。

吉姆躺在离他们只有几步之遥的地方，他怕冷似的缩着身子。林子稀疏下来之后，不仅有了阳光，还有了风，风不紧不慢地吹过来，周围的草丛树木微响着。头顶那方天空中，星星在闪烁着，吉姆望着它们，感到一切都那么不真实，他无法入睡，就那么大睁着眼睛。

高吉龙和王玥也没有入睡，他们是因为激动，他们久久地凝望着天空中的星星，听着风声。

“我们得救了。”王玥喃喃地说，她把自己的头靠在高吉龙的胸前，她已经流过很多次眼泪了，她激动的泪水打湿了高吉龙的胸襟。

高吉龙搂抱着王玥的肩，他的手用了些力气，让王玥离自己更近一些。他嗅着她的头发，她的身体散发着一股奇异的味道，这气味让他无法忘记森林。

他们一起望着头顶的星空。

“我们走出丛林了。”他也喃喃地说。

一股风吹来，扑在他们的身上，他们更紧地拥在了一起。

周围仍然是丛林，可他们明显地感到丛林离他们越来越远了，树上的野果子也渐渐多了起来，还有肥大的蚂蚱，这一切都成了他们最丰富的食物，他们不用再为寻找食物发愁了。

他们可以踏实地入睡了，他们就那么相拥着入睡了，他们有了一个共同的梦，他们梦见了怒江，波涛滚滚的怒江，过了怒江，就是中国了。

不知什么时候，吉姆也睡着了，他也做了一个梦，他的梦里再一次出现了自己的家乡，家乡在梦里变得那么模糊，那么遥远，那么不真实。

微风在山野里吹拂着，吉姆在梦里哭泣起来，他的哭泣是那么的无助，那么的悲伤。

不知名的虫，在远远近近的草丛中鸣叫着。一抹曙色渐渐地透过林梢向林地里逼近，又一个黎明走近了。

天渐渐地亮了起来，这是一个充满希望的黎明，也是一个充满毁灭的黎明。

## 十一

又过了一座山，眼前的天地已是另外一个模样了。丛林终于甩在了身后，怒江的涛声已经隐约可闻了。前面还是山丘，但山丘已不能和丛林同日而语了。树仍然有，却是稀稀疏疏的，天空、大地完全地袒露在他们眼前。

高吉龙挂着一支长枪站在阳光下，枯瘦的身体在破烂的衣衫里不停地战栗着，他憋了许久的眼泪终于放肆地流了下来。

他喊："嗬——哎——"

声音在眼前的山谷里回荡着。

"出来了，终于走出来了。"王玥一边说一边忙着整理自己破碎的衣衫，似乎直到此时，她才开始注意到自己的身体。

吉姆靠在一棵树上，他闭着眼睛一遍遍在心里祈祷着："上帝呀，上帝呀——"

吉姆为自己终于走出丛林而感到庆幸，同时他又深深地惶惑了，眼前的路他将怎样走，是随高吉龙和王玥去中国，还是独自走向缅甸？自从中国军队溃撤到丛林里，缅甸已经完全被日本人占领了，要是再一次走进丛林，向西去印度，那一切简直不可思议。

他清楚，如果随高吉龙和王玥去中国，不会有什么好结果，英国人在缅甸战场上已经让中国人上当受骗了，中国人不会饶恕他这个英国顾问，虽然他们一路走出丛林，并不等于中国人已经原谅了他。他真的不知如何是好了，在心里一遍遍地叫着："上帝，我的上帝呀！"

高吉龙和王玥似乎已经把他忘记了，两个人搀扶着又向前走去。

吉姆望着两人的背影渐渐远去，无力地坐在了地上。悲伤的眼泪不可遏止地流了出来，他茫然回顾，这时他看见了前园真圣和另外两个日本兵，他们站在不远的地方，在小声地嘀咕着什么。天哪，日本人！吉姆在心里喊了一声。他随中国官兵在一起时，从来没有这么惊慌过，而此时只有自己，眼前不远处就是三个日本人。吉姆一时不知如何是好了，不由自主地，他慢慢地趴了下去，趴在了地上，伸手抓住了腰间的枪，他的身体拼命地哆嗦着。

前园真圣和两个日本士兵似乎没有看见他，他们向北方望了一会儿，然后就一摇一晃地向东方走去。

日本人也渐渐地远去了，只剩下他一个人了。他仍趴在那里，像一个无助的孩子，嘤嘤地哭了起来。中国人离开了他，日本人也离开了他，似乎他已经不存在了。这时他又一次清醒地意识到，无论如何不能去中国，说不定中国人会把他送上军事法庭，中国士兵死得太多了，他们会把自己当成替罪羊的。在丛林里，高吉龙曾不止一次地对他说，要把他们这些英国佬送到军事法庭上去。

吉姆觉得真的无路可走了。他站了起来，面向西方，在遥远的天边尽头，那里才是他的家乡，可现在他插翅也难以回去了，他冲着家乡方向跪了下去，就那么长久地跪着，他举起了枪，枪口冲着自己的头。吉姆在心里苍凉地叫了一声："上帝呀——"

枪响了，吉姆摇晃了一下，这个可怜的英国人便一头栽倒了。

走在路上的高吉龙和王玥被这突然的枪声惊得一怔，他们回过头来，看见吉姆已经躺在了树下。从情感上讲，他们恨英国人，要是没有英国人的忘恩负义，仗绝对不会打到这个份儿上。一路上他们同生共死地走过来，是命运让他们走到了一起，吉姆虽是个英国人，但他同时也是这场战争的受害者。

他们走出丛林，是因为太高兴了，只顾着自己往前走而忘记了吉姆，他们以为他会随他们同行。前方就是自己的祖国，他们要走回去，他们的确没有想过身后的吉姆会怎么想，甚至没有想过他将来的命运。

他们不可能想这么多，谁会知道自己将来的命运呢？

这一声枪响，还是让他们愣住了。半晌之后，高吉龙向吉姆躺倒的那棵树下鞠了一躬，王玥学着高吉龙的样子也鞠了一躬。转过身他们又向前走去。

“这个英国人。”高吉龙说。

“可不，这个英国人。”王玥说。

他们向前走去，没有了丛林，脚下的路便好走了许多，多了份希望，他们就多了些力气。他们向前走得很快，怒江的涛声隐约地传了过来。

高吉龙这时突然想起身后的几个日本人，好久都没有发现他们了，他回了几次头也没有发现他们。在丛林里，一路上他们都是若即若离的。

王玥似乎看出了高吉龙的心思，也回头望了几次，无遮无拦的山路连个影子也没有。

“他们也一定走出丛林了。”高吉龙喃喃地说。

“他们昨天还在咱们的后面。”王玥似乎在安慰高吉龙。

他们这么说过了，都为自己的语调而感到吃惊，似乎他们谈论的不是自己的敌人，而是一路同行的难友。

太阳偏西的时候，他们站在了一座山头上，远远地，他们终于望到了那条怒江，此时的怒江在夕阳的映照下，似一条彩虹，横亘在中缅边界上。

涛声依旧。

“你听，这是怒江。”高吉龙挽着王玥的手。

“是涛声，我听到了。”王玥的声音哽咽着。她又想到了半年前，自己随着缅甸华侨走过怒江大桥时的情景。那时，她迫切地想着走回自己的祖国，此时的心情比那时还要迫切，她恨不能插上翅膀飞到祖国的怀抱中。

突然，他们听见了一阵阵枪炮声，那来自怒江两岸的枪炮声。两岸的枪炮声同时响了起来，顿时硝烟四起，这时，他们才清醒地意识到，战争远没有结束。

中国军队和日本军队在怒江两岸对峙着。

远征军在缅甸战场一溃千里，日本人乘胜追击，大兵压境，中国边境岌岌可危，这是蒋介石始料不及的。怒江北岸的昆明完全有可能落入日本人手中，怒江成了中国最后一道防线了，就在这时，宋希濂临危受命，乘飞机赶往祥云，调集军队火速进驻怒江。先头部队刚抵达怒江，日本人的先头部队也赶到了，两军就交火了，后续部队星夜兼程，源源不断抵达，他们炸掉了怒江大桥，这是远征军当初走出国门的大桥，今天为了保住云南，他们炸掉了它。

日本人为了早日结束东亚战场的战火，想一鼓作气冲过怒江，一时怒江沿岸调集了近万人的军队，企图发起猛攻。

中国远征军的惨败同时也使蒋介石恼羞成怒，他一面命宋希濂调集部队死守怒江的北岸，一面命部队反攻，几个拉锯战下来，才发现日军在怒江南岸已集结了大批兵力，想轻而易举地打过怒江，并不那么容易。于是，中、日两军便成了眼下这种对峙状态。

再说杜聿明率领大部人马在缅北丛林里已走得饥寒交迫，眼见着全军将士将葬送在丛林里。蒋介石急了，一面和美国人交涉，一面和英国人吵架，后来美国飞虎队派出了飞机帮助寻找。蒋介石又命令先期到达印度的孙立人师派兵前去引路，最后在杜聿明穷途末路时，终于找到了他们。他们在丛林里死里逃生，他们终于走进了印度。

浩浩荡荡的中国远征军，出国时十余万精兵强将，此时只剩下了几千人，仅新二〇〇师死在缅北丛林的将士就多达四千余人。

在印度的列多，杜聿明痛心疾首，亲手布置了悼念死去将士的灵堂，他含泪祭辞：

痛乎！我远征军烈士诸君也，壮怀激越，奉命远征，别父母，抛妻孥，执干戈卫社稷，挽长弓射天狼。三月赴缅，深入不毛。与日寇初战同古，首战奇勋，为世人瞩目。再战斯瓦河、平满纳、棠吉，众官兵同仇敌忾，奋勇争先，杀敌无算。缅战方酣，不意战局逆转，我远征军官兵转进丛林，身陷绝境。诸烈士也，披荆斩棘，栉风沐雨，茹苦含辛，衣不蔽体，食不果腹，蚊蚋袭扰，瘴气侵凌，疾病流行，惨绝人寰。惜我中华健儿，尸殁草莽之中，血洒群峰之巅。出师未捷身先死，壮志未酬恨难消。

悲夫，精魂忠骨，永昭日月。

兹特临风设祭，聊表寸心。

杜聿明挥泪和幸存的将士告别，飞向国内，告别了缅甸，告别了缅北丛林死去的弟兄们。

谁也没有想到，这些国民党的著名将领，在国内战场，在人民解放军的打击下，纷纷落马，仅在辽沈战役中，廖耀湘被俘，郑洞国投诚，孙立人战败，杜聿明虽逃离了东北，却在淮海战场上被俘。四年内战的结果，国民党土崩瓦解，败出大陆，逃亡孤岛台湾。

当然，这一切都是后话了。

缅北丛林，十万死亡的将士，永不得安息，他们无家可归的灵魂，在异国他乡流泪，风是他们的叹息，雨是他们思乡的泪滴。他们呼喊着，发出一个共同的声音：

“我们要回家——”

## 十二

枪炮声使高吉龙和王玥真实地感受到了人间烟火。他们相扶相搀着向枪炮声走去。

夜半时分，他们终于走近了怒江，这里的枪炮声早已停歇了，但仍可以闻到浓浓的火药味。他们顺着一个山坡向江边走去，他们只有一个信念，过了江就回到祖国了，那里有他们的同胞，有他们的亲人。

不远不近的山头上，有日军点燃的篝火，火光中，不时有日本哨兵走动的身影，偶尔还可以听到他们的说话声。这一切，都没有使高吉龙和王玥感受到一丝一毫的恐惧，相反，他们觉得这声音来自于人间，听起来竟有几分亲切。

日本人没有料到，在他们的眼皮下，竟有两个中国士兵，九死一生走出丛林，又在他们中间走过去。

高吉龙和王玥来到江边，横亘在眼前的江水拦住了他们的去路。他们的双脚已踏进了江水，一切都是那么真实，那么激动人心，江北岸的一切，就在眼前，那连绵的群山，天空中的星斗，放眼望去是那么的亲切、安详。

高吉龙在心里呼喊了一声："我回来了，我回来了——"

他和王玥谁也没有说话，他们在想着过江的办法。高吉龙看见了一根倒在水边的树桩，那是被炮弹炸倒在水边的树桩，他毫不犹豫地向那树桩走去，王玥明白了高吉龙的用意，他们合着力把树桩拖到了水里，然后他们抱住了树桩，树桩飘飘浮浮地向对岸漂去。

怒江水拥着他们的身体，他们已经好久没有洗过澡了，丛林已经使他们变得人不人鬼不鬼了，今天他们终于回来了，回来了，是中国的水在拥抱着他们，他们两人齐心协力奋力地蹬着水向对岸游去。

不知什么时候，他们失去了知觉。

当他们醒来的时候，听到了有人在说话。

一个人说："连长，他们醒了。"

另一个说："好像有一个还是女的。"

高吉龙慢慢地睁开了眼睛，他第一眼看到的是那一张张久违了的人间的面孔。他嚅动着嘴唇想说什么，却什么也说不出来，抬了抬手，他又无力地放下了。

接下来他就听见另一个人说："把他们带到团部去。"

有两个士兵走过来，架起了他，另外两个士兵架起了王玥，他们几乎被拖着离开了地面。

高吉龙这时才清醒地看到，天早就亮了。

终于，来到了一个指挥所，指挥所门口有两个士兵在站岗。一个军官走进去，高吉龙听见那个军官说："报告团长，今天早晨又抓回两个逃兵。"

团长说："带进来！"

那个军官在门口露了一下头，朝架着他们的几个士兵挥了一下手。士兵便拖着高吉龙和王玥来到了指挥所。他趴在了地上，他想站起来，却站不起来。他就仰着头望着站在一张地图前的团长。

那个团长说："哪个部分的？"

他说："我……们……不是……逃兵。"

那个团长又说："问你是哪个部分的。"

高吉龙报出了身份。

那个团长拍了一下桌子，大声喝道："带下去，交军法处。"

高吉龙还想分辩什么，那几个士兵冲过来，拖拖拽拽地把他们带出了指挥所，又走了一段，把他们塞到一辆卡车上，卡车很快就启动了。车身摇晃着，他看见躺在身边的王玥，王玥的两眼里一片茫然，他向她伸出了手，她抓住了他的手，两人便又什么也不知道了。

前园真圣带着两个士兵，一走出丛林便向相反的方向走去，他知道再往前走就是中国领土了。丛林使一切都颠倒了，几个月来，他不知道外面的世界发生了怎样的变化。

他们能逃出丛林已经是万幸了，发生在丛林中的一幕幕，那么的不真实，仿佛做了一场噩梦。

他们跌跌撞撞地向前走着，走出了山谷，前面就是一片平原了，他们远远地看见了几座小山村，山村已被炮火炸得面目全非了，没有一丝生息，这个世界，似乎已经死了。

天又黑了，他们再也走不动了，躺在地上很快就睡去了。

不知过了多久，他们同时被汽车的马达声惊醒了，前方的公路上，驶过来几辆汽车，他们终于看清了，车上插的是他们的旗帜，那两个士兵拥过来，欢呼着。他们激动地喊："少佐太君，是我们的车，我们的车，我们得救了。"

前园真圣却一点儿也不兴奋，他看见了自己的同胞，车上站满了一队队荷枪的士兵，他甚至都能看清他们的脸面了，那一双双充血的眼睛使他不寒而栗起来。

那两个士兵高兴得忘记了自己的长官，没等前园真圣命令，他们就不顾一切地向公路跑去。也许他们太激动了，没跑几步，便双双跌倒了，但那两个兵仍不顾一切地向前爬着，爬着，爬向他们的同胞。

前园真圣把枪扔在了地上，转过身，向相反的方向走去，公路离他远去了，同胞离他远去了，他只向前走着，没有意识，没有思想，只是机械地往前走着，他的目光痴迷。他在慌乱地逃避着什么，跌倒了，爬起来，又跌倒了，再也爬不起来了，他就爬行着向前走……

又一个清晨，一座小小的、清凉的寺庙里有了动静。一位老住持吱呀一声推开了寺门，他看见了一团东西蜷在寺庙门前的空地上。他倒吸了口气，不由自主地向后退去，待他看清地上躺着的是个人时，他镇静了下来，一步步向那个人走去。

高吉龙和王玥又一次醒来时，发现已被关在一间小黑屋里，他们不知道自己这是在哪儿。

宋希濂接管了滇西的防务，心里就气不打一处来。好端端的十万远征军说败就败了，英国人出卖了中国人这是一个原因，但是，十万将士自己也是应该进行深刻检查的。在后方时，他早就听说：远征军一入缅甸，有些将领不是忙着打仗，而是忙着做生意，政府拿出大量外汇供给军需，入缅部队以卢比发饷，本来是激励将士们奋勇杀敌的，可有些军官扣发了士兵的军饷，用以做买卖，以军车当做生意的交通工具。

国民党内部各官僚历来是相互瞧不起，你拆我的台，我看你的笑话。宋希濂一面接管滇西防务，一面在溃退下来的军官中清查，他要找出足够的证据，说明十万远征军的败因。

于是，宋希濂下了一道命令：清查溃退下来的官兵，以得到翔实的口供，尤其是从前线逃回来的那些营以上军官。

当高吉龙报出自己的身份后，他还没有来得及为自己申辩，便被带到了保山司令部的军法处。

在前些日子，军法处已枪决了一批死不招认的败军指挥官。当然，那都是一些下层军官。

迎接高吉龙的将是军法处的裁决。

# 与野人成婚

## 一

原醒来之后，便发现身边空了。她意识到了什么，一边嗷叫着，一边向洞外奔去。她跑出洞外，很快便判断出李双林逃走的方向，在丛林里，什么事也瞒不过原，就连一只山鸡在头顶飞过，她也能准确地判断出山鸡的落点，更不用说李双林这样的山外来客了。

她不是在地上行走，身子只轻轻一跃，便攀上了身边的树，然后从这棵树到另外一棵树之间，她只需一跃，像一只灵巧的猿猴，轻灵地向前奔去。

李双林并没有走多远，虽说他的体力有所恢复，不再感到饥饿了，但他的身体仍然很虚弱，在爬一座山时，还没攀到一半便再次晕了过去。

原轻而易举地便找到了李双林，原惊喜地从树上落到地面，轻松地把李双林抱了起来，向回走去。原一边走一边叨咕着：

“你这个该死的！”

“这里以后就是你的家了，该死的。”

原的语气充满了爱怜。

李双林睁开眼睛的时候，看到了那熟悉而又温暖的火堆，还有山洞里熟悉的一切，他不知道原从哪里弄来的动物血，在一点点地喂着他，腥咸的气味使他干呕起来。

原望着李双林，目光中充满了柔情蜜意，她冲他说：“喝吧，这是山鸡血，喝饱了才会有劲儿。”

李双林自然不知道原说的是什么，他粗暴地推开原，坐了起来，咒骂着原：“你这个婊子，我不需要你救，我要走，离开你这个野人。”

原不明白他为什么要这么生气，她仍在说：“喝吧，喝饱了才会有劲儿。”

“营长啊，你们在哪呀——”李双林喊着。

他自己也说不清在洞内过了几日，队伍走了有多远，他意识到自己再也追不上他们了，于是他就哭了起来，哭得伤心透顶。

原被李双林莫名其妙的哭泣惊得愣在那里，她还从来没有看见男人哭过，他们部落里死了人，男人也不会哭，只有女人哭。她自己也哭过，那是因为自己的母亲被一只巨蟒咬死了，她哭了。

她想，眼前这个美男人一定有许多伤心的事，要不然他不会像她们女人那么哭。

她走上前去，抱住了他，把自己的胸贴在了他流泪的脸上。除了这样做，原不知如何是好。

李双林号叫了一声：“滚，你这个臭女人给我滚开——”

他推着她。她的力气那么大，紧紧地拥着他，让他有些喘不上气来，他没有能力把她推开，便张开嘴狠狠地咬了她一口。她大叫了一声，离开了他。她吃惊地望着他，低下头看自己被咬的前胸，那里留下了他一排深深的牙印。

“你这个该死的!”她又嗔又怜地说。

她又向他走去，试图再一次把他抱在怀里，他推开了她，跳下那块铺着细草的青石板，摸到了立在洞壁上的枪，哗啦一声推上了子弹，枪口冲着她，怒喝道：“别过来，你这个臭女人，过来就打死你——”

他的枪口一直那么对着她，她不明白他为什么要这样，无可奈何地望着他。突然她感到一种前所未有的委屈、伤心，和母亲被巨蟒咬死那种伤心比有过之无不及，她不理解，昨天晚上眼前这个美男人对她是那么好，他要了她，她感受到来自男人体内的火热和幸福，她差一点儿在那股巨大的幸福中晕死过去。只一夜之间，这个男人又这么粗暴地待她，她救了他，给了他，爱上了他，他却这么对待自己。这个不可理喻的来自另一个世界上的美男人啊！

想到这，原大声地哭泣起来，哭声高亢嘹亮。原的眼泪晶亮饱满，一颗又一颗地从脸上滚下来，然后滴落到她的胸前，在火光中，原的脸上和胸前灿烂一片。

原的哭泣使李双林冷静下来，他放下手中的枪，蹲在了地上，他抱住了头。他看见了自己的身体，那是男人赤裸的身体，他的身体又瘦又干，肋骨历历可数，条条根根的肋骨支撑着他瘦弱的身体。他想以前自己可不是这个样子，以前自己浑身有的是力气，是该死的丛林让他变成了现在的模样。他悲哀了，绝望了，他想，再也走不出丛林了，高吉龙他们一定是走远了，一切都离他远去了，也许此生此世自己将永远生活在丛林里了。

想到这，他再也控制不住自己，放声痛哭起来，哭泣使他的身体一耸一耸的，他蹲在那里，像一个无助的孩子。

他的哭声和原的哭声混在一起，一个坚强有力，一个孤苦无依，成了一段美妙而又荒诞的二重唱。

两人各自哭了一气，又都不哭了。

接下来，两人隔着火堆呆呆定定地对望着，两个赤裸的人，一个男人，一个女人。

他说："你这个臭女人，是你害了我。"

她说："该死的，你跑什么？"

他说："我再也走不出去了。"

她说："我的美男子。"

他说："营长呀——"

她说："过来，我的美男子，咱们生个孩子，以后就可以回到山顶的部落里了。”

她说完向他走去，她弯下了腰，怀着无限的温柔把他抱了起来，又一步步地向那块铺着细草的青石板走去。

她把他放在细草中，望着他，她的目光散发着惊心动魄的光泽。

她轻声说：“你这个该死的！”

然后她伏下身，吻他的额头，吻他的脸、脖颈……

她的嘴唇肥厚、潮湿、滚热……

他在心里叫：“天哪，天哪——”

她吻着，亲着，他的每一寸皮肤都颤抖了起来，她的长发散落在他的身上。

他不安地扭动着身体，他的身体从里到外似乎燃着了一堆熊熊的烈火，他在心里一遍遍说：“天哪，天哪，我要死了！”

他先是把手插在她的头发里，后来就捧住了她的脸，他摸着她的脸，她的脸粗糙但却有弹性，他摸她的脖子、她的胸、她的臀，她的身体弹性极好，饱满而又坚挺。

她一边吻着他，一边接受着他的抚摸，嘴里发出咿咿呀呀的叫声。

她含混着说：“你这个该死的美男子！”

他说：“天哪，天哪——”

后来他把她的身体扳了下来，用自己瘦弱的身体压住了她。

如果说，昨天是被她欺骗之后才占有了她，那么今天此时，他是主动的、心甘情愿的。

之后，他又一次哭了，哭得伤心、绝望，他在心里一遍遍地说：“营长呀，我对不住你啊，我走不出丛林了，永别了！”

他在伤心的哭泣中沉沉地睡着了。

## 二

经过一段山洞野人生活，李双林似乎已经适应了这样的生活。进入丛林以后，他们一直在绝望中挣扎着，面临饥饿、疾病，更重要的是他们的精神已经处在了崩溃的边缘，谁也不知道是否能够走出丛林，前方的丛林究竟还有多远。战友们一个又一个地死去了，永远留在了丛林里，他们看到战友们死去，甚至来不及悲伤，因为谁也说不准前面等待自己的命运到底是什么。

艰难的行走，没有吃食，使他们所有人的体力消耗殆尽。现在生活有了规律，李双林也不必为吃发愁了，体力很快得到了恢复。这些日子，都是原一个人出去寻找食物，原寻找食物轻车熟路，带上弓箭，有一次，原居然用箭射死了一只狍子，那只狍子很肥、很大，他们一连吃了几天才吃完。

原不仅能射猎到动物，每次出去，她都会采回许多新鲜的野果子。这使李双林感到惊奇，他们行走在丛林中时，很难采到这样的果子，后来他知道，在这亚热带丛林中，一年四季都有不同的野果子，它们大都长在高大的树顶端，没有经验是很难发现这些果子的。

李双林在原离开山洞的时候，望着松枝燃着的火堆，脑子里一直在想着高吉龙那些人，也许他们还在丛林中艰难地行走，也许他们已经走出丛林了，或许……他不敢想了，这样猜测下去有许多结果，他不知道他们的前途会怎么样。

有时他喃喃自语着："弟兄们，你们还好吗？"

"还好吗？！"他提高了一些声音。

他听见自己的声音空洞地在石洞里回响着，听着自己的声音，他才觉得充实一些。他渴望倾听声音，哪怕是原的声音，虽然，他听不懂原说的是什么，但通过原的神态和手势，有时他还能明白一些原所要表达的意思。通过交流，他觉得原逐渐真实起来，看原的时间长了，也不觉得原是丑的，她是个女人，很健壮，生命力很强。

有时他又想，像原这样的野人只因为生活环境和生存状态不同，才和正常人有许多不一样，如果让他们过上正常人的生活，也许就会和正常人没什么两样了。

头几日，他很不习惯原在他面前赤身裸体，他也同样不习惯在原的面前赤身裸体。有几次，原出去了，他走到洞外，用几片肥大叫不出名的树叶严严实实地把自己包裹起来，这样一来他觉得安全了许多，也可靠了许多。原回来的时候，看到他这个样子，先是不认识似的愣愣地看着他，接下来，她扑过去，不管三七二十一扒掉他身上这些装饰，他又变得和原一样了。这时的原看见他，便显出一副很快乐的神情，在他的身边又跳又蹦的，嘴里发出类似唱歌一样的声音。这时原的神情显得单纯而又美丽，她的样子，像一个还没有长大的孩子。

夜晚来临的时候，两人躺在石板的细草上，洞里燃着松枝，原一会儿偎在他的身边，一会儿又学着婴儿的样子在细草上爬着，嘴里发出清脆的咯咯笑声，起初他不明白她这是在干什么，后来，从她的眼神里和动作中明白了她的意思，她想要生个孩子，最好是个男孩。

那一刻，李双林感动了，他们的语言虽不相通，但人类的情感却是相通的，首先，他们是人，然后才是男人和女人。有时李双林自己想得很远，若干年前，也许人类都是这么从山洞里一代又一代地生衍繁殖，最后走出丛林，种庄稼，建房屋，到后来，就有了村庄和城市。李双林没有读过更多的书，但有关祖先的一些知识他了解一些。原现在的生活，无疑就是他们祖先曾有过的。

想到这儿，李双林就很激动，原在他的眼里已经不是愚顽的野人了，而是一个女人。

原是个直率的女人，她从来不掩饰自己的感情，只要自己高兴了，便向他求爱，得到了他的回应，她就快乐得要死要活，一旦遭到了他的拒绝，她就显得黯然神伤。但只一会儿，她又快乐起来，学着婴儿的样子，在爬行、打闹和玩笑。

有时，李双林也被她的样子逗得忍俊不禁。她累了疲了，便偎在他的身边，拉过他的一只手放在自己的腹前，似乎她的腹中已经孕育了一个孩子，她让他一遍又一遍地抚摸，有时她还会扳过他的头，让他把耳朵放在自己的腹上去倾听，直到她睡去。

有几次在睡梦中，他发现他们是紧紧地搂抱在一起的。当他睁开眼睛，看到眼前这样一幅景象时，他自己都感到很吃惊，这一切都是无意识发挥着作用，他们的身体紧紧贴在一起，他们相互温暖着，慰藉着。

只要天一亮，原就醒了。她醒来的第一件事便是点燃已熄灭的火，然后烤熟昨天猎获到的食物。每次吃饭时，她总是把最肥最大的食物分给他。

原的食量大得惊人，吃得也很快。有时吃上一两块他就饱了，原以为他还会需要，便拼命地往他的手里塞烤好的食物，直到他不停地摇头，并用手比画自己的肚子已经盛不下了，原才罢手。

吃完食物，原便背着弓箭出发了。

洞中只剩下了他一个人，他不停地往火堆上扔着松枝，松枝哔剥有声地燃着。这时，他深深地感到一种孤独。他真想找人说说话，在这样的丛林里，在山洞里，谁会和他说话呢？他显得很落寞，也很无奈。

于是他就自言自语："营长，你们还好吗？"

"走吧，往前走吧。"

"我李双林没法再随你们走了。"

说到这，他的喉头哽咽了，他真的抽抽噎噎自己哭了起来。哭泣了片刻，他的心里好受了一些。他也不知道自己这是怎么了，为什么要变得这么脆弱。

无聊的时候，他会走出山洞，外面的丛林是亮晃晃的。他坐在草地上，向远处望着，他望得并不远，目光落在不远处，便被丛林遮住了。

他低下头的时候，看见了自己的头发，头发已经疯长到了他的肩膀处了，他对自己的头发感到吃惊。他拿过刺刀，抓过头发，一下下割着，终于，他把头发割短了。向前走了不远，他找到了那个水潭，这个水潭是原每天都要来提水的地方。

他在水潭里看见了自己，自己的头发被割短了，可胡须仍然很长，他又用刺刀把胡子刮掉。他趴在潭边，痛快地喝了一气水，又用水洗了自己的脸。

接下来，他坐在了一棵树旁，他背靠着树望着远远近近的丛林，突然，他产生了想喊一喊的冲动，于是他就喊了。

“嗬——嗬——嗬——”

声音在山谷里回荡着，他觉得自己的身体里又找到了以前的力气。他更大声地喊：

“有人吗——”

声音在树丛中回荡着。

“有人吗——”

他又喊了一声。静下来，他觉得自己很可笑。这样下去，他要憋出神经病来了。

半晌之后，寂静使他产生了恐惧，他站了起来，一声声呼喊着自己的名字：

“李双林——”

“李双林——”

“李双林——”

……

一直喊得气喘吁吁，连声音也嘶哑了，他才停了下来。他大张着嘴喘息着。他觉得有许多话要对人说。

他开始盼望原早些回来，他不知道为什么那么迫切要见到原。

于是他就喊：“原，原，你快回来。”

“原”，是他对她的称谓。

“原，原，原……”

他呼喊着，等待着。

## 三

牛大奎孤独了，牛大奎后悔了。

他没有料到，这一留下便再也走不出丛林了。那些日子，他疯了似的在寻找着他的仇人李双林，可连李双林的影子也没有看到，后来他就想，找不到活的李双林，死的也行，可他找遍了山山岭岭，又是一场空。

牛大奎漫无目的地走在丛林里，莽莽丛林里只有他一个人的声音，他感到空洞、迷惘，现在摆在他面前的已经不是饥饿了，而是因为孤独带来的恐惧。在他们一起行走在丛林里时，他没有这样的恐惧，他原以为离开队伍，自己便自由了，十二天之后，他发现自己错了。不是小错，而是大错特错。

大部分时间里，他躺在自己搭的小窝棚里，觉得自己是那么的渺小，和身边的一只虫或一只飞蝶并没有什么区别，他与这些渺小的昆虫共舞着。

他恨李双林，但已不是对仇人的那种恨了，他恨李双林让自己留在了丛林里，如果没有李双林，他一定不会独自一人留在丛林里，还会和队伍一直向北行走，即便是死了，他也觉得并不可怕。自从被强迫着拉到了队伍上，便和战争、死亡打交道，他看到了太多的死亡。自从进入丛林后，死亡更是家常便饭，今天活得还好好的，明天这个人也许就躺下再也起不来了。司空见惯的死亡，使死在牛大奎的眼里失去了恐怖，变得如做梦一样的平常了。

此时，摆在他眼前的已经不是死亡，而是可怕的孤独，是由孤独带来的恐惧。他也想过单枪匹马地走出丛林，可那只是想一想而已，谁知前方还有多少丛林，几个月来，他所走过的丛林现在回想起来，还让他感到毛骨悚然，丛林比死亡更可怕。

他梦游似的走在丛林里，行走使他的思维空洞而又麻木了，他要寻找，不寻找又让他去干什么？于是寻找李双林成了他在丛林里生活下去的目的了。他梦游似的寻找着。

牛大奎一边寻找一边呼喊着李双林的名字，他由原来的呼喊，变成后来的喃喃低语了，李双林在他的嘴里仿佛已不是仇人，而是亲人了。他一路念叨着，一路走下去。

有时，他为了使自己充实起来，不时地故意弄出一些响声，他拉着枪栓，嘴里说着："兔崽子，看到你了，看你还往哪里走。"这么说完，他朝着自己前方的假定目标走去，自然什么也没有，过去之后，他觉得自己的行为很可笑，似乎是一个孩子在做游戏。

这使他想起了小的时候，一个人走夜路，周围漆黑一团，因为害怕，便大声地弄出声响，因为害怕连头也不敢回，一路走下去。

他现在的心境，竟和小时候走夜路没什么区别了。

他躺在小窝棚里，总是似睡非睡，大脑仍没休息，觉得自己仍在丛林里寻找着。这次他看见了李双林，李双林背对着他正在艰难地往前行走，他又惊又喜，扑过去，李双林回转身冷冷地看着他。

李双林说："你来干什么？"

他说："我，我是来找你的。"

李双林就笑了笑。

他也笑了笑。

那时他的心情真是又惊又喜的，他觉得有许多话要对李双林说，他不再孤独了，他有了一个伴儿了，一切都不那么可怕了。

不知什么时候，牛大奎清醒了，清醒之后，对刚才似梦非梦的那一幕感到脸红、后悔。他在心里一遍遍地重复着："李双林是我的仇人，他杀了我的父亲，杀了我的兄长，我要亲手杀死他。"

这么想过之后，他的心里稍许踏实了一些。他坐在窝棚里，有时又想：要是真找到李双林，该怎么杀死他呢？他一点也不怀疑自己有足够的能力杀李双林，他要让李双林死个明白，不能一枪就崩了他，那样太便宜他了，他要把李双林绑在树上，然后一刀一刀地把他剐了，这一刀是为父亲的，另一刀是为哥哥的，然后就是为自己的了。他要一刀刀地把李双林剐死，这样才解他的心中怒气。

可李双林在哪里呢？难道李双林插翅飞出了丛林？

想着，想着，他又迷迷糊糊地睡去了，似睡非睡之间，他朦胧地听见，有人在呼喊，是人在呼喊，似乎他还听到了李双林的名字。听到这，他又猛地坐了起来，睁大眼睛，竖起耳朵听着，结果又安静了下来。他摇了摇头，为自己刚才的梦幻感到好笑。他复又躺了下来。

“牛大奎——”他喃喃地叫了自己一声。

“牛大奎——”他又叫了一声。

他呼喊着自己，寻找着自己，半晌之后，他彻底清醒过来，被自己刚才的举动吓了一跳。

突然，他捂住自己的脸，呜呜咽咽地哭了起来。

许久之后，他止住了哭泣。他无法也不能这么待下去，这么等下去无疑是等于死亡，他要寻找，寻找李双林成了他生存下去唯一的希望。

附近的山山岭岭他已经找遍了，他坚信，李双林不管是死是活，仍在这片丛林里。他这么想过之后，便从树上滑下来，他又检查了一遍枪，此时枪成了他唯一可以得到慰藉的伙伴，有了枪，他孤独的心理多少得到了一些解脱。他又仔细检查了压在枪膛里的每一粒子弹，黄澄澄的子弹，让他感受到了实在。

他向前走去，枪扛在肩上。他怕自己迷失了方向，一边走，一边在路旁做了记号。他不怕丢失他在树上搭建的小窝，在丛林里，所有的地方都可以安家，况且，自从他走进丛林已经没有了家的意识，但他仍不愿意让自己迷失了方向，他搭建的小窝是他和高吉龙分手的地方，由此向北便是他们走出丛林的目标，也许就是这样一个方向，他的心里才残存着一缕人间的温暖。他无法判断出，由此向北是否能走出丛林，不管怎么说，北方有他的家园，走出丛林，越过山，跨过水，那里就是中国地界了。中国有他日思夜想的家园，在东北奉天城外有他魂牵梦绕的亲人。

一想起家，他的心里就乱了，他还有母亲。父亲和哥哥都死了，家里只剩下了老母亲。他们一入军营便和母亲断了音讯，母亲现在怎样了？她老人家还活着吗？他知道，他们东北军一入关，整个东北便沦陷了。母亲是死是活他不得而知。想起这些，他的心似被刀剜，疼了起来。

他一路想着，一路走下去，远近的景物都是一样的，他走了一气停了下来，再向四下里看时，连他自己也感到吃惊了，仿佛又走回了原来的地方。他知道这是一种错觉，无边无际的丛林，走到哪里都别无二致。眼前这种幻觉，使他感到浑身发冷，这种寒冷来自他的心里，说是寒冷，其实是一种恐惧。

汗水早已湿透了他的衣衫，不知是几月份了，丛林里的气压很低，压迫得他有些喘不过气来，到处都很潮湿、闷热。丛林仿佛是一张厚厚的网，厚厚又沉沉地笼罩了他，他恨不能用刺刀把这张网撕破一个洞。

正在胡思乱想间，他听到了前边不远处的树丛在响，他惊了一下，马上就趴在了地上。半晌，那响声越来越近，是人行走时发出的声音，凭经验他这么判断。李双林？他脑子马上闪出他的名字。他差一点儿喊了起来。就在这时，他看见了一个赤身裸体的女人，正弯弓搭箭在瞄准一只毫无防备正在觅食的山鸡。

野人！他在心里说。野人的出现使他有些兴奋又有些恐惧，面对这样一个女人，他一时竟不知如何是好，本能使他抬起了枪口，准星一直在跟踪着她。

不小心，他碰到了身旁的一棵小树，这突然发出来的声音，使那只觅食的山鸡惊叫着向丛林深处逃去。

他看见了女人惊诧的眼睛，野女人自然也发现了他，接着又发现了对着她的枪口，她呀呀地叫着，冲他举起了手中的弓箭。

## 四

枪响了。原叫了一声，丢掉了手中的弓箭，那一枪正击中在原的右臂上，原很快消失在丛林里。

牛大奎在枪响之后，愣了有几秒钟的时间，他都没有来得及看清原是怎么消失的。原异常的敏捷让他有些吃惊。

没有一枪结果原，令他有些遗憾，他站了起来，拾起了原扔在地上的弓箭，那是一支用野牛筋和竹子做成的弓，箭头是用坚硬的竹子打磨而成。牛大奎感到有些后怕，在近距离，如果被这支弓箭射中，无疑是会致命的。再往前走，牛大奎就多了份小心和警惕，他知道，在这丛林里，不会只有这么一个野女人，也许会有一群，或者更多，他虽然手里有枪，但只能解一时之危。他又仔细检查了一下手中的枪，端着它小心地向前走去。

李双林奔下山来的时候，看见了惊慌而归的原，原的脸因惊吓显得很苍白，原见到他似乎见到了久别的亲人，一下扑在他的怀里，嘴里咿咿呀呀地说着什么，他看见了原的枪伤，子弹在原的右臂留下了一个创口，鲜血正在伤口处涌动着。

后来原放开了他，一边用手比画，一边说着什么，他明白了原的意思，告诉她回山洞，自己向山下奔去。

李双林先前也听到枪声，后来才看到原受伤而归。枪响之前，他正在洞里坐着，枪声并不响，只是很闷的一声，就是这一声枪响，唤醒了他沉睡的意识。从枪声中他可以判断，枪响的地方离这里并不远，枪声告诉他，丛林里仍然有活着的人，或许是自己的部队。想到这儿，他激动起来，他真想大喊大叫着跑出去，经验告诉他不能轻举妄动，如果是日本人怎么办？想到这，他把子弹推上枪膛，戒备地向枪响的方向摸去。他碰到了原，他从原的手势中了解到山下只有一个人，像他这样的人，这样他多少有些放心。他让原独自回去，自己却向山下摸下来。但他仍判断不出到底是个什么样的人。

他小心地走着，每走几步都要仔细观察一番周围的动静，大约走了十几分钟，他发现眼前不远处的树丛在动，他蹲了下来，握枪在手。来人似乎没有发现他，树丛仍在动，不一会儿，牛大奎的身影终于出现在他的视线里。他一眼就认出了牛大奎，牛大奎虽说不是自己排的战士，但自从进入丛林后，队伍只剩下了几十人，到了后来又只剩下十几个人，他们同舟共济，早就熟悉了。

牛大奎的出现，一时让他感到一切都这么不真实，他怀疑自己是不是在做梦，他伸出一只手狠狠地在自己的大腿上拧了一把，疼痛使他相信眼前这一切都是真的。那一刻他的心情无法用语言来表达，和队伍分别数日，生死未卜，又再度重逢，他张了半晌嘴才颤颤地喊了一声："牛大奎——"

牛大奎清晰地听到有人在呼喊自己的名字，也愣愣地站在那里，他怀疑是自己听错了，当他抬起头茫然四顾时，看见了面前站着的李双林。

刚开始他并没有认出李双林，赤身裸体的李双林和野人的打扮并没有什么区别，他以为又来了一个野人，接下来他看见了李双林手里握着的枪，这时，李双林又喊了一声："牛大奎，我是李排长呀——"

牛大奎在心里叫了一声，意外的重逢，让他差点儿瘫在那里，眼前就是他日思夜想的仇人，没想到在这见面了。

他颤颤地向前走了两步："你，李双林——"

李双林扔下手里的枪，一下子扑过去，抱住了牛大奎。他急不可耐地问：

"营长他们呢？"

"你们怎么还没有走？"

"这些天，我日日夜夜都在想你们呀——"

泪水再也抑制不住，一串串地从李双林的眼里滚了出来。他把牛大奎抱了起来，在地上转了几圈才放了下来。

牛大奎的枪也掉在了地上，他自己也不知怎么了，面对眼前的仇人他一点儿仇恨也没有了。有的只是重逢的惊喜，这份惊喜一点也不亚于李双林。

他面对李双林一声又一声的追问，一时不知说什么好，蹲在地上娘儿们似的哭了起来。

李双林也在哭，他一边哭一边说："好了，好了，我终于找到你们了。"

过了好一阵，两个激动的战友终于平静了下来。

牛大奎说："他们都走了，都走了，只剩下你和我了。"

接着牛大奎断断续续地说了来龙去脉，但没有说自己是为了复仇留下来。

李双林什么都明白了，他一边听牛大奎的叙述，一边动情地说："好兄弟，是我连累了你，是我连累了你——"

虽然营长他们走了，但他却意外地见到了牛大奎，这份意外也足以让他高兴的了。他也简单地说到了这些日子自己的处境，当他说到自己和野人原生活在一起时，牛大奎惊骇地瞪大了眼睛。

一切都是那么不可思议。

李双林恐怕失去了牛大奎，他伸手把牛大奎从地上拉了起来，又帮牛大奎拾起地上的枪，拉着他的手说："好兄弟，咱们回家。"他说完这句话自己都愣住了，他居然把和原居住的山洞称为"家"。

牛大奎默默地跟着李双林向前走去。

李双林似乎有许多话要对牛大奎说，却又一时不知从何说起，只是反反复复地说：

"咱们以后能够在一起就好了。"

"这些天，都快把我憋死了。"

李双林仿佛又重新活了一次，兴奋、高兴使他没有注意到牛大奎的情绪。

牛大奎阴着脸，他一直在听李双林不停地说话，他在心里说："你狗日的是我仇人哩，我要杀了你，杀了你——"

牛大奎虽然在心里一遍又一遍地为自己鼓劲儿，可不知为何他心中一点儿仇恨都没有了，他悲哀地想：牛大奎你狗日的，这是咋了！

李双林走在前面引领着他，他走在后面距李双林也就是两三步的样子，枪提在手上，子弹已经上膛，只要他把枪口抬起来，别说是杀死一个李双林，就是杀死十个李双林他也能做到。

可眼下的牛大奎一点儿脾气也没有了，他在心里千次万次地骂着自己：你狗日的牛大奎熊包了，不是个男人了，爹呀，哥呀，我对不住你们哩——

“以后这丛林说不准就是咱们的家哩。”李双林说。

对，以后我一定杀了你！牛大奎在心里恨恨地说。

山洞终于出现了，要是没有李双林引路，牛大奎觉得自己就是走到山洞近前也发现不了这个山洞，刚进去时，洞口很窄，可越往里走越宽。他们终于看见了山洞中燃着的火堆，还没等两人的视线适应眼前光线的变化，猛听得有一声大叫，接着牛大奎就被扑倒了。这突如其来的变化也使李双林吃了一惊，待他反应过来，看见原已把牛大奎扑倒在地了，原的双手卡着牛大奎的脖子，牛大奎翻着眼睛，断续地说：“排长，救……我……”

李双林冲过来，抱住了原，用力掰开原卡在牛大奎脖子上的手，后来原悻悻地放开了牛大奎，但仍不停地冲牛大奎嗷叫着。李双林知道原这是在发怒。

李双林看见原的伤口被嚼烂的草药敷了，又用两片树叶包扎了。他对原的生存能力感到吃惊。

牛大奎一时还没有从惊悸中醒过来，他靠在洞壁上，不停地说：“她的劲儿太大了，太大了。”

李双林说：“是你伤害了她。”

“我不是有意的，真的不是有意的。”牛大奎一遍遍地说。

原仍仇视地望着牛大奎，她气咻咻的样子让两个男人都有了一种恐惧。

李双林冲原说：“他是我的战友，我们是一起的，他伤了你，不是有意的。”

他一边说一边比画着。

原似乎听明白了，她看看李双林又看看牛大奎，一个箭步冲过去，以迅雷不及掩耳之势夺过了牛大奎手中的枪，两人还没有明白过来这到底是怎么一回事，原很快地蹲在地上冲着牛大奎的枪撒了一泡尿。

李双林对原的举动并不感到陌生。他笑了。

原站起来，一脚踢开了被尿淋过的枪。也许这是野人宣泄的最好方法。

## 五

原很快就恢复了常态，山洞里她的居所又多了一个人，使她兴奋起来，在李双林的帮助下他们又在火堆上烤了一只山鸡。

牛大奎蹲在一旁默默地看着，他觉得眼前的一切是那么的不可思议，望着李双林的背影，他在心里一遍遍提醒自己：他是我的仇人哩，我要报仇，报仇。

他这么想着，心里却没有了复仇的勇气和决心，他蹲在那儿，看着眼前的情形，嗅着烤熟的山鸡散发出的香味，觉得一切都是那么的亲切，暂时忘记了丛林，忘记了孤独。

山鸡终于烤好了，三个人围坐在火堆旁吃了起来，原又拿出了盐巴，在石碗里用水化开了，牛大奎已经许久没有吃到盐巴了，他为在这丛林里能吃到盐巴而再次感到惊奇了。这一次他吃了很多，吃得也格外的香甜。

原吃过之后，便又围着火堆跳起了舞蹈，她的怨恨和仇视早就随着那一泡尿而烟消云散了，她不记恨牛大奎，既然牛大奎是李双林的同类，那么牛大奎走进这个山洞，也就成了她的朋友了，这是他们野人的思维。受伤的右臂仍在隐隐作痛，她认为这种小伤不足挂齿，他们野人外出狩猎，经常会碰到一些凶猛残忍的动物，或与其他野人狭路相逢，不是你死就是我活。在丛林里生存，野人学会了竞争，与天斗与地斗，还要和动物斗，一代又一代，他们就这样顽强地生存了下来。

丛林使野人活得大公无私，丛林的生活方式也使他们心胸坦荡，不防备别人，更不仇恨别人，他们活得简单而又实在，那就是生存、繁衍。这是本能，也是他们的快乐所在。

原舞到情深处，她拉起李双林，李双林已适应了，很快随着原舞蹈起来，两个人都赤身裸体，腰间仅仅系一片树叶；当原拉起牛大奎时，他虽站了起来，但是却无法舞动，他站在那里呆呆地望着原和李双林的身体在火光中扭动着。

牛大奎的情绪和思维已沉入到了另一个世界，眼前的一切无疑是真实的，但却离他那么遥远，遥远得使他无法去触及，他是个局外人，在看一场新奇的演出。

后来，李双林停了下来，原也停下来，汗水在两个人身上晶莹闪亮。

牛大奎不由自主地望了眼自己的身体，衣服虽然穿在身上，可早就不成其为衣服了，裤口、袖口早就破烂得不成样子了，身体上的衣服，也只是条条块块地坠着。自从进入丛林，这身衣服从来没有离开过身体，汗水、雨水一次次打湿了衣服，衣服在身体上已发霉变质了，此时，牛大奎觉得浑身上下是那么的难受，于是他不安地扭动着身体。

原似乎仍兴犹未尽的样子，再一次围着火堆舞蹈起来。

李双林和牛大奎蹲在火堆旁，默然相视时，他们多了许多心事。

“他们走了。”李双林似乎在喃喃自语。

牛大奎想说什么，张了张嘴巴，却没有发出声音。

“这里就剩下咱们两个兄弟了。”李双林有些动情地伸出了一只手，握住了牛大奎的手。

这个举动让牛大奎莫名其妙地有些感动。他低下头说：“咱们刚进入丛林时，有几十人。”

两个人都不说话了，他们默然地望着眼前的火堆。不约而同地，他们再一次流下了泪水。

“排长，你说他们能走出丛林吗?”半晌，牛大奎这么问。

李双林没有说话，无声地叹了口气。

“想当初，东北营三百多名弟兄，几乎全都死了，死了。”牛大奎又想起了父亲和哥哥，他就再也说不下去了，哽咽地抽泣起来。

在李双林的眼前，闪现出一列活生生的队伍，枪扛在肩上，他们为了复仇，为了消灭日本人，雄赳赳地踏上了缅甸的土地，可结局却是什么呢，三百多人的东北营，眼前只剩下他和牛大奎，营长他们生死未卜。

“我们就在这里待下去吗？”牛大奎似乎是在问李双林，又似乎是在问自己。

李双林摇了摇头，又点了点头。说心里话，他也不知道将来的命运会怎么样。北方，北方路途遥遥，他不敢肯定营长他们最终能走出丛林。

两人沉默着，时间不知过了多久，原停止了跳舞，坐在两人面前，用手托着下巴呆定地看着两个人，她似乎在研究两个人为什么要这么难过。

突然，原咯咯大笑起来，两人疑惑地望着原。

原是被牛大奎的装束逗笑的，她觉得眼前的牛大奎这身衣服是那么的可笑，于是她就笑了起来。

她记得她在部落里和野人们一起生活时，每年都能见到一两次贩盐的商人，商人成群结队地在他们的部落里歇脚，商人的装束使他们觉得新奇，有几次，他们强行脱下商人们的衣服穿在自己的身上，相互取笑着，商人们来部落的日子，是他们最快乐最有趣的日子。他们不仅从商人们那里得到盐巴和火，更重要的是，他们会得到许多意想不到的快乐。

原的笑声使两人清醒过来，这时他们才意识到，洞外的天早已黑下来了。

牛大奎站了起来，茫然地望着那块青石板上铺着的细草，回过头，盯着李双林问：“你和她就住在这？”

李双林点点头，指着原说：“她是个好女人。”

“你以后就在这里一直跟野人生活下去？”牛大奎又问。

李双林没有回答，他也不知将来会怎么样。

“我该走了。”牛大奎说完，拾起地上的枪。枪湿漉漉的，他望了一眼原，原恶作剧似的冲他做了个鬼脸。这时，牛大奎在心里想：她的确是一个不错的女人，一个好野女人。

“天都黑了，你要去哪儿？”李双林拉住了牛大奎。

原这时也站了起来，呜呜哇哇地说着什么，那意思却很明确，她让牛大奎留下来，就睡在火堆旁。还跑到青石板上抱来一些细草放在火堆旁的地上。

牛大奎低着头，瞅着手里的枪说：“我习惯睡在外面。”

李双林不知说什么好了，他知道，他和牛大奎毕竟不是野人。要是轮到他，也会这么做的。

于是，牛大奎在前，他随在后面，两人走出了山洞。外面果然已经漆黑一团了，牛大奎又想起了山下自己的小窝，显然，他今晚是无法回到自己的小窝里去栖身了。他在洞外的一棵树下的草地上躺了下来，冲跟出来的李双林说：“我就睡这儿了，丛林到处都是家。”

李双林听了牛大奎的话直想哭。

这时，洞里传来原的声音，李双林知道，那是原在呼唤他，他想冲牛大奎说点儿什么，可又不知说什么，他立了一会儿，牛大奎说：“你先回去吧，以后的日子还长着呢。”李双林就摸着洞口的石壁向洞里走去。

原躺在他的身边，很快就睡着了，火已经熄了。李双林却无论如何也睡不着，意外地和牛大奎重逢，打乱了他本来已平静下来的生活。以前他似乎没来得及细想该怎样生活下去，是离开原向北，还是在丛林里野人似的生活下去？他没好好想过。牛大奎的到来，使他隐隐地感到，生活将会发生变化。

躺在洞外的牛大奎也没有睡着，他的仇人李双林已经找到了，就在山洞里。要杀死他替父兄报仇，在眼下说来是轻而易举的事情。机会就在眼前，他却无论如何也下不了这样的决心，他不知杀了李双林以后自己将怎么办，丛林里只剩下他和李双林两个活着的东北营弟兄了，其他的人大部分都死在了丛林里，营长他们几个人离开他已十几天了，是死是活他无法说清。

他就这么胡思乱想着，周围静静的，静得有些让他感到害怕。不知什么时候，一个黑影向他这里摸过来，最后就躺在了他的身边，不用问，他知道来人是李双林。两人躺在草地上一时都没有说话，沉默着。

“你说营长他们会走出这丛林吗？”半晌，牛大奎问，他也记不清这样的话自己重复了多少遍了。

“也许会，也许不会。”李双林对自己的回答一点儿也不满意。

“我们还走吗？”牛大奎又问。

李双林无话可答。

接下来两人又沉默了，他们翻了个身，背靠着背，以前他们在丛林里宿营时经常这样，很快他们便睡着了。

## 六

牛大奎越来越感到浑身上下难受，破烂的衣衫散发出的腥臭气味，让他一阵阵想到呕吐。他先是试着脱掉了上衣，那件千疮百孔的上衣，提在他的手上，他感到是那么的滑稽可笑，他把它扔在一旁，他又脱掉了自己的裤子，终于他也变得赤条条一丝不挂了。有一瞬他感到不适，片刻过后浑身上下却如释重负，一身轻松。他看了一眼自己的身体，他被自己的身体吓了一跳，骨瘦如柴的身体让他感到吃惊，他许久没有正视过自己的身体了。丛林使一切都变了模样。他吃惊之后，接下来就产生了一股强烈的求生欲望，这是人类本能的愿望，本能促使他要活下去。

他在洞口找到了那股泉水，他站在泉水旁，用清水擦洗着自己，从头到脚，浴后他的身体又变得清爽起来，他折了一片树叶缠在自己的腰间，做完这一切，他舒了一口气。

这里的丛林早就亮了，李双林是在丛林发亮的时候回到洞中的，他告诉牛大奎，要回到洞中准备吃食。

那一刻，牛大奎强烈地感受到，李双林已经把山洞当成自己的家了，已经和野女人原完完全全地融在了一起。这就是现实，丛林中无法想象又无法回避的现实。

牛大奎在这天早晨强烈地想到了生存，于是他以前的一些想法完全改变了。在目前的情景下，他无法报仇，他杀了李双林，靠自己单枪匹马无法在丛林里生存，就是能生存下去，野女人原也无法饶恕他。他可以连同原一起杀死，但谁又能保证他会走出丛林呢？在这里有一个野人原，就会有第二个、第三个，那些野人一旦发现他杀死了原，他们一定会奋不顾身来追杀他的，到那时，他将穷途末路，只能死在丛林里了。死不是目的，活下去才是他的希望。

他暂时无法失去李双林，他们眼下已经成了一对儿患难与共的伙伴。

牛大奎在那天早晨梳理着自己的想法，他觉得这是他走进丛林以后，思维第一次这么清晰、敏捷。想到这儿，他向山洞里摸去，他望见了火光，火堆旁原和李双林两人正在齐心协力地忙着烤肉，火光照在他们的身体上，显得是那么自然和谐。牛大奎低头看了眼自己的身体，这使他又变得自信起来。

李双林初看走进来的牛大奎暗自吃了一惊，他发现了牛大奎的变化。他苦笑地说道："当初是原强行扒了我的衣服，而你是自愿的。"

牛大奎也笑了笑，道："入乡随俗吧。"

原看见了牛大奎的样子，从火堆旁站了起来，她早就忘记了他们之间的冲突，兴奋地扑过来，把牛大奎抱了起来，她一边笑着，一边旋转着身体。原的举动令李双林和牛大奎都感到很吃惊，牛大奎有些慌乱地说："放下，放下，你放下。"

原却不理，抱着牛大奎疯够了才把他放了下来，在她的眼里，这两个山外的男人都是那么的出色，在眼下，她为自己拥有了两个男人而感到骄傲。

牛大奎挣脱开原的怀抱，重新站在地上，面对李双林感到很不自然，他的脸上也火辣辣地难受。在他的观念里，原和李双林生活在一起，他们一个是男人，另一个是女人，生活在一起的男人、女人无疑就是一对夫妻。别人的妻子就是别人的妻子，碰别人的妻子是一种犯罪。此时，他有了一种罪恶感。

李双林也有些不自然，他没想到原会这样，但他很快就释然了，他们毕竟生活在丛林里，虽然，他和原在一起生活了许多日子，他是人，她是野人，他们为了各自不同的目的走到了一起，但他们的心却无法融合到一起，不仅语言不同，更为关键的是，他是人，而原是野人。许多天了，他都在琢磨着这个问题，在没有碰到牛大奎以前，他曾想过，要是自己无法走出丛林，也许会在丛林里生活一辈子，难道这一生一世会和原永远相伴下去吗？他不知道，原独自生活在丛林里是暂时的，一旦有了孩子她还要回到部落里去，从此以后，她便不会再有固定的丈夫了，以后她所生养的孩子，是所有男人的孩子。李双林不知道这一切，要是知道这一切，他在情感上是无法忍受的。他眼下想的是他能不能一直和原生活下去，原和他这些日子的相处，他一点儿也不怀疑原的坦诚，原想干什么就干什么，一点儿也没有顾忌，和原交往，甚至不用思维，他们的交往简单而又明了。她处处在照顾着他，她出去狩猎，供养他吃食，她需要的回报是他的身体。原的欲望也是无遮无拦的，那么直截了当，在他答应了她的要求后，她是快乐的。

因为他和原相处的时间长一些，他比牛大奎更了解野人。

当他看到原在他的眼前抱起牛大奎和牛大奎亲热的时候，在那一瞬间，他似乎感到很失落，也很痛苦，当他审视自己这些日子和原在一起生活的种种细节时，很快便在心里释然了。那一刻，他暗下了决心，自己无论如何不能在野人中生存下去，一切都是暂时的。

牛大奎面红耳赤，不好意思地冲他说："她，她……都是她——"

他冲牛大奎笑了笑，什么也没说，便用刺刀把烤好的食物切成了三份。

那天的早餐牛大奎和李双林吃得有些心不在焉，唯有原是快乐的，她一会儿望一望李双林，一会儿又望一望牛大奎，一边吃肉一边快乐地哼着。

早餐之后，李双林做出了一个决定，他们要随原出去狩猎。这一提议很快得到了牛大奎的赞成。当原走出山洞，两人相跟着她走进丛林的时候，原终于明白了两个人的意图。她快乐地拥抱了两个男人。

原又找到了昨天遗失在丛林里的弓箭，紧接着三个人向另一座山头走去。原走在前面，她的动作轻盈而又机敏，附近所有的动物，都无法逃脱她的眼睛和耳朵。她一会儿趴在地上听一听，一会儿又蹿到枝头上向远处望一望。原的这一系列举动，使两人暗暗吃惊，也觉得新鲜。终于，他们发现了一只山兔，那只兔子又肥又大，在草丛里刚一出现，李双林和牛大奎还没来得及有所动作，原便一箭射了过去。那只兔子在草丛里挣扎了两下便死了。原快乐地跑过去，拾起了兔子。这一系列动作，使两个男人暗暗惊奇。

也就在这时，前面的丛林里喧响了起来，这突然的喧响可以说是惊天动地，原先反应过来，她叫了一声，向喧响的方向奔去，两个人紧随其后，很快他们看清了，是一群野人在围追一只受了伤的老虎。那是只花斑虎，它的身上已中了无数支箭，鲜血淋漓，却没有受到致命的伤害，虎在野人的围攻下，左冲右突。一群持着棍棒、弓箭的男人、女人嘴里齐声呐喊着把老虎赶到了一个山沟里。

显然那只老虎是穷途末路了，突然，它回转身来，向追赶它的野人扑去，它只这么一扑，离它最近的那个野人便倒下了。野人们惊叫一声，但老虎没有停止动作，它迎着射来的箭镞又一次向野人扑去，野人纷纷倒下了。

原站在那里，她也被眼前的情景惊呆了，就在这时，李双林和牛大奎手里的枪响了，他们一人打了两枪，那只老虎便一头栽倒了。瞬间，一切都静止了，当野人发现他们时，一起欢呼着向他们围了过来。

原迎了上去，很快也很激动地向那群人说着什么，野人新鲜好奇地把两人围了起来。片刻之后，他们拥了过来，把两人抬了起来，抛向了高空，又接住，再抛……

他俩救了他们，他们在感谢他俩。

他们抬起死去的老虎，连同他们两人一起向山上走去。他俩挣扎着想下来，却无法挣脱他们的热情。原站在原地，很开心地冲两人笑着。

那一天晚上，两个人来到了野人部落，说是部落，其实就是在那片丛林的枝杈上搭建了许多窝棚，有的用草帘，有的用芭蕉叶围了起来。

那一夜，野人生起了火，部落里所有的野人都出来了，他们围着火堆又唱又跳，把虎肉切成块状扔到了火堆上烤着。他们用树皮或者石头做成的碗，喝着自己酿造的树脂酒。

野人拉起了李双林和牛大奎一起共舞，他们身不由己地和野人狂欢着。他们起初不知道自己喝下去的是酒，待两人都醉了，他们才知道那是酒。

他们不知道是什么时候离开野人部落的，待两人醒过来的时候，发现他们已经回到了山洞里，原正笑眯眯地看着他们，他们的身边放着一块虎肉。

## 七

从此，三人一起生活在了山洞里。

他俩每天都要和原一起出去狩猎，又一起回到山洞共同食用他们捕杀的猎物。李双林和牛大奎真正地过起了野人生活。

原不仅想拥有李双林，她时刻地想拥有牛大奎。在野人部落中，没有一夫一妻制，部落里的野人，从来都是以女性为中心，她们可以拥有所有的男人。

一天晚上，他们睡下后，原突然离开了李双林，起初李双林以为原是去撒尿或者是干别的什么事，没想到她摸到了睡在角落里的牛大奎。她在黑暗中抱住了牛大奎，滚烫的身子把牛大奎缠住了，牛大奎气喘着，一时不知如何是好。这么多天的共同生活，他的心里已经接受了原是个女人，并且是李双林的“妻子”，他在理念上一直这么认为。原在这些天里，从来也不避讳牛大奎什么，她可以非常自由地在他面前撒尿，甚至和李双林做爱。这在情感上让牛大奎有些无法接受。

牛大奎几次要搬到山洞外面去住，都是原死活不让他去，她在山洞外抱回了许多细草，铺在山洞的角落里，那里便成了牛大奎的床。李双林在这个过程中默默地接受了一切。他是个男人，原救了他，他占有了她，从心理上说，他拥有了原，原是属于他的。原虽然是个野人，但她毕竟是个女人。男人一旦在心里拥有了这个女人，女人便成了男人的一部分。野人的生活让李双林无法接受，他可以面对原的赤身裸体，甚至在他面前随时小便，但他无法忍受原在牛大奎面前的这一切，仿佛在众人面前公开了或者出卖了自己的隐私，让他感到又羞又愧，甚至无地自容，仿佛是自己的女人出卖了自己。但李双林同时也清楚，这丛林里毕竟是野人的世界，不同于丛林外的世界，于是他隐忍着。

没料到的是，原居然当着他的面去找牛大奎，突然而至的事情让他忍无可忍，甚至失去了理智，他忘记了原是个野人，一个野女人。

他在心里骂："婊子，臭婊子！"

牛大奎也清醒了过来，一时间他也无法接受这样的现实，他求助地喊着："排长，排长哇——"

李双林终于忍无可忍了，他从睡着的青石板上跳下去，扑向了原。

"婊子——"他大骂了一声。

接着他把原从地上拖起来，他看不见原，但他能感受到原的存在，他抡起了巴掌，一次次向原扇去。

原先是被李双林的举动惊呆了，很快她就清醒了，她不明白也不理解李双林为什么要打她。她叫了一声，便扑向李双林，两人厮打在一起，两人摔倒在地上，他们相互撕扯着，扭打着。他们都大口地喘着气。

李双林一边和原厮打一边咒骂："打死你个臭婊子，打死你——"

原和李双林厮打在一起，李双林没有占到什么便宜。原的气力大得惊人。

两人厮打的时候，牛大奎悄悄地溜到了洞外，他一边听着洞内李双林和原的厮打，一边抱住自己的头呜呜地哭了起来。这时，他感到前所未有的孤独，在这个山洞里，在这片丛林里他成了个局外人，这份孤独感，让他伤心无比。

不知什么时候，洞内安静了下来。

李双林和原躺在黑暗中精疲力竭地喘息着，他们用尽了全身的力气。

"婊子，你这个婊子——"李双林无力地骂着。

"该死的，你这个该死的。"原也无力地骂着。原无法弄明白，李双林为什么要对她这样。

从那以后，牛大奎一直睡在洞外。

第二天，一觉醒来，原就跟什么也没发生似的，她又该干什么就干什么了。

两个男人相见，都有些不自然。

李双林仍说："这个臭婊子，我早晚要杀了她。"

牛大奎尴尬地说："排长——"

两个男人在一起的时候，似乎没有共同语言可以说了。

三个人仍旧每日外出狩猎，为生存而劳作是他们生活的重要组成部分。李双林和牛大奎跟原学会了捕猎，有时他们不用枪，也不用弓箭，用一根木棍就能捕获到山鸡、野兔。

这一日，三个人又如以往一样，分散着走在丛林中，这样，他们才能有机会捕获到更多的野物。

牛大奎没想到原会在后面把他抱住，抱住之后便把他按到了地上。

自从李双林上次和原厮打之后，原似乎也变得聪明起来了，她不再当着李双林的面纠缠牛大奎了，但牛大奎却时时刻刻感受到原的存在。原的目光，原的一举一动都牵着牛大奎的心，她毕竟是个女人。

牛大奎在倒地的一瞬，身体又僵又硬，他在心里说："啊，不，不——”

原疯吻着他，他的脸，他的唇，他的胸……很快，牛大奎就闭上了眼睛，身体也随之热了起来，他在心里说：“狗日的李双林，你是我的仇人哩。”这么想完之后，便迎合了原，他一把抱住了原，把原按到了身下，这时他仍没忘记谛听一下李双林在远处丛林里的动静，凭声音判断，李双林仍在很远的地方。

原这时似燃着的一团火，她闭着眼睛说：“哦，哦……”

牛大奎不顾一切了，他一边在原的身上动作着一边在心里说：“狗日的李双林，我睡了你的女人了，睡了你女人了……”

牛大奎疯狂着，此时觉得自己是在复仇，复仇，复仇，畅快淋漓地复仇。

完事之后，原冲他笑了笑，便消失了。

牛大奎坐在地上，心里一片惘然，他想：“我真的变成野人了。”

再见到李双林时，牛大奎刚开始觉得有些无法面对他，后来又想：你狗日的是我的仇人哩。这么想过之后，他就坦然了，他迎着李双林的目光在心里说：“狗日的，我把你女人睡了，睡了！”

原对两个男人之间的情绪浑然不觉，她的心里平静而又快乐。

从那以后，原多次偷偷地找过牛大奎，牛大奎在有了第一次之后，变得轻车熟路起来，每一次，他都要在心里狠狠地说：“报仇，我报仇了，狗日的，我睡了你的女人。”

天黑了，又亮了，亮了又黑了。森林里的日子周而复始着。

原的肚子突然大了，似乎在一夜之间她的肚子突然凸现在两个男人的面前。原并没有把自己大起来的肚子当回事，她依旧每日随两个男人外出狩猎，那些日子，原是快乐的，她一直在哼着一支古老的歌。

原是在丛林里生产的，那天他们又照例外出去狩猎，两个男人听到婴儿的啼哭时，以为是幻觉，当他们发现原时，原已经把生出的婴儿抱在了怀中，地下是一摊乌紫的血。

原就跟什么也没有发生似的，冲两个男人灿烂地笑着。原叉着腿，她的腿上沾满了血迹，她抱着出生的婴儿，一步步向山洞走去。

那些日子，只有两个男人外出狩猎了，他们一走回山洞便看见原抱着婴儿围着火堆在唱歌，原自从生下婴儿，便一直在唱那首歌。

李双林看着坐在火堆旁赤身裸体的原和她怀里的婴儿，心想：“野人就是野人。”

原一边吃两个男人捕回的猎物，一边用丰硕的乳房喂孩子。原的奶水充足。山洞中充满了奶水的气味。

不知为什么，李双林外出狩猎心里却一时也放不下洞中的原和刚出生的婴儿。

牛大奎不说什么，他和李双林走在一起，心想：“我睡了你女人，那孩子是谁的还说不清哩。”他也莫名地盼望着早些回到山洞中，看到原，看到原怀里的婴儿，那里的一切都是温馨的。

他们共同地渴望着这个家。

一日，当他们怀着共同的心情回到山洞时，没有看到昔日熟悉的情景，洞中是黑的，当他们点燃树枝时，发现原已经不在了，洞内空空如也。

两个男人一同等到天黑，仍没有等回原。第二日又等了一天，依旧没有等到原。

终于，他们明白了，原离开了他们，又回到野人部落去了。

两个男人的生活一下子空了。他们相视着，久久地，李双林说：“她走了！”

“走了！”牛大奎也说。

两人无话，身旁的火堆熄掉了，一切都黑暗了下来。

# 活　着

## 一

高吉龙和王玥是在一个月黑风高的夜晚逃走的。

在这之前，他和王玥曾受到过多次的审讯，负责审讯他们的是驻滇部队特别行动处的处长，处长姓沈，戴着眼镜，挺斯文的样子。

斯文的沈处长并没有穷凶极恶，而是一遍遍地问高吉龙和王玥退出缅甸的经过。

在这之前，沈处长已命人带他们洗了澡又换上了干净的军衣，并吩咐医生给他们检查了身体。于是高吉龙和王玥又恢复了原来的面目。

高吉龙在受审时，仍不明白这一切意味着什么，他们终于走出了丛林，回到了自己的祖国，这些，足以让他感到欣慰了。有什么比这更重要呢？他们当初没有去印度，而是一直向北，当时他们最大的希望就是回国。险恶的丛林，无情地吞噬着他们，九死一生，他和王玥终于走出了丛林，走回到了自己日思夜想的祖国。

西安事变之后，东北军的处境，已经使他感受到国民党军队的黑暗，此时，处于眼前这种境地，他对这支军队已不抱任何希望了。他坐在囚禁室的小屋里，心如死水，脑子里不时地闪现出丛林的情景。一想起丛林，他的头就一阵阵地晕眩。他闭上眼睛，努力使自己忘掉丛林里发生的一切，可是他不能，无论如何也不能，丛林里的一幕幕放电影似的在他眼前不停地闪现，这一切让他头晕目眩，他就死死抱住头。

王玥对这一切不能理解，她没有料到的是，自己千辛万苦终于回来了，却落到眼前这种局面。负责看守他们的士兵，刚开始企图把两人分开囚禁起来，王玥死活不同意，在这种时候，她不能失去高吉龙。在丛林里高吉龙是她的一切，如果没有高吉龙，也许她早就失去了生存下去的希望，走出丛林高吉龙仍是她的精神支柱，她无法在这时失去高吉龙，她把事情已经想到最坏的程度了，也有可能他们要受到军法处置。在那些人眼里，他们是逃兵，有一千条理由杀死他们。王玥想，既然没有死在缅北丛林，已经是万幸了，她想起了死在丛林里的那些战友，他们死得是那么悲惨，那么无声无息，就像枝头飘下来的一片树叶，说死就死了。死亡，在王玥的感受里，已变得不那么可怕了，当初她的父母惨死在日本人的飞机下，她就已经觉得死与生离得是那么的近，丛林里的死亡，让她把死亡看得更加彻底，更加干净，像一阵随时会吹来的风。

在囚禁室里，她把自己的头枕在高吉龙的腿上，望着他的脸，笑着说：

“咱们没能一起死在丛林，就死在这里吧。”

高吉龙听了王玥的话，心里一时很不是滋味，他抚摸着她的头发，她的头发长长地披散在他的腿上。他说：“你的头发长了，也该剪一剪了。”

她坐起来，背朝着他，说：“你帮我编一回辫子吧。”

高吉龙攥住了她的头发，她的头发是那么密，那么黑，他有些笨拙地为她编着。她嘴里哼着一支歌，是她在缅甸学会的一支情歌，歌名就叫《我让哥哥编小辫》。

她唱着唱着，自己的脸却先红了。

他终于为她编好了小辫，她仰头又躺在了他的腿上，望着他说：

“我们能死在一起，我已经心满意足了。”

说完，她的眼角流下了两行眼泪。他在伸出手为她拭泪的时候，想到了春娥，她怀着几个月的孩子，被日本人强奸了，后又惨死在日本人刀下。这时，他强烈地感到活着是多么的美好。生的欲望此时占据了他的整个意识，他要复仇，为春娥，为没有出生的孩子，还有母亲，以及所有死在日本人刀下的中国人。想到这，他抓住了她的手，用劲地握着，说：

“我们不能死，还没有到死的时候，我们要活下去。”

她看到他眼里闪过的亮光，坐了起来，望着他，冲他点了点头。

沈处长再一次审讯他们时，他们不再沉默了，他们向沈处长叙说了丛林里发生的一切。高吉龙不想回忆丛林里发生的一切，可是为了自己和王玥能生存下去，他不得不一次又一次地叙述丛林中发生的一切。

沈处长不停地做着笔录，沈处长似乎被他们的叙述打动了，不停地摘下眼镜，揉一揉眼睛。

在这期间，高吉龙和王玥的命运发生了变化。

远征军司令陈诚因病回重庆休养，杜聿明不管怎么说也是败军之将，再加上派系之争，蒋介石在这种情况下很难再起用杜聿明了，于是卫立煌走马上任了，担负起了再次反攻缅甸的重任。

卫立煌一上任，便调集部队在滇西屯兵数十万，另一方面，在印度，由美军指挥训练的中国远征军也在加紧训练，美国派出空军越过喜马拉雅山一次次往返于印度和重庆之间，把中国部队源源不断地运到了印度，两股部队正在伺机反攻缅甸。

卫立煌一上任，便用人不疑，他不仅调来了蒋介石的嫡系部队，同时也把东北军调到了滇西前线。以前蒋介石已把东北军化整为零，卫立煌为了鼓舞东北军的士气，重又把东北军聚集在一起，成立了反攻缅甸的五十三军。军长周福成曾和高吉龙打过交道。周福成还是师长时，高吉龙那时是东北军大帅府的警卫连长，每次大帅开会、议事，高吉龙经常和周福成碰面，周福成似乎也很喜欢精干有为的高吉龙，每次见面，总要拍一拍高吉龙的肩膀说：“小老弟，到我那儿去干吧，给你个团副当当怎么样呀？”

高吉龙就笑笑说："谢谢周师长的赏识，日后兄弟一定为您效劳！"

高吉龙亲率一个东北营随十万大军第一批进入缅甸，这件事在东北军中就传开了。东北军所有官兵不仅期待着远征军在缅甸能旗开得胜，他们更期望东北营能打出威风，打出士气，为受够了气的东北军争回一些脸面。

周福成一进入滇西便开始打听东北营的情况，他知道，远征军败了，而且一败涂地，他更想知道东北营弟兄们的命运，他记挂着高吉龙。

当周福成听说高吉龙正在被囚禁时，他受不了了，作为军长，他知道东北军在蒋介石部队中的地位，少帅被调离了东北军，现在他的好兄弟，九死一生从缅甸回来，不仅没有受到器重，反而被囚禁了起来。当他得知这一消息时，马上带着随从来到了宋希濂的滇西指挥部，指名道姓地要人。

宋希濂和东北军并没有什么瓜葛，也没有什么仇恨，有的只是上层之间的恩怨。前几日，他曾听说抓到了不少从前线退回来的官兵，他命人审查，是想抓住一些参战人员的把柄，为日后在蒋介石面前有个交代，同时也使自己在这派系之争中立于不败之地。

他听周福成这么一说，马上召来了沈处长，让沈处长放人。

沈处长在审讯高吉龙的过程中，已深深同情高吉龙了。

很快，他便让周福成把高吉龙和王玥领走了。

高吉龙和王玥被接到了五十三军，当他见到周福成时，再也无法控制自己的情绪，一把抱住了周福成，叫了一声："军长啊——"

接下来，他向周福成叙说了入缅之后的整个经过，当他说到东北营被甩在丛林里，孤军打阻击，又讲到三百多个弟兄惨死在丛林时，周福成的眼圈红了。

半晌，周福成问高吉龙："兄弟，还想随我杀回缅甸吗？"

高吉龙望着周福成军长，他没有点头，也没有摇头。他不是不想杀回缅甸，那里毕竟留下了三百多位东北军弟兄们的尸骨，可经过这一次，他已经把蒋介石的部队看透了。想到这，他摇了摇头说："军长，我想回东北，拉起一支队伍，和日本人杀个痛快。"

周福成又何尝不这样想呢，但此时他已身不由己。他无奈地点点头说："兄弟，那你就多保重吧，等反攻缅甸之后，东北军一定也要杀回东北，把日本人赶出去。"

这时，五十三军已接到了反攻缅甸的命令，连夜，他们就要跨过怒江，向缅甸进攻了。

周福成为高吉龙和王玥找来了两匹马，便送他们上路了。周福成冲高吉龙说："兄弟，那就后会有期了。"

高吉龙在马上冲周福成抱了抱拳说："军长，我在东北等你！"

说完和王玥一起，打马扬鞭向前跑去。

反攻缅甸的枪炮声，在高吉龙和王玥的身后打响了。隆隆的枪炮声震撼着滇西大地。

高吉龙的耳畔仿佛又一次响起了东北军的呐喊："反攻缅甸胜利，打回老家去，东北军不要孬种，活着是英雄，死亦为鬼雄……"

## 二

日军占领缅甸后，已把这里变成向印度和中国用武的前进堡垒。日本军队又源源不断地开进了缅甸，除原有的四个师团，日本大本营又向缅甸增派了另外六个师团，在缅甸的日军总兵力达到十个师团，共计三十万人马。

他们要一口吞掉东亚，彻底封锁中国，到那时，德、日军队就会在中东大会师，世界便是轴心国的世界了。

其实，在滇西部队向缅甸发动进攻的几个月前，驻扎在印度的中国远征军就已经开始打响了反攻的枪声，这群远离祖国、远离亲人的部队，喊出了他们发自内心的誓言：

我们要报仇！

我们要回国!!

军歌被重新修改过了:

枪，在我们肩上，

血，在我们胸膛。

杀回缅甸去，

报我民族大仇。

中国驻印远征军官兵，高唱着战歌，反身杀回了野人山。这是一群满腔热血的哀军。

哀军必胜!

归师莫遏!

蒋介石在迫不得已的情况下，命令滇西部队进攻缅甸。

在这之前，美、英、中三方首脑曾在开罗召开了一个反攻缅甸的会议。会上中、英、美三方面说定了的，中国驻印远征军和滇西部队反攻缅北，英国第四军团从英法尔进攻缅中，同时，英海军从仰光登陆，两栖作战。但协定墨迹未干，丘吉尔从自身利益考虑，单方面取消了两栖作战计划。蒋介石一怒之下，暂缓了滇西部队的反攻。

英国人又一次出卖了中国。

在美国和英国的压力之下，蒋介石也是从自身的利益考虑，最后还是下达了让滇西部队投入反攻的命令。

在中国远征军败退野人丛林的两年后，滇西部队终于打响了反攻的枪声。

半年以后，中国远征军终于迎来了胜利。

高吉龙和王玥骑在马上，打马扬鞭消失在夜色中，反攻的枪炮声渐渐远去了。他们就这样一口气走了两天两夜，走出了多雨的云南。后来，他们在一个残破的小村头立住了脚。他们从马背上爬了下来，高吉龙望着王玥，心里一时涌出一股说不清的滋味，自从入缅开始，她就一直跟随着东北营，又九死一生回到了国内。这两天来高吉龙想了许多，他知道，自己已经深爱上了她，她不同于春娥那种女人，在她的骨子里透出的是个性和追求，正是这一点在深深地吸引着他。也正是为了这一点，他不能连累了她。

他跳下马之后，坐在了一个土坎上，她就坐在他的身边，他要和她谈一谈，算是向她告别。他不知道自己的前途，也许迎接着他的仍是血雨腥风，他要报仇，不能带着队伍打回老家去，也要单枪匹马杀回去。此时他心里想的就是报仇，只有报仇。

半晌他说："我要回东北。"

她望着他。

他说："我要杀日本人，杀定了。"

她说："我恨日本人，是他们杀死了我的父母。"

他说："我不想连累你，你还是走吧！"

她说："我在中国没有亲人了，我跟着你。"

他说："也许我会被日本人杀死。"

她说："要死咱们一起死。"

他还想说什么，她一头扑在他的怀里。此时，他面对着眼前这个女人，还能说些什么呢？那两匹马，已经独自走远了，他们已经不需要它们了。

他站了起来，她也站了起来。

他说："那就走吧。"

她说："走吧，不管天涯海角。"

两个人向前走去，暮色沉沉，一只苍鹰孤独地在他们头顶盘旋。路就在脚下，路程艰辛，可和在丛林相比，眼前这一切又算什么呢？

半年以后，也就是在中国远征军两路人马胜利会师的日子里，他们终于回到了东北，回到了奉天城外那个叫羊耳峪的小村里。小村里已没有几户人家了，除被日本人杀死之外，大部分逃到了关内，只有十几户人家无处可去，仍在小村里过着苦难的日子。

日本人并没有在小村里驻扎，这里没什么油水可捞，日本人大都驻扎在城里。出关以后，日本人便多了起来，他们不时地盘查着行人，高吉龙和王玥只能在晚上行走，白天躲在没人的地方睡觉。

他们回到羊耳峪小村时，迎来了东北第一个雪天，初雪纷纷扬扬地下着，到处都是白茫茫的一片。

高吉龙带着王玥来到自己家门前时，他几乎不敢相信这里曾经是自己的家，到处都是一片残破的景象。他似乎又看见了春娥，看见了母亲，春娥立在门旁，羞羞地望着他，母亲坐在炕上，咧着没牙的嘴在冲他笑，这一切仿佛就发生在昨天。

他在心里喊了一声："娘，春娥，我回来了。"泪水便涌出了眼眶。

半晌，他推开屋门，屋内到处落满了灰尘。他复又站在院子里，这时，雪仍纷纷扬扬地下着。站在一旁的王玥无助地望着他。

不知什么时候，院外聚了一些村人，他们一时拿不准面前站着的是谁。

终于有人认出了高吉龙，于是一个老汉向前走了两步，试探地问："是吉龙大侄回来了？"

高吉龙认出问话的老汉，便叫了一声："于三叔，是我，您还好吧！"

于三叔就惊喜了，他伸出手冲身后的乡亲们说："是吉龙，真的是吉龙。"

众乡亲便围过来，他们的神情透着兴奋和亲热。

于三叔又说："带队伍回来了？杀小日本吧，这群王八羔子可把咱东北人坑苦了。"

高吉龙摇摇头。

"咋，就你一个人？"于三叔失望地问。

众人又把目光集中在高吉龙身后的王玥身上，他们自然不认得这个女人，但他们一眼就认出这是个外乡女子。

高吉龙便冲众人说："就我一个人回来了。"

"咋，东北军败了？"众人就问。

"败了。"高吉龙说。说完就蹲下了。

众人就一片唏嘘，于三叔满脸的失望，指天发誓地说："老天爷呀，咋说败就败了呢，当初你们离开奉天城时，可有好几十万人马呢。我们天天盼，夜夜盼，盼你们早点儿打回来，替我们出口气，咋就败了呢？老天爷呀，你开开眼吧。"

众人都失望地流下了眼泪，高吉龙低下头，眼泪也流了下来，滴在洁白的初雪上。

有几个女人慌慌地跑回家去，不一会儿又都回来了，她们抱来了柴火，端来了米面……她们开始为高吉龙打扫老屋。不一会儿，屋内生起了火，屋里也清扫干净了。

高吉龙站起身，冲众人说："谢谢大叔大婶了，我高吉龙回来就是杀小日本的，你们放心，我一定会替乡亲们报仇。"

于三叔听了这话就走过来，压低声音说："吉龙，你要真杀小日本，就去找小九子吧，小九子现在带着百十号人，正躲在大青山里呢。"

"真的？"高吉龙抓住了于三叔的手。

于三叔吸溜一下鼻子说："叔咋能骗你，那年东北军走时，他没走，领着百十号人躲到大青山里去了，听说前一阵儿还和日本人干了一仗。"

高吉龙听了这话，顿时眼前亮了起来。小九子是外号，他姓姜，在家排行老九，人称小九子，以前在东北军当连长。日本人来了之后，把他的全家人都杀死了，当初东北军从奉天撤走时，小九子说啥也不走，他要给死去的亲人报仇，于是率领自己那个连，跑到了大青山。这是高吉龙入关之后才听说的，没想到几年过去了，小九子的人马还在。

这时，几个女人为他和王玥煮好了半锅玉米粥，屋里因生着了火也变得暖烘烘的了。

天渐渐晚了，乡亲们一一告别着走了。

一盏油灯燃着，他和王玥坐在温热的炕上。

他在心里说："我要报仇，报仇！"

王玥默默地望着他，她知道他想的是什么。

“我跟你去大青山。”她说。

他摇了摇头。

她扑在他的怀里喃喃地说：“我死也不离开你。”

油灯熄了，窗外的初雪仍纷纷扬扬地下着。

他们躺在温暖的炕上，高吉龙在心里说：“娘，春娥，我回来了，回来为你们报仇来了！”

## 三

高吉龙赤手空拳地回到了生他养他、令他梦魂牵绕的羊耳峪小村。

他从缅北丛林走出来是一个奇迹，又从云南千里迢迢地回到东北，这又是一个奇迹。队伍上的事情，让他看穿了，看透了，那时他只有一个想法，就是回到家乡来，只有回到家乡他的心里才是踏实的、温暖的。从云南到东北的一路上，到处都是日本人的天下，一路上他听到了许多新闻，新四军在苏北和日本人打得热火朝天，还有一支八路军队伍，在华北平原也正在和日本人进行殊死决斗。

在这之前，他就知道新四军、八路军是怎样的队伍，他们的前身是红军。蒋介石为了消灭这支队伍，曾调东北军打过这支队伍，那时打的是内战，东北军打得一点儿也不来劲。那时他不明白，那么多日本人不打，为什么偏偏要打红军。

从云南到东北的一路上，到处都是枪炮声，他带着王玥是伴着枪炮声回到羊耳峪小村的。羊耳峪小村和所有被日本人占领的小村一样，是那么破败，毫无生气。看到这一切，高吉龙的心就颤抖了。

王玥坚定不移地随着他回到了他的家乡，她的行为令他感动。是丛林让他们走到了一起，也是丛林让他们相爱了。他们没有举行过任何仪式，就自然而然地结合了在一起。

那是在出关的前一天晚上，他们住在一个半山腰的破庙里，庙顶上露出了一个大口子，有几颗星星在那里拥挤着。他们躺在庙里，高吉龙知道，再往前走就过山海关了。一过山海关很快就到家了。自从离开家乡，一晃有好几年了，想起告别东北时的情景，仿佛就在昨天，东北的父老乡亲，流着眼泪默默地为东北军送行。

“你们啥时候还回来呀？”

“早点打回来呀，小日本不是人哩！”

父老乡亲的一声声呼唤仿佛回响在他的耳边，这么多年了，他相信，所有东北军的弟兄，都没有忘记家乡，没有忘记自己的亲人，部队越往南走，思乡之情越浓。在丛林里正是这份思乡之情，让他坚持着走了下来，现在他终于就要踏上家乡的土地了。他躺在庙里一时睡不着，发现王玥也没睡着，她偎在他的臂弯里，望着他。他看见了她那双又黑又亮的眼睛，仿佛在呼唤着他，等待着他。

他喃喃地说：“就要到家了，到家了。”

突然，王玥的眼角闪过两滴泪水，她也想起了自己的家，缅甸仰光的那个家，父母浑身是血地被埋在瓦砾中，那里还有她的家乡吗？昆明的老家她没去过，在父亲一次次的描述中，她对家乡依稀有个轮廓，可又那么朦胧，一点儿也不真实。

当她下定决心随高吉龙踏上归乡之路的一刹那，她就把他的家当成自己的家了。不管以后高吉龙走到哪里，她都会义无反顾地跟随着他，哪怕是天涯海角。

终于就要到家了，她也在为高吉龙感到高兴，她听高吉龙喃喃地说完，也说：“到家了，我要和你一起回家。”

高吉龙突然把她抱在了怀中，她伏在他的胸前，听到了他强有力的心跳声。她不能控制自己的感情，低低地说：“我们结婚吧。”

她感到高吉龙的身体颤抖了一下，在丛林的时候，他们之间似乎已经没有了男人、女人的性别意识，他们都衣不蔽体，唯一的目标就是生存下去。直到走出丛林，这种不正常的感觉才一点点地消失，他又是男人了，同时她也是个女人了。

一路上他们靠讨饭，靠吃野菜走回来，这一切和丛林比起来，已经是一个天上一个地下了。他们不再为吃发愁，他们坚信一定能够走回家乡。

就在那间清冷的庙里，他们第一次拥有了对方。

她望见了庙顶缝隙里的星星，它们是那么亮，那么清静，它们也在望着他们，这让她感到有几分不好意思。他们久久地相拥着，慢慢地品味着这个不平凡的新婚之夜。这天晚上，他们举行了婚礼，头顶上的星星便是他们的见证人。

回到羊耳峪小村的第二天，高吉龙终于决定要去大青山一趟，他要去找小九子。他知道，现在他这个样子无法为死去的亲人和父老乡亲报仇。他要走到队伍中去，和日本人拼个你死我活。

他把这一想法对王玥说了，王玥要随他一起去，他摇头拒绝了。他知道带上王玥会有许多不便，王玥似乎能理解他的心事。日本人让他失去了母亲，失去了春娥，他不能再失去王玥了，他想让她为自己生一个儿子，如果有了孩子，那便是他们共同的希望，自己死了，儿子还会为他们报仇，子子孙孙战斗下去。

高吉龙离开家门时，雪已经停了，在地上厚厚地积了一层。

王玥站在门前，望着他渐渐地远去，他回了一次头，看到王玥倚在门口，他又一次想起了春娥，当年的春娥，也是立在门前看着他远去的，他的泪涌了出来，模糊了视线。世界白茫茫的一片，他向前走去，他走向了大青山。

王玥一直看着高吉龙一点点消失在她的视线里，最后她的眼里只剩下他留下的那行脚印了。

自从她和高吉龙相识，这还是第一次分别，一种前所未有的情绪包围了她。她本来并不是个军人，是战争使她成为了一名军人。现在她又成了一个女人，一个守望家园的女人，她在牵挂着远去的丈夫。

这是她第一次体会到什么是家，什么是牵挂，也许这就是人类共同的情感。

小村静静的，残破的小村上空袅袅地飘着几缕炊烟，这一切，在她的眼前都是那么的美好，如歌如画。小小的羊耳峪小村，在她的眼里是那么的陌生，又是那么的亲切。仿佛在很久很久以前，她曾来过这里，在这里居住过，生活过。

不知什么时候，她回到了屋内。她在这里和高吉龙共同生活了两天，屋内的一切让她感到既温暖又踏实。

热情、好心的邻居，给他们送来了吃的用的，使清冷了许久的小屋又有了家的模样。她打量着眼前的一切，虽说她刚刚和高吉龙分别，思念却像潮水似的涌上了她的心头。

要是没有战争该多好哇，那样，她就可以和高吉龙在宁静的岁月中厮守在一起，他们生儿育女，享受天伦之乐，那是怎样一番景象呀。她在等待高吉龙的日子里，一遍又一遍地遐想着生活。

## 四

在高吉龙离开王玥十几天以后的一天夜里，王玥突然在梦中被枪声惊醒了。

这些天里，她无时无刻不在思念着高吉龙，替高吉龙担着心。她不知高吉龙怎么样了，也不知道高吉龙是不是找到了小九子的队伍，她每天睡得都不踏实，做梦都梦见高吉龙回来了，她日日夜夜都在盼望着高吉龙。高吉龙离她而去，她知道无法劝阻他，她也不会劝阻，她仇恨日本人，他更仇恨日本人，在这一点上，他们的目标是一致的。她很想自己也参加到他们的行列中，去杀那些日本人。

那天夜里，她听见了遥远的枪声，枪声紧一阵慢一阵，从方向上判断，枪响的地方在北方。她穿上衣服从屋里跑了出来，于三叔他们也走出家门。

枪声一点儿也不惊心动魄，隐隐地，远远地，仿佛是燃放的鞭炮。

不知什么时候，好心的邻居们，男人女人都拥到了她家门前，他们站在黑暗中，侧耳倾听着这远远的枪声。

“是小九子他们，一定是小九子他们。”于三叔说。

“打得好，狠狠地打这帮狗日的！”

众人七嘴八舌地说着。

不知过了多长时间，枪声渐渐地消失了，先是零星地响了一气，最后就完全沉寂了下来。

枪声响起的时候，王玥的心就揪紧了，她心里乱得不行。在缅甸的时候，她随东北营打过无数次的仗，虽说用不着她冲锋陷阵，但战场就在她的身边，她从来没有像今晚这样担惊受怕过。

枪声停了很久，乡亲们都散去了。这时，她才发现天空中又下起了雪，雪落在地上，落在她的身上，打在她的脸上凉凉的。

她不知自己什么时候回的屋，她坐在炕上，炕仍是热的，她一点儿睡意也没有。她猜想，高吉龙一定参加了今晚的战斗，不知道战斗是失败了还是胜利了，她怀着前所未有的心情在思念着高吉龙。

她静静地等待着，她等待着高吉龙安全归来。外面一有风吹草动，她都要爬起来，扒着窗子向外张望。

天亮了，王玥又一次走出了门，她站在雪地里等待着。四野里白茫茫的一片，终于她看见了一个黑影正一点点地向小村里移来，近了，黑影一点点地近了，她终于看清来人就是她日思夜念的高吉龙，她在心里惊呼一声，迎着归来的高吉龙跑去。

高吉龙看到了她，什么也没说。她认真细致地望着他，一时不知说什么好。高吉龙径直走回到屋里，便一头躺在了炕上，很快他就沉沉地睡去了。

她愣愣地望着他，不用问，她就明白了发生的一切。

高吉龙一直沉沉地睡到晚上，才睁开眼睛。

他望了她一眼，这一眼让她打了个冷战，他的目光中透着无限的哀婉和绝望。突然他抱住头，女人似的哭了起来。

高吉龙在大青山里找到了小九子的队伍，小九子的队伍已到了山穷水尽的地步，第一场雪都下来了，他们仍穿着夏天的衣服。东北军走后，小九子带着百十个人躲到了大青山里，起初的日子，他们红火了一阵子，他们趁日本人没注意，偷袭了几次驻扎在奉天城里的日本人，日本人一时被这支神出鬼没的队伍打愣了，待他们清醒过来以后，对大青山进行了几次扫荡，大青山很大，林子又多，别说藏百十个人，就是埋伏下千军万马，也很难找到。

于是恼羞成怒的日本人，想到了封山。

在封山之前，大青山周围住着不少人家，小九子的队伍大多时候靠这些百姓提供给养，日本人把驻扎在大青山周围的人家全部赶走了，还放火把所有的房子烧了，无家可归的村民，再也没有能力支援小九子的队伍了，他们逃的逃，散的散。

夏天还好过些，大青山林多树密，猎物、野菜还能填饱肚子，可一到冬天，所有吃食全没有了。在高吉龙来找他们之前，小九子为了弄到吃食和过冬用的棉衣，曾派出了一个班去大青山外的村子里，结果被日本人发现了，十几个弟兄一个也没能生还。

高吉龙突然来到，小九子仿佛看到了救星，以为高吉龙率领的东北军又打了回来，可一听到高吉龙的叙述，所有的人都失望了。

寒冷饥饿已经让他们无法忍受下去了，他们决定和日本人决一死战。

高吉龙面对着这群饥寒交迫的东北军士兵，不知道如何劝阻他们的行动，在万般无奈的情况下，他随小九子的队伍摸到了奉天城里。奉天城里住满了日本兵，很快他们便交上了火。这是一群背水一战的士兵，他们仇恨日本人，他们的家被日本人占了，他们的亲人被日本人杀了。他们已经把生死置之度外了，他们一心想的是复仇。

这是一场力量悬殊的战斗，很快他们便落败了，他们一边打，一边撤到了一条胡同里，日本人蜂拥着追了上来。高吉龙一边向后射击，一边往前跑，结果他跑进了一条死胡同，正在这时，一户人家的门开了，一个老汉不由分说把他拉了进去，又把他藏到地窖里，躲过了日本人的追查。他没在奉天城里过多停留，他知道，等天一亮，出城就困难了。奉天城他是熟悉的，以前东北军在城里驻扎时，他走遍了城里的大街小巷。他靠着夜色的掩护，逃出了奉天城。

此时，高吉龙停止了哭泣，他痴痴呆呆地坐在那里，喃喃道："都被杀光了，都被杀光了。"

王玥不知如何劝慰他，站在一旁，定定地望着高吉龙。

突然，高吉龙摇摇晃晃地站起来，冲王玥说："我要把他们接回来。"

王玥一时没能听清高吉龙的意思，高吉龙便走了出去，一直走进了黑暗中。王玥追了出来，高吉龙疯了似的向前跑去，王玥也随着向前跑了两步，结果她又停住了。

第二天一早，王玥看见村头的山坡上，几具东北军的尸体躺在那里，高吉龙坐在他们中间。他痴痴呆呆地向远方凝望着。

又一个夜晚，王玥随高吉龙一起出发了，她在奉天城外看到了许多东北军战士的尸体，他们被日本人拖出城外，扔在旷野里。

他们一趟趟地往返于羊耳峪村和奉天郊外，于三叔这些乡亲们也默默地加入到了他们搬运的行列，百十余具尸体，后来就整整齐齐地摆放在了村头的山坡上。

接下来的日子，高吉龙开始在山坡上挖坑，一个又一个，王玥在帮着他，乡亲们也在帮着他。高吉龙做这些时，一声不吭，只是不停地干着。最后坑终于挖好了，他又一个一个地小心地把这些士兵放在了挖好的坑里，仿佛这些士兵没有死，而是睡着了。

终于，他们入葬了。

高吉龙跪在了这片坟包前。王玥也跪下了。于三叔和乡亲们也跪下了。

不知是谁先哭了一声，接下来哭声就响成了一片。

于三叔突然哑着嗓子喊："好汉们，走好哇——"

那一天又落了一场大雪，白茫茫的大雪把新坟埋了。

## 五

前园真圣少佐醒来的时候，发现自己已经在寺庙中了。寺庙很冷清，也很残破，案台上两束燃着的香火，使这座寺庙有了些许的生气。住持坐在一旁，半闭了双目在捻着胸前的佛珠。这一切很静，前园真圣分明感到自己来到了另一个世界。

关于丛林，关于战争，仿佛是上一个世纪的事情了。他静静地躺在那儿，任时光悄然在身边虚虚实实地走过。

住持睁开眼睛，望着他。

住持说："佛祖啊——"

前园真圣在住持的目光中看到了冷峻，看到了仇恨。

缅甸，是个崇佛之国。前园真圣恍惚间又看到了一片又一片的火光，那是寺庙燃着的大火，大火熊熊地燃着，哔剥有声，士兵们在火光中笑叫着。和尚们齐齐地跪在火光中，他们不敢面对这真实的火焰，他们诵经的声音压住了火的燃烧声。

士兵们在离去时，举起了手里的枪，枪声响了，和尚们一律往前一栽，诵经声消失了，留在寺庙前的是一片片污血。日本士兵似乎这样也并不解气，又在和尚们的尸体上撒了一泡尿，然后嬉笑着离去。

想到这，前园真圣挣扎着爬起来，跪在住持面前，他颤抖着，哽咽地说：

"住持救我。"

"住持宽恕我。"

住持又闭上了眼睛，前园真圣的耳边又响起了诵经声。

前园真圣少佐就那么跪着，闻着香火，听着诵经之声，他果然觉得自己来到了另一方世界里。

两个士兵和他终于走出了丛林，走出了丛林后，他们看到了一方真实的天地，真真切切的。前园真圣觉得做了一场梦，一场噩梦，一瞬间梦醒了，他惊骇地打量着这个世界，接下来他有了恐惧，铭心刻骨的恐惧。

前园真圣看到了车队，日本士兵的车队，它们隆隆地向前开去。那面旗帜在风中飘舞，不知为什么，当两个士兵看到救星似的向车队向人群跪下的时候，他却逃向了相反的方向。

当他再一次睁开眼睛的时候，果然就走进了另一个世界。这里极静，只有单调的诵经声。他跪在那里，心如死水，那里也静得出奇，在这真空般的世界里，他又一次失去了知觉。

他再次醒来的时候，眼前的景象依然如故，香火、诵经声……

他挣扎着抬起头，又看到了住持的目光，那目光依旧冰冷、严峻。

他又一次跪下，颤颤地说：

“住持，救我。”

“住持，宽恕我。”

他跪着，虚虚的，飘飘的，觉得自己似乎在飞，飞进了一个渺无人烟的世界，那里宁和安静，香火缭绕，经声不绝。

多么好啊，这世界，这境界！

他又一次失去了知觉。

又一次醒来的时候，他发现身边有半个菜团子，显然那是他在昏迷中吃剩下的，他嗅到了人间的香气。这香气来自人间，来自天上、地下。他探寻地去望住持的目光，住持把眼闭了，经声仍不绝于耳。

前园真圣又坐了起来，爬着，他觉得自己有了气力，他跪在住持脚前。

住持慢慢地睁开眼睛，望他，从里到外，从头到脚。

“你从何处来？”住持终于说话了。

前园真圣指一指外面答：“丛林，林子深处。”

“来这里避难？”

“不，不，不……”前园真圣说。

太多的死亡，前园真圣都见过了，死就不可怕了，仿佛睡了一觉。

“你来超度?”

“不，也不。”他又说。

住持不说话了，又诵经、捻珠。

前园真圣跪着，跪向了一个永恒。

住持睁开了眼睛，眼睛闪过一缕仇恨。住持说：“你是日本人?!”

前园真圣的腰弯了下去，半晌说：“我有罪。”

“你们日本人是骗子，欺骗了缅甸人!”

前园真圣的眼前，又闪现出成千上万的缅甸义军，在铃木大佐的号召下，在烟尘滚滚中和英国人搏杀，义军英勇地倒在了英军的炮火下，血流成河。

“日本人比英国人还坏!”住持咬着牙说。

前园真圣又看到了一个又一个缅甸女人，她们在仇视着他，她们拔出了藏在怀里的刀，她们在用生命复仇，用鲜血雪耻。想到这他闭上了眼睛，眼泪流了下来，一颗又一颗。他的眼前又出现了丛林，漫无边际的丛林，一具具尸骨，血淋淋的尸骨，他想呕吐，翻江倒海地呕吐，于是他干呕着。

他跪在那里，跪得天长地久。

住持又在闭目诵经了。

前园真圣梦游似的来到了这座残破的寺院，他睁开眼明白自己所在的那一刻，他就相信了命运，他是有罪的，他的双手沾满了鲜血。是命运引领着他来到了此地。那一刻，他就觉得此生此世自己有赎不完的罪过，他要在这里赎罪，拯救他那颗邪恶的心。他跪在那里，久久地，一动不动。

不知过去了多长时间，寺庙外一片大乱，一群人叫喊着，搜寻着奔了过来。

前园真圣惊慌地抬起头，他分明听出这是一群日本兵，他们吵吵嚷嚷地在呼喊着自己的名字，他知道，他们是来找他的。

他说：“住持，救我。”

住持望着他，一直望着他的眼睛，住持的目光穿透了他的五脏六腑。

他说：“救我，住持。”

日本人在砸寺庙的门，一下又一下。

住持站起身，引领着前园真圣来到了后院，住持走到一尊佛前，踩了一下开关，佛的肚子打开了一个洞，前园真圣明白了什么，慌慌地钻了进去。

接着，佛的肚子便合上了。

门被砸开了，日本兵向这里走来，前园真圣模糊地听见日本兵在咒骂住持，然后就是一片很乱的翻找声，他们依旧呼喊着前园真圣的名字。

半晌，又是半晌，前园真圣听见了很闷的两声枪响，接下来就静了，静得有些可怕。

前园真圣依旧没动，他在等待着，等待着住持放他出去。不知过了多久，他在佛像的腹中睡着了，很快又醒了。他叫：

“住持，救我。”

没有回声。

又叫：“救我，住持。”

依旧没有回声。

前园真圣有些慌，他挣扎着，扒着佛的肚子，终于他看见了亮光。他爬了出来。

他喊：“住持。”

没有回答。

他走到了前院，住持已经倒在了血泊中，住持的脸上挂着一缕永恒的微笑。他呀地叫了一声，跪在了住持身边，他抱起了住持。

天黑了，又亮了……

前园真圣脱下了自己的衣服，接着他又去脱住持的衣服，最后他穿上了住持染血的衣服。

院子里架起了一堆干柴，干柴热烈地燃着，前园真圣把住持赤条条的身体放在了火上，接着又把自己脱掉的衣服扔在了火里。

火燃着，哔剥有声地燃着。

前园真圣跪了下去，两行泪水顺着腮边流了下来。

“升天啦，升天啦!”前园真圣说。

他抬起头，望天，天空很蓝，很高很远。这又是另一方世界、另一方净土了。

## 六

李双林和牛大奎终于明白，原彻底地离开了他们。

两个人守着野人洞默然对视着。他们看着细草上那片乌紫的血，那是原生产时留下的血，婴儿的啼哭声，仿佛仍响在两人的耳边。

李双林在心里说：“孩子，孩子，那是我的孩子。”

牛大奎在心里说：“那是我的孩子。”

于是，两个人对望着，久久之后，李双林说：“她走了。”

“走了!”牛大奎也说。

接下来就静了。后来，两个人又茫然地走出野人洞，眼前是丛林，永远的丛林。

两个人茫茫然地向前走去，他们穿过树林，越过山岗，不知道前方是东南西北。

“呀——”李双林叫了一声，接下来他看见了一排整齐横卧在丛林里的尸骨，枪架在一旁，仿佛这群士兵仍在这里睡着。他小心地走过去，唯恐惊醒了这群士兵的梦境，他们的衣服早已腐烂了，虫蚁啃吃过尸体，只剩下了一片白骨。李双林弯下腰，从地下拾起一枚肩章，肩章是被桐油浸过的，不烂。他从肩章上辨认出这是一支兄弟部队，当初这支兄弟部队一直向西，他们要走向印度，结果却永远地留在了这里。

牛大奎也在痴痴地望着这片尸骨。他站在那里，仿佛耳边回响着一群人的呐喊：“要回家，我们要回家——”

两个人的眼里流出了热泪。

“他们要回家。”李双林喃喃地说。

牛大奎蹲下来，小心地望着这片尸骨，半晌，哑着声音说：“不能就让他们这么躺着，他们太冷了，连衣服都没有了，他们死了，魂也不安生哩！”

他们辨别着方向，他们终于找到了北方。

“让他们的灵魂回家吧！”

李双林这么说完，便去搬动那一具具尸骨，让他们的头一律朝向北方，每搬动一个，就说：“回家吧，北方是回家的路。”

“回家吧，看好了，一直朝北走。”牛大奎也这么说。

他们又把地上常年积下的落叶盖在了这些尸骨的身上。

“衣服没了，就盖些草吧，回家时不冷。”李双林说。

“暖和了，好上路，向北呀，向北——”牛大奎也说。

做完这一切，他们在这堆尸骨旁立了许久。后来两人的目光就对视在了一起。

“他们不安生哩。”李双林说。

“我们该怎么办？”牛大奎说。

“咱们也许再也走不出去了。”李双林低下头，又去望被掩埋了的尸骨。

“他们也迷路了。”牛大奎说完抬起头。

两双目光又对在一起。

“我们要是死了，魂就能回家了。”他说。

“魂能回家。”他也说。

说完两个人向前走去，没多远，又看见了一堆尸骨。他们横七竖八地躺在一起，枪躺在他们的身边。

他俩又停下来，重复着掩埋弟兄们的工作。

李双林说：“回家吧，往北走！”

“回家吧，回家吧，一直往北，别迷了路。”

做这些时，牛大奎想起了小的时候看到村里老人死去时，都要由儿子为死去的亲人指路，指明阴间一条光明大道，死者的灵魂才能升到天堂，同时也认得了回家的路。

路啊路，归乡的路。

牛大奎哑着嗓子喊：“回家吧，往北走——”他想起了父亲、哥哥，于是他越加真诚地喊：“回家吧，往北走，往北走哇——走好哇——”

他蹲在地上，呜呜地哭了起来，他想起了远在家乡的老娘。老娘还好吗？他哭得越发伤心了。

李双林被牛大奎的情绪感染了，他也呜呜咽咽地哭了起来。

两个人站起身来的时候，发现丛林中暗了下来。他们离开了野人洞就没打算再回去，他们已向原学会了在林中生存。

他们还要活下去，为了给死去的兄弟们指出一条归乡的路。

他们终于躺了下来，躺在一棵枝繁叶茂的千年古树上。

“知道吗，我为啥留下来等你？”牛大奎突然哑着嗓子说。

李双林愣了一下，他不明白牛大奎为什么突然说起这些。

“我留下来等你，其实我是想杀了你。”牛大奎在黑暗中说。

李双林心怦怦地跳了跳。

“你杀了我爹，又杀了我哥。”牛大奎说。

“他们是逃兵，我是在执行任务。”李双林说。

“不管怎么说，是你亲手杀了他们。”牛大奎又说。

李双林不语了，在黑暗中盯着牛大奎。

两个人静下来，半晌，李双林说：“你为啥不早点儿杀死我？”

“以前我想杀你，找到你一枪就把你结果了，可现在我不想杀你了。”

“为啥？”

“咱俩谁也走不出去了，早晚都得死在这老林子里，你活着，还是个伴儿，我要等你死后，我再死，我一定要死在你的后面，我要亲眼看见你死去，为你引完路，我也死。”牛大奎的话说得很平静，似乎在说着与自己不相关的事。

李双林不由自主地哆嗦了一下，他瞅着黑暗，黑暗像无边的潮水包围了这个世界。死离他是那么的近，仿佛只有一步的距离。自从走进这片无边的丛林，他就有了这份感受。

“知道吗，我把原睡了，我睡了原是想报复你，我恨你。”牛大奎突然又说。

李双林闭上了眼睛，半晌，喃喃地说：“睡就睡了，她不是我女人，只是个野人。”

“那孩子没准是我的，是我牛大奎的。”

李双林叹了口气。

半晌，李双林又说：“是谁的都无所谓，他也将在这丛林里老死。”

“呜呜——”牛大奎突然又哭了起来。

他不知道为什么要哭，到底为谁他也说不清，他哭着，只有哭，才感觉到自己真实的存在。

第二天，他们又上路了，就像他们之间什么也没有发生。

又是一片白骨。

他们停了下来。

“向北走哇——北方是回家大道——”

“向北走哇——”

他们一声声喊着，北方，北方，永远的北方。

不知不觉间，他们已经把寻找尸骨、掩埋尸骨当成了一种无法逃避的责任，死难者已和他们融在了一起，他们活着，仿佛就是为了这些死难的兄弟，他们要为死难的兄弟指明回家的路，否则，他们就不安生，就不踏实。

于是，丛林的角角落落响起了他们一声又一声的喊声：

“回家吧，北方是回家大道——”

他们一路向前走去，他们走上了远征军撤退时所走的方向。他们越往前走，离北方越远，可他们的灵魂却离北方越来越近。

# 没有尾声

## 一

日本人投降了，东北光复了。

又过了不久，著名的辽沈战役在东北沉睡的大地打响。

又是不久，新中国第一代伟人毛泽东站在北京古老的天安门城楼上高声宣告：中华人民共和国成立了！

荏苒的时光碾碎了所有旧梦。

在沈阳郊外那个羊耳峪小村的南山坡上，由政府出面，建了一座烈士陵园，陵园里有碑，上书：抗日烈士永垂不朽！

那次悲壮抗日之战的唯一幸存者高吉龙成为了一个守墓人。

在烈士陵园的山脚下，建了一间小房，幸存者高吉龙和王玥就住在那里，在和平的岁月里，守望着这块墓地。

每天的清晨，羊耳峪小村的人们都能看到沉默的高吉龙在清扫着这片墓地。

“沙沙——沙沙——”高吉龙在清扫着。

他的动作很轻，唯恐惊醒了弟兄们的梦。落叶在他的清扫下，纷纷扬扬地飘走了。

积雪被他清扫了，那片肃静的墓地又恢复了本来的面目。

坟墓一个个显露出来，墓碑静静地竖立在那里，像一位正在思索的哲人。

墓地在高吉龙的清扫下终于整洁了，于是他手拄着扫把立在这些墓前，他弯下去的腰又一点点地挺了起来，他的头发已开始花白了，脸上堆满了许多皱纹。

他望着它们，仿佛在望着一列队伍，他们穿着单薄的衣衫，扛着老式步枪，在风雪之夜，头也不回地向日本人的营地走去。风吹着，雪下着，他们义无反顾地向前走去，走向了战争，同时也走向了死亡。“小日本，×你们八辈子祖宗，老子和你们拼了，杀吧，打吧，二十年以后老子又是一条好汉……”

高吉龙的眼里涌出了泪花。

他默然地站在那里，缅怀着昔日的壮怀激烈。

“都走了，走了……”高吉龙喃喃地说着，颤颤地向山下的小屋走去。

王玥也老了，她的两鬓虽没有花白，但她的眼神已经没有了光彩。她无怨无悔地伴随着高吉龙守望着这片墓地。她理解他，同时也在理解着自己。

两个人住在这间小屋里，似乎很少有话要说，他们大部分时间里，总是沉默着。两个人在这种静谧里，低着头，坐在那里，似乎有着想不完的心事。

“昨天晚上，我做了一个梦。”高吉龙这么说。

王玥抬起头，怔怔地望着他说：“你梦见了啥？”

“我梦见了李双林和牛大奎，梦见他们还活着，仍然活在丛林里，他们迷路了，再也走不出来了。”

王玥的心颤了颤，低下头，想了想说：“这些日子，我也老是做梦，大部分时间里，都梦见他。”

“谁？”高吉龙抬起头，凝望着她。

王玥的脸红了一下，低下头想了想，又抬起头说：“我还是说了吧，不说憋在心里怪难受的。”

“那你就说嘛。”高吉龙从腰上抽出一只烟袋，装上烟，不慌不忙地吸着。

“我梦见那个英国人了。”

“吉姆？”

“在梦里，他老是在跟我说话，说他在英国东部那个小镇上的家，说他的妻子，说孩子，说来说去的，一遍又一遍，跟他活着时的情景一模一样。”

高吉龙咳了口痰，吐在地上，又用脚蹍了。他又想起走出丛林时，他们已隐约能听见怒江的涛声了，突然就响了一枪，吉姆自己把自己打死了。

“这个英国佬。”高吉龙这么说。

“可不是，这个英国人，不知他咋想的，要是当初他能随咱们过了怒江，也许他现在早就回英国那个小镇的家了。”

“嗐，不知他当时咋想的，不过话又说回来了，要是当年英国人和咱们配合，仗也不会打到那个份儿上，咋会死那么多人。”

“还记得那个童班副吗？”王玥抬起头，望着高吉龙的眼睛。

“咋不记得，那人老实得像个女人，很少说话。”

“还有那几个女兵，一路上都是童班副在照顾着她们，可惜一个也没有走出来。”

高吉龙的手有些抖，他颤颤地又装了一袋烟，用劲儿地吸着。他似乎想忘记过去，可又对过去有着无穷无尽的叙说欲望。他和王玥静下来的时候，很少说现在，他们一遍遍地说着过去。

那一天，村里死了个人，死的就是于三叔。村人都去参加于三叔的葬礼了，高吉龙和王玥也去了，葬礼很隆重也很热闹。

在起棺抬走于三叔的那一刻，于三叔的儿子举起了一根木棍，木棍一直指向西方，于三叔的儿子大声地冲躺在棺材里的于三叔说：“爹呀，你往西走，西方是通天大路——”

喊完，挥手掷了手里的木棍，一家人纷拥着哭，村人也随着哭。于三叔就这么去了，永远地去了。

葬礼结束之后，高吉龙和王玥又回到了他们南山坡墓地下的小屋里，两个人谁也没有说话。

天黑了的时候，高吉龙又走向了墓地，这么多年了，他一直这样，晚上的时候，不在墓地里坐一会儿，他就睡不着，睡着了也不踏实。王玥随在后面，她陪着高吉龙，高吉龙坐下时她把一件衣服披在了高吉龙的身上，夜晚，墓地里有些凉。

他们坐在那里，一时谁也没有说话，高吉龙烟锅里的火一明一灭，一闪一闪，又一闪……

"没有人为他们指路哩——"高吉龙喃喃地这么说。

王玥的身子抖了一下，高吉龙觉察到了，他用手揽住了王玥的肩膀。她的肩膀很削瘦，这么多年了，她的身体一直这样。

"他们找不到家哩——"他又说。

说完之后，重重地叹了口气。

又过了许久，两个人抬起头，他们望见了当空的满天繁星，星儿们也望着他们，北斗星在西天里显得最明亮。

"他们连星星也看不到——"说到这儿，高吉龙的声音哽咽了。

"回家哩，向北走——回家哩——"高吉龙突然喊。在寂静的夜晚，高吉龙的声音显得苍凉虚幻。

"向北走哇——回家哩——"喊声在寂静的夜晚，飘散着。

又不知过了多久，夜深了，王玥站了起来，她轻轻地说："咱们回家吧。"

高吉龙站了起来，眼睛仍望着西天中闪亮的北斗星。

他似自言自语："回家？回家！"

两个人相扶相携着向山下的小屋走去，炕是热的，萤火虫不时地在窗外飞着，一闪一闪，又一闪。

他突然抱住了她的身体，就那么久久地抱着，他伏在她的耳边清晰地说："我想让你生个儿子。"

她点点头答：“嗯。”

答完了，泪水却溢出了她的眼角。

他这话不知冲她说过多少遍了，她每次都这么回答。

可是她从来没有怀上孩子，一次也没有。自从走出丛林，便注定了这种结果，在丛林的那些日子里，她一次也没有来过月经，是丛林让王玥失去了做母亲的能力。

他们努力过，一次又一次。

冥冥中，他想有个儿子，他自己也说不清为什么那么迫切地想要有个儿子。儿子，儿子，有一段时间他为了能让王玥生个儿子，几乎着了魔。

他们齐心协力地努力过，他们一次次期待，又一次次失望。

那天晚上，他们又共同努力了一次，后来他们就睡去了，结果他们做了一个共同的梦，却不是关于儿子的。他们又共同梦见了丛林，那个暗无天日的丛林，没有星星，没有月亮，他们迷路了，他一声声地喊：“回家哩，向北走哇——”

结果他就醒了，发现脸上很湿，伸手一摸是泪水。

他呆呆地坐在黑暗中，窗外月明星稀，他隐隐地又望见了那片墓地。墓地静静地泊在月光里，泊在他的心上。

## 二

硝烟远去了，战争远去了。

残破的寺庙依旧残破，却有了香火，在没有了战争的日子里，善男信女们又回到了寺庙，他们在企求着平安，企求着世界永远是太平盛世。

前园真圣成了这座残庙里唯一的和尚，他既是和尚也是住持，他静静地坐在佛台之上，手里捻动着佛珠，耳畔回响着善男信女们的拜佛声。

前园真圣脑子里一片虚空，虚空得仿佛这个世界已经不存在了，在袅袅的香火中，他的思维越飘越远，越飘越高，遥遥的，远远的。终于寻到了，那是一方极乐世界，蓝天白云下，香火衬托着他的思维，他的思维是零散的，像一片片云，又像一缕缕香火，缥缥缈缈，虚虚无无，他禅定在一种境界中。

前园真圣久久坐在佛台上，一动不动，似乎没有了呼吸，没有了心跳，一切都静止了下来。

在这种境界中，他似乎又看到了老住持。老住持坐在一片云雾里，诵着永远也诵不完的经文，他们面对面地坐在一片虚无中。世界就成了另一种永恒。

每年在缅北又一个旱季到来的时候，善男信女们发现，残破的寺庙空了，寺庙里唯一的住持不知去向。

在旱季，前园真圣一次次出入丛林，每次从丛林里走出来，他都要背着一具尸骨，尸骨堆放在丛林外。前园真圣又一次走进丛林，他在寻找，当在丛林中找到一具淹没在落叶丛中的尸骨时，他会小心地走过去，一块块拾起落叶中的尸骨，小心地放到身后的口袋里，直到装满了口袋，他再也背不动了，才走出丛林……

尸骨堆放在林外，然后他又拾来一堆树枝，最后点燃树枝，把一块块尸骨投入到火堆上。火熊熊地燃着。尸骨也燃着。

这时的前园真圣入神入定地坐下了，他闭上了眼睛，手里捻动着佛珠，那种不真实的虚幻再一次走近他，火堆哔剥有声地燃着，他的思绪在火光中飘升着，缭绕着，与青天白云融在了一起。

在整个旱季里，前园真圣都在做着这件事情。

又一个雨季来临的时候，善男信女们又发现了残破的寺庙里那个住持，所不同的是，住持黑了、瘦了，于是，寺庙里香火又燃了起来，每天清晨或傍晚，寺庙里又响起了诵经之声。

善男信女们觉得这住持有些怪，怪得有些不可思议，他神秘地出现，又神秘地消失，还有一点就是住持从来不和他们说话，坐在佛台上，眼睛也是一直闭着的，如果没有发出诵经之声的嘴，他们还以为住持圆寂了。

夜晚的寺庙是清静的，满月照着，蒿草萋萋，不知名的虫躲在墙缝里，低一声高一声地鸣叫着。

住持依旧坐在月光中，微风吹拂着他。他坐着，闭目无声。

遥远的丛林又一点点地向他走来，一队士兵摇摇晃晃地走着，走在一个无声的梦里。丛林里阴暗潮湿，浑浑浊浊的日月，使世界远离了丛林，远离了人间。

一个士兵倒下了，他仍在挣扎着向前爬行，他向前伸着手，目光中充满了恐惧，士兵在无力地喊："等等我，我要回家，我要回家……"士兵向前举起的手，终于无力地放下了，他仰起的头，也一点点地低了下去，最后终于伏在那里不动了。一群食人蚁，蜂拥着爬了过来，爬到了士兵的身上，它们风卷残云地啃噬着，终于，只剩下了一堆白骨，食人蚁又一哄而散了，它们嗅着人的气味，又去寻下一个目标。

一队士兵向前走着，昏天黑地，前方不知是何处。何处是归途？他们精疲力竭地走着。一个士兵的双腿溃烂了，先是流脓流血，最后就露出森森的白骨，脓血星星点点地滴在草茎上，沾在树叶上。一群蚂蟥嗅到了血腥气，它们齐心协力地追赶过来，钻到了士兵的伤口上，它们拼命地吮吸着，士兵嗷叫着，在草地上滚动，士兵喊："杀死我吧，杀死我吧，我不想活了。"

士兵的身旁立了一群无助的士兵，他们听着士兵的号叫，脸色苍白，浑身颤抖。士兵喊："一郎求求你了，杀了我吧。"

士兵还喊："少佐，求你了，杀了我吧，我不活了。"

士兵们别过脸去，不知是谁把枪刺扔给了叫喊的士兵，伤兵似见到了救星，他举起刺刀，向自己的腹中刺去，一下一下，又一下，后来那个士兵不动了，痛苦远离他而去了，他的脸上绽放了一缕安宁、平静。

士兵们齐齐地跪下了，呜咽声似刮过的一场风暴。

前园真圣在这月圆的晚上，脑海里一次次闪现出这些景象，他哆嗦了一下，睁开眼睛，幻觉消失了。残破、清冷的寺庙真实地呈现在他的眼前。

他仰起头，望着头顶那轮满月，于是，一切又都宁静下来，思绪又缥缥缈缈地开始飞升，越升越高，越升越远，最后就与天相接、与地相连了。

在每一个旱季来到缅北的时候，前园真圣都要出去，他记不清有多少个日月了。他要在丛林里寻找整整一个季度，他数不清背出了多少尸骨，他更分辨不清哪些是中国士兵的尸骨，哪些是日本士兵的尸骨，在他的眼里，尸骨就是尸骨，他焚烧着它们，化成一缕轻烟，化成一缕灰尘，飘升着，仿佛一缕幽魂在寻找着、辨别着回家的路。

这一切，在前园真圣的眼里都是永恒的灵魂在寻找着自己的家园。他们走了，离开了丛林，离开了缅北。

前园真圣虔诚地为他们超度着，每超度一次，前园真圣的心里都要轻松一些。那份沉重仿佛也随着那缕烟尘在每个旱季慢慢地飘远、飘远了，只剩下了一个空空的躯壳。

不知从哪一天开始，善男信女们来寺庙里的次数少了，人数也明显地少了。

刚开始前园真圣并没有注意到这些，他坐在佛台上，嗅着香火，在那一刻，他心净如水，四蕴皆空。

善男信女们求助佛祖的声音，一次次响起。

"佛祖保佑，杀了魔鬼吧。"

咒骂"魔鬼"一时间在残破的寺庙里成了善男信女们拜佛的主要话题。

"魔鬼"一词使前园真圣灵醒了过来，他从这些善男信女的诅咒声中，终于听明白了，附近的丛林里，神出鬼没地出现了一个持枪的"魔鬼"，他见人就杀，然后把尸体拖到林子里吃掉。有不少善男信女在来寺庙的路上被袭击过，有不少人死在了"魔鬼"的枪下，他们曾亲眼所见，亲耳所闻。

这时，灵醒了的前园真圣睁开了眼睛，他茫茫然地望着这些善男信女。

善男信女们离去之后，他在佛台上仍呆坐了许久，一个吃人肉的魔鬼，一个杀人的魔鬼，一个持枪的魔鬼。

突然，他干呕了起来，身体伏在佛台上，呕吐使他喘不上气来，一股久违了的感受翻江倒海地在他心里折腾着，他吐着，吐得痛快淋漓，直到肠胃都空空荡荡了，他才止住了呕吐。

不知过了多久，他走向了后院，一口铁锅下燃着干柴，锅里的水沸着，一筐野菜倒在锅里，他闻到了野菜的香气，这野菜是那么香，那么诱人。

自从走出丛林，他吃到老住持给他的半个菜团子以后，他便一直与野菜相伴了。

从“魔鬼”出现以后，他开始留意起善男信女们带到寺里的消息。

他们说：“魔鬼不仅杀人，还袭击贩盐的马队。”

他们又说：“魔鬼不穿衣物，披着一件用草编的蓑衣。”

他们还说：“魔鬼自己在林子里唱歌，反反复复，就是那一首歌。”

前园真圣听着这一切，他突然感到浑身上下很冷，他不停地打着冷战。他似乎什么都明白了，又似乎什么也不明白。

他在心里一遍遍地说：“难道是他，真的会是他？”

那些日子，前园真圣一直坐卧不安，他坐在清冷的寺庙里，听着寺外的风声、雨声和远方的林涛声。

他在谛听着，真切地遥望着夕阳在西天里消失。

## 三

有关丛林“魔鬼”的话题，一时间成了寺庙里善男信女们议论的焦点。他们谈“魔鬼”色变，瑟瑟地跪在佛像前，乞求着平安，盼望着“魔鬼”早日消失。

有关“魔鬼”的话题，在残破的寺庙里愈演愈烈了。

“魔鬼”袭击了一个小山村。

“魔鬼”掠走了一名缅北少女。

“魔鬼”袭击了夜行出诊的医生……

前园真圣在不是旱季的一天里离开了寺庙，那一天，天空中蒙蒙地飘着细雨，天地间灰灰的一片。

前园真圣关闭寺庙大门的时候，他的心里怦然地跳了一下，他不知自己的心为什么要跳，他走了一段之后，回头望了眼寺庙，寺庙静静的，在细雨中与天地融在了一起。一望见寺庙，他觉得自己整个身心就空了，思绪飘散着，飘向了遥无天际的远方。

前园真圣冒着细雨向前走着，在离开寺庙之前他脱掉了身上的袈裟，那是老住持留给他的袈裟，他穿上了一身普通百姓的衣服。

前园真圣飘然地在细雨中又一次走向了丛林，昔日的丛林很快接纳了他。

再往前走，丛林的景象又如数年前一样了——荒草，茂密的枝叶，天空远去了，世界远去了。

前园真圣飘然地在丛林里走着，他停了下来，他看见了一个缅甸农夫躺倒在丛林里，农夫手里握着锄头，看样子他是途经丛林在走向自己的田地，却被身后射来的一粒子弹击中了头部。农夫已经彻底地死了，他的表情是一脸的惊骇和不解。

前园真圣驻足在这位死去的农夫身边，他坐下来，闭上了眼睛，那缕飘荡的思绪在农夫的身体上空悬浮着，最后随着农夫的灵魂一起飘了起来，穿过树林，穿过云雾，遥遥地进入到宁和安详的太空之中。

久久之后，前园真圣站起身又向前走去，他走在丛林，又如走在梦里。他又一次停了下来，这次他停在了一位死难的少女身旁，少女赤身裸体，她的身体在阴暗的丛林里，散发着一片灰蒙蒙的光晕，少女的肚子被刺刀挑开了……前园真圣闭上了眼睛，他的眼前又幻化出当年的小山智丽，小山智丽在呼唤着，呼唤着士兵们的激情，她把自己的身体一次又一次献给绝望中的士兵，甚至把自己的生命和肉体一同献给了士兵，献给了天皇和“圣战”。

前园真圣仰起头，让雨滴砸在自己的脸上，他清醒了过来，转过身，挥去眼前的幻觉，又一次向前走去。

远远地，他听见了一支缥缥缈缈的歌声，那歌声起初是一丝一缕的，像唱在遥远的梦境里。开始，前园真圣以为这是自己的幻觉，越往前走，这歌声便越来越清楚了，刚开始他并没有听出歌词的内容，但旋律却是那么熟悉，仿佛是发生在上一个世纪的事情。

他一步步向前走去，最后他猛然醒悟过来了，这首歌的名字是《大日本帝国永远胜利》，这歌声使他浑身颤抖起来，同时在他的脑海里涌出了一个早已忘却的名字：佐佐木。

一切预感都被验证了，他恍恍地、飘飘地向前走去。他终于看见了一个“野人”，他披头散发，身披蓑衣，蓑衣的领口处缀着当年日军少尉徽志。“野人”正靠在一棵树上，冲着丛林在唱那首《大日本帝国永远胜利》，一遍又一遍。“野人”的声音是沙哑的，但他却唱得是那么真诚和投入，面对着丛林，面对着这个漫长的雨季。

前园真圣是“飘”到“野人”身边来的，他来到“野人”的身后，“野人”仍没有发觉。前园真圣闭上了眼睛，雨水打在他的脸上模糊一片，不知是雨水还是泪水。

前园真圣再一次睁开眼睛的时候，他叫了一声：“佐佐木——”

那嘶哑的歌声戛然而止了，佐佐木猛地立了起来，把黑洞洞的枪口对准了前园真圣，他又本能地向后退了一步。

“你是谁——”佐佐木抖着声音问。

“八嘎！”前园真圣骂了一句。

这一句彻底地让佐佐木清醒了，他收起枪，笔直地站在前园真圣面前，响亮地说：“报告少佐，第五联队，前园真圣大队少尉佐佐木向你报告。”

前园真圣走上前，审视着佐佐木，他的头发和飘荡在胸前的胡须都白了，但那双眼睛仍然是疯狂的。

佐佐木又大声地说："佐佐木没有给天皇丢脸，佐佐木已经在丛林里战斗了十五年零七个月了，杀死敌人三十四名，袭击村庄二十三个……"

佐佐木还在往下说着，突然他的脸上挨了前园真圣重重的一击。

佐佐木仍站在那里，直愣愣地望着眼前的前园真圣。

前园真圣闭上了眼睛，当年疯狂的佐佐木，癫狂着跑了，跑进了丛林深处，他以为佐佐木早就死了，他曾为佐佐木的灵魂超度过。

前园真圣再一次睁开眼睛，佐佐木仍笔直地站在他的面前，如当年在接受命令。

"天皇已宣布投降了——"前园真圣无力地说。

佐佐木似乎没有听清，他茫然地望着眼前的前园真圣。

"天皇投降了，已经很久了。"前园真圣又一次说，这次他把话说得很急。

"啊——不——不可能，天皇不会投降，大日本帝国不会失败——"佐佐木疯狂地喊道。

前园真圣又一次闭上了眼睛。

当他再一次睁开眼睛时，看到了佐佐木疯狂的表情。

"八嘎——"他挥起手臂，一下下抽打着佐佐木，佐佐木立在那里一动不动。

最后前园真圣说："收起你的枪，我们投降了。"

佐佐木终于相信了，他没有理由不相信，眼前站着的是前园真圣。

佐佐木的表情不再是疯狂了，而变成了绝望。他跪了下来，抱住头，突然呜呜地痛哭起来。

前园真圣又一次闭上了眼睛。

不知过了多久，前园真圣睁开了眼睛，他看见佐佐木仍跪在那里，表情是一脸的惘然，一把刺刀插在腹中，血水汩汩地流着，佐佐木叫了一声："天皇陛下，佐佐木为您尽忠了——"

说完便一头栽倒了，倒在了永远的丛林中。

前园真圣坐在了佛台上，寺庙里是飘荡的香火。

善男信女们在佛像前跪拜着，他们在向佛祖还愿。丛林中的“魔鬼”消失了，他们再也不会受到伤害了。

浓浓的香火在寺庙里飘散着。

前园真圣坐在那里，一动不动，他的手在一下下捻动着胸前的佛珠。

一天，又一天。

前园真圣依旧坐在那里。

夜晚的寺庙依旧清静，弯月透过云层，朦胧地显现着，一切都是那么的模糊，模糊得一切都虚无了。

前园真圣在这一片虚无中坐成了一种永恒。

善男信女们一次次燃着了佛台前的香火，香火在清冷、残破的寺庙里萦绕着。最后他们的目光停在了住持的身上，他们发现住持捻动佛珠的手不动了，就在胸前停着。他们走上去，围在住持的身旁。

他们终于发现，住持圆寂了，真的圆寂了。

## 四

李双林和牛大奎都老了，老的不仅是他们的身体，还有他们的心。

他们先是头发白了，接着就是他们的胡子，他们的毛发不是银白，而是苍白。

他们已经记不清生活在丛林中到底有多少年月了，他们送走了一个又一个黑夜，迎来了一个又一个白日，送走了一个又一个雨季，迎来了一个又一个旱季。

他们的腿脚都不如以前那么灵活了，夜晚依旧栖息在树上。他们爬到树上，都要喘上好一阵子。

黑夜潮水似的包围了这个世界，黑得无边无岸。

两人躺在树杈上，这一切他们早就习惯了。他们闭上眼睛就能睡去，可不知什么时候又突然会醒来，醒来之后，他们也用不着睁开眼，其实睁眼闭眼对他们来说都一样的。

李双林不知自己睡了有多久，这时他已醒来了，刚才他做了一个梦，他是在梦中醒来的，醒来之后，他发现牛大奎也醒了，在一声声低咳着，不知怎么了，这一阵子他老是咳嗽。

李双林就说："我刚才做了个梦。"

牛大奎不语，他在听着李双林说话。

李双林又说："我梦见高营长了，还是当年那样，领着我们在向北走，走啊走的。"

牛大奎止了咳，缓缓地说："你说高营长他们真的能走出去吗？"

李双林想了想说："也许能，也许不能。"

这样的对话他们说过有多少年了，有多少遍了，他们自己也记不清了。

"你说，高营长他们要走出去，一定会来接咱们的。"牛大奎又说。

"他们以为我们都死了。"李双林说。

"可我们的魂也要回家哩。"

"就是。"

许久，两人沉寂下来，这时的丛林依旧墨样的黑，无风，很静。

"你听，他们在喊哩。"李双林说。

两个人静下来，侧耳细听，冥冥的静谧中传来了潮水一样的喊声，这种喊声很快包围了他们。

"回家——我们要回家——"

"回家咧——"

他们分辨不清这种喊声是真实的，还是虚幻的，他们很早就有这种感应了，死亡在丛林里的弟兄们一声声呼唤着，这是他们的灵魂在喊在叫，在召唤——

"回家，我们要回家咧——"

两个人倾听着这一声又一声的呼唤，在夜深人静的夜晚，只要一闭上眼睛，他们就能听见这样的呼喊声，同时他们也融进了这样一声又一声的呼唤中。

这么多年了，他们自己也不知道掩埋了多少战友，他们在丛林里一遍又一遍地搜寻着，每天都能发现新的尸骨。他俩把尸骨的头冲向北方，把枯叶、枯枝覆盖在他们的身上，然后高一声低一声地为他们招魂、引路。

他喊："回家咧，回家咧——"

他喊："向北走哇——回家咧——"

两个人不厌其烦地喊着，他们做这一切时，认真而又从容。

他们说不清还有多少游魂在丛林里徘徊，迷失了回家的方向。他们一想起这些，便心不安，神不宁，为死难的弟兄引路成了他们在丛林中生活的目标和信念。

"你听，他们又喊咧——"李双林说。

"他们的魂不安哩——"牛大奎说。

"咱们早晚也要死的。"李双林说。

"就是，就死在这野林子里。"牛大奎说。

"咱们都快走不动了。"

"你说咱们死了，能认准回家的路吗？"

两个人停止了说话，透过黑暗向北方遥望，仿佛看见了家园，目光越过怒江，越过山海关，落到了冰封雪冻的北国，那里有他们被白雪覆盖的家园，宁静的小村里，鸡在叫，雪也在飘，炊烟在无风的空中，飘呀飘的。

"我看到家乡了。"李双林说。

"我也看到了。"牛大奎说。

"那咱们死后就一定能够回去。"

"一定能回去。"

两人这么说完，很快就踏实地睡去了，接下来，他们做了一个相同的梦，梦见他们仍旧在丛林里走着，走哇，走哇，前方永远也没有尽头。

天又亮了，他们终于在梦中醒了过来。他们从树上滑下来，踉踉跄跄地向前走去。

“你说咱们今天能找到几个？”牛大奎问。

“也许十个，也许八个。”李双林答。

“真想一下子把他们都找到，找到他们，我们就可以回家了。”

“可不是。”

他们步履艰难地向前走去。

“看，这儿有一个。”李双林停了下来。

他的脚踩到了一块硬东西，他停下来，伸手在落叶中一摸，果然是一块骨头。

接下来，两个人扒开了陈年旧叶，一个人的尸骨便清晰地呈现在两人面前，他们把尸骨的头又移向了北方。

他喊：“回家咧，往北走哇——”

他喊：“往北走哇——回家咧——”

两人久久地默了一会儿，互相搀扶着，又向前走去。

两个人默默无言地走着，几片落叶从树枝上飘下来，旋舞着在两人面前落下。

“你说咱们死后，真的能回家？”牛大奎又问。

“能，咋不能，一定能！”

两人跌跌撞撞地走着，走着。

终于有一天，两人再也走不动了。他们躺在了铺满落叶的丛林里。他们茫然地望着永远的丛林。

“回家咧——就要回家哩——”李双林喃喃地说。

“回家——回——家——”牛大奎说完便不动了，他躺在那儿，头朝着北方。

“我——看到——家——咧——”李双林这么说。

李双林用尽最后一点力气回了一次头，看见了牛大奎闭上的眼睛，他伸出手拉住了牛大奎渐凉下来的手。

李双林在心里说："咱们回家吧——"

接着他闭上了眼睛。

他飞过了丛林，看见了蓝天、白云，他飞过了怒江，飞过了曾出师缅甸所走过的中国大地，他飞过了山海关，终于回到了阔别已久的家园。

家乡正飘舞着雪花，纷纷扬扬的，家乡的大地一片素洁。

他终于回来了，回到了自己的白雪家园。他笑了，笑得满足而又幸福。

枯叶一片又一片地旋落着，落在他们的身体上。很快就把他们覆盖了。

野人山某个部落里，一个并不年轻的野人，不知为什么总爱朝着北方张望。

一次又一次。

野人们都很快乐，他却一点也不快乐，从生下来那天开始，他总是比别的野人多愁善感一些。另外，他总爱向北方张望。

他的母亲叫原，前几天死了。

死了母亲的他，更爱向北方张望了，他不知这是为什么。

## 五

高吉龙和王玥也都老了。

他们依旧居住在羊耳峪南山坡那处墓地旁的小屋里，他们依旧没有孩子，两个人在时光的流逝中厮守着。

墓地被重新修缮过，昔日的土坟，被砖砌了，用水泥抹了，那块写着"抗日烈士永垂不朽"的碑依然在墓地前矗立着。

两个人在大部分的时间里，在这片墓地里转悠着。

草青了、绿了，又黄了、枯了。

一年又一年，他们守望着这片墓地。

每年清明节的时候，总会有一群少年，在纪念碑前献上鲜花，孩子们像一群蝴蝶似的飞来了，又飞走了。

在剩下来的时间里，高吉龙和王玥在为墓地除草，很多杂草在墓地里生长着，他们要把这些杂草铲除，让墓地变得更加整洁、干净。

夜晚来临的时候，两个人坐在小屋前的空地上，看着一群又一群的萤火虫在墓地上空飘来飞去。

不知过了多久，夜渐渐地深了，山风也有了一些凉意。

王玥便在暗中瞅了瞅正在痴痴迷迷打盹的高吉龙说：“老头子，要不就歇了吧。”

高吉龙听了这话，脑子清醒了一些。

“困，你就先歇吧，我想再坐会儿。”高吉龙这么说完，便又在烟袋锅里装满了烟，划着火柴点燃，吧嗒吧嗒地吸着。

“人老了，觉也少了，打个盹也就精神了。”王玥瘪着嘴说。

“我是不想睡，一睡就做梦，老是梦见过去的一些事。”

“哎——”

“不知咋的了，我一做梦就梦见那片林子，老是那片林子。”

王玥听了这话，低下头，似乎在想着什么。

“他们都在哭，他们跟我说，他们想家，要回来，你说这事。”

王玥的眼睛潮湿了，又有了泪要流出来，她怕老头子看见，忙在脸上抹了一把。最近这几年也不知咋了，她老是想哭，想着想着泪就流出来了，惹得老头子一次次说她：“你看你，咋像个小姑娘似的，说哭就哭。”

她不想哭，可是总是忍不住，说哭就能哭出来。

她最近也总是在做梦，总是梦见自己小时候的事，她那时还是个扎着小辫的小姑娘，穿着绚丽的裙子坐在父亲的腿上，父亲在一遍遍给她讲老家的一些事。老家，四季如春的老家，吊脚楼下长着两棵老槐树，老槐树飘着花香。还有泼水节，缤纷的水花在阳光下灿烂地撒着，撒出了一村人的欢乐，撒出了一年的吉祥……

再后来她又梦见父亲哭了，父亲一边哭着一边说："你长大了，就带你回老家，咱们回老家……"

她在父亲的叙说中就醒了，醒来之后，她总觉得心里很闷，似压了一块石头，让她喘不上气来。

好半晌，她才缓过一口气来，突然就有了向别人倾诉的愿望，她推了推身边的高吉龙说："老头子，醒醒。"

高吉龙就睁开眼，转过身，冲着她问："咋，又做梦了？"

老头子这么一问，她又不知自己该说什么了，只是想哭，于是她就哽哽地说："老头子，我对不住你，这么多年也没给咱生养个孩子。"

"唉，说那些干啥，这咋能怪你。"

多少年了，他们一直在生不生孩子的问题上说来说去。

在他们还算年轻的时候，他们共同努力过，结果都失败了。是那片该死的丛林造成了他们今天这种结局。

"怪谁呢，这能怪谁呢？"他总是这么安慰她。

她觉得对不住他，对不起自己，想一想就又哭，哭来哭去的。

他就说："你看你，跟个小姑娘似的，咋就那么多的眼泪呢。"

她听了这话忍着，却忍不住，眼泪止不住，不住地往下流。她也不知自己咋就有那么多的眼泪，流了这么多年，仍是流不完。

"昨晚我梦见老林子里开满了花，一串一串的，还有许多果子，吃也吃不完。"高吉龙这么说。

"你别瞎琢磨了，要睡就踏踏实实地睡，咱们都这把年纪了，比不得年轻的时候了。"她这么劝慰着。

"其实，我也不想瞎琢磨，可老是管不住自己。"

"唉——"她又叹了口气。

接下来，两人就许久没有话说，他们目光一飘一飘地去望墓地上那群飘来飞去的萤火虫。

“我一看见这些坟吧，就想起了他们。”高吉龙这么说。

她知道，他说的“他们”指的是那些人。

他们，他们，还都好吗？

“收音机里说，少帅要回老家来看看，不知他到底能不能回来。”他喃喃地说。

她想起来，几天前的一个晚上，两个人躺在炕上听收音机，收音机里的确说少帅要回来看一看。

那一夜，她发现他整夜都没睡好，翻来覆去的，折腾了一夜。

他又想起在少帅身边时的岁月。

“你说要是当年东北军不去关内会咋样？”她这么问。

他闷着头不语，半晌，他狠狠地往地上吐了口痰。

她就不语了，又试探着问：“要不，就回去歇吧？”

他不动，也不语，仍在吸烟。吸了一气，又吸了一气。

“歇就歇吧。”

他站了起来，向前走了两步，发现她坐在那儿没动。

她向他伸出手说：“老头子，拉我一把，咋就站不起来哩。”

他走过来，搀了她一把，两个人磕磕绊绊地向屋里走去。

“见鬼了，我一闭上眼就想起那片林子。”他们躺下后，他这么说。

“唉——”她叹了声，很无力。

他终于睡着了，结果又一次梦见了“他们”，还有那片林子，林子遮天掩日，没有尽头。

很快，他就醒了，睁开眼睛，窗外的北斗星正映入他的眼帘，当年，他们就是看见了它，才找到了北方的，他们一路向北走来，结果就走到了今天。

此时，他望着北斗星鼻子有些酸，眼窝子也有些热。

他恨恨地想：这是咋了，自己咋跟个娘儿们似的。

结果，他还是没能忍住自己的眼泪，他怕她看见，用被子蒙住了头，鼻涕一把泪一把地哭开了。

半晌，他又睡着了，这次他又梦见了自己年轻那会儿，仍是在丛林里，她的手握住了他的手，他几乎是在牵着她往前走，她的手小小的，攥在他的手里，那么软那么柔。那时，他好像一点儿也没体会到这些，现在他才有了体会，在梦里体会了一次那时的一切，多么美好哇。他笑了，在梦里笑出了声。

又是一天早晨，他醒了，见身边的她没有动静，他先披衣坐了起来。

他说："该起了，吃过饭，咱还要锄草呢。"

他这么说过了，见她依然没有动静，他瞅了她一眼，看见她仍睡着，脸上挂着少见的笑，他不忍心打扰她的好梦，独自轻手轻脚地起了炕，等到他做好饭时，她仍没起来，仍是那么笑着。

他说："你笑啥咧?"

说完去拍她的额头，他的手就停在了半空。

他叫了一声，便僵僵地立在了那里。

她去了，她在梦中去了，她是微笑着离他而去的，她在梦中梦见了什么，他真想问问她。他慢慢地蹲在了地上，伏下头，呜呜地哭泣起来。他这次哭得很痛快，也没有责备自己，她去了，没有人能够看见他娘儿们似的哭泣。

她真的去了。

她伴着他走出了丛林。

她伴着他走过了怒江。

她伴着他走过山海关。

她伴着他度过了许多个春夏秋冬。

她伴着他一直到老。

……

她离开了他。

他为这一切哭泣着。

## 六

又是一个下雪的季节。

雪花纷纷扬扬地落着，白了墓地，白了这一方世界。

他一大早就起来了，提着扫把在扫着这片墓地。

“沙沙——”

“沙沙——”

墓地一点点地显露出来，很快又被飘舞的雪花覆盖了，他仍在不停地扫着。

“沙沙——”

“沙沙——”

他一边扫一边自言自语：“你说我咋就老做梦哩，咋就走不出那个梦哩。”

他这么说过了，听见没人回答，他清醒了过来，呆呆地伫立在那里，突然，眼泪就流了下来。

半晌，他又在扫。

“沙沙——”

“沙沙——”

一声又一声。

他的背更驼了，腰更弯了，雪落满了他的身上，厚厚的，沉沉的。

“这雪，咋就下个没完没了呢。”

一股风把他刚说出的话吹散了，随着雪花零零散散地飘向了墓地。

后来，他就坐了下来，伴着墓地，伴着白雪。

他的目光从一个又一个墓上扫过，一个又一个。这么多年了，他不知望过多少遍了，他对它们倾诉过，倾诉过那片丛林，说过留在丛林里的弟兄。多少年过去了，他一直在说着，在心里说着。

昨夜，他做了一夜的梦，梦当然离不开那片丛林，李双林、牛大奎、童班副、刘二娃、姜小子……他们一个又一个向他走来。他们围住他说："回家吧，营长，你带我们回家吧。"

他们还说："我们在这里水土不服哩。"

他们又说："我们想家哩，想家乡的雪，想家乡的雨，想家乡的春夏秋冬。"

后来他的梦一下子就消失了，消失得无影无踪。他们都离开了他，他再也看不见他们了，但能听到他们的声音：

"营长，你不管我们了？"

"营长，我们一直向北走，咋就走不到头呢？"

"营长，我们饿呀——"

"营长，我们实在走不动了。"

"营长，我们想家呀——"

……

他听着他们的一声声呼喊，他哭了，哭着哭着就把自己哭醒了。

醒来之后，梦境里的一切，依旧在眼前浮现，仿佛他仍在丛林中，仍在梦中。

雪下着，纷纷扬扬的。

他坐在墓地里，他已成了一个雪人。

他眼前的丛林依然清晰可见，眼前飘舞的不是雪，而是无边无际的丛林，一支踉跄的队伍，行走在丛林里，他们在向北方走，一直走向北方。

北方是他们的家园。

北方是他们的归宿。

他走在弟兄们的中间，他们一直在向北。

雪飘着，下着，纷纷扬扬的。

他坐在雪中，成了一尊雕像，他在白雪中永恒地守望着，他在等待弟兄们的灵魂走进故乡的风雪里。

雪就越下越大了，这是弟兄们的灵魂吗？

这是弟兄们的哭泣吗？

这是弟兄们思乡的歌谣吗？

这是故乡的雪呀。

雪落在北方，静静的，悄悄的。

……

**图书在版编目(CIP)数据**

向北向北 / 石钟山著. -- 北京 ：中国文史出版社，2023. 3

（中国专业作家作品典藏文库. 石钟山卷）

ISBN 978-7-5205-3617-2

Ⅰ. ①向… Ⅱ. ①石… Ⅲ. ①长篇小说-中国-当代 Ⅳ. ①I247. 5

中国版本图书馆 CIP 数据核字(2022)第 176486 号

责任编辑：薛未未

出版发行：**中国文史出版社**
社　　址：北京市海淀区西八里庄路 69 号院　邮编：100142
电　　话：010-81136606　81136602　81136603（发行部）
传　　真：010-81136655
印　　装：北京新华印刷有限公司
经　　销：全国新华书店
开　　本：720×1020　1/16
印　　张：16. 25　　字数：226 千字
版　　次：2023 年 3 月第 1 版
印　　次：2023 年 3 月第 1 次印刷
定　　价：56. 00 元